LA ROUTE DE SANTA ANNA

Éditions du Masque
17, rue Jacob 75006 Paris
www.lemasque.com

LA ROUTE DE SANTA ANNA

Serge Brussolo

ISBN : 978-2-7024-4112-1

Conception graphique : WE-WE
Couverture : © Martin Barraud / Getty Images

Serge Brussolo est né à Paris en 1951. Sa vocation pour l'écriture se manifeste très tôt. Après des études de lettres et de psychologie, il fait une entrée très remarquée sur la scène littéraire avec *Funnyway*, récompensé par le Grand Prix de la science-fiction en 1979. Il devient rapidement un auteur culte du genre avec un univers délirant, baroque, visionnaire et surréaliste. Au fil du temps, il va néanmoins se tourner vers le roman historique et criminel. Il a notamment reçu le Prix du roman d'aventures 1994 pour *Le Chien de minuit* (éditions du Masque), le prix RTL-Lire 1995 pour *La Moisson d'hiver* (Denoël) et le prix Paul-Féval, décerné en 2004 pour l'ensemble de son œuvre par la Société des gens de lettres. Certains de ses romans ont été adaptés au grand écran.

Retrouvez toute l'actualité de l'auteur sur :
brussolo.serge.pagesperso-orange.fr

DU MÊME AUTEUR AUX ÉDITIONS DU MASQUE

Cauchemar à louer
La Mélancolie des sirènes par trente mètres de fond
À l'image du dragon
L'Enfer c'est à quel étage ?

Série Sigride et les mondes perdus
– *L'Œil de la pieuvre*
– *La Fiancée du crapaud*
– *Le Grand Serpent*
– *Les Mangeurs de murailles*

Conan Lord, carnets secrets d'un cambrioleur
Le Chien de minuit (Prix du roman d'aventures 1994)

Le Manoir des sortrilèges

Avertissement

Les opinions ou affirmations exprimées par les personnages de ce roman ne reflètent en rien celles de l'auteur. Elles sont souvent l'expression des croyances, obsessions ou fantasmes des protagonistes de cette fiction.

PROLOGUE

C'est quelque part dans le désert du Nevada, loin des routes habituellement patrouillées par les Rangers. Une de ces zones qui, parfois, sont le théâtre de fêtes clandestines. Autant dire que c'est nulle part, ou presque. Une tache blanche sur la carte.

Le désert a toujours abrité d'étranges rituels auxquels les fidèles, conviés par un efficace bouche à oreille, se pressent en secret. Les esprits forts ont décidé qu'il s'agissait là de légendes urbaines ; ils se trompent lourdement ; mais faire croire qu'il n'existe pas n'est-elle pas la suprême ruse du Diable ?

Markh serre le volant poisseux de toutes ses forces. Le va-et-vient des voitures au centre de l'arène soulève tant de poussière qu'il ne distingue plus les gradins où s'entassent les spectateurs hurlants. Il conduit au sein d'un brouillard jaune, au hasard, sachant qu'une collision peut se produire à tout moment.

Le public du premier rang le bombarde de boulons qu'il sème à grosses poignées, visant les pare-brise des véhicules.

De temps à autre, quand les volutes de poussière retombent, Markh entraperçoit des visages déformés par l'excitation, le speed ou l'alcool. Certains sont barbouillés de peintures de guerre fantaisistes, des piercings effrayants leur trouent les lèvres, les arcades sourcilières. Ils hurlent à s'en arracher la gorge. Et les boulons volent, ricochant sur les voitures qui tournent, et tournent sans fin en un rodéo imbécile et suicidaire.

Il arrive qu'un pare-brise éclate, ce qui rend le pilotage encore plus difficile, car alors la poussière et les gaz d'échappement envahissent l'habitacle.

Quand les réserves de boulons sont épuisées, sonne l'heure des cocktails Molotov.

Pourquoi pas ? C'est un spectacle interactif, et le public a payé pour y participer.

Rien de plus dangereux que ces bouteilles de soda emplies d'essence qui passent par le trou que les boulons ont ouvert dans votre pare-brise et viennent exploser à vos pieds, entre accélérateur et pédale de frein. Alors jaillit la flamme qui vous dévore l'entrejambe, vous saute à la figure.

Cuisses et couilles brûlées, le conducteur se débat comme un automate déréglé, grotesque. La douleur lui fait oublier les gestes élémentaires qui lui permettraient d'échapper à l'enfer. Par chance, il arrive que la voiture explose, abrégeant ses souffrances. Quand cela se produit, les vociférations joyeuses de l'assistance saluent le feu d'artifice.

Tout à coup, le visage de la fille se dessine au milieu des tourbillons de fumée. Beau, sauvage. Elle se nomme Jana, mais Markh ne le sait pas encore. Elle jette une poignée de boulons qui rebondissent sur le capot de la Dodge trafiquée. Curieusement, elle sourit. Pas méchamment, non... Un sourire complice, comme si elle lui disait : «Voyons comment tu vas gérer ça, mon doux prince... »

Markh comprend qu'elle lui impose cette épreuve parce qu'elle l'a choisi, lui, entre tous les autres pilotes. Elle attend qu'il fasse des miracles, qu'il se surpasse. Elle lui complique la vie parce qu'il est son héros.

Jana. D'ici peu elle deviendra sa malédiction, sa Némésis. Il s'en rendra compte trop tard. Pour l'heure elle n'est qu'une fille noyée dans une foule déchaînée, elle a payé pour assister à ce rodéo clandestin qui se déroule au cœur du désert, et dont il ne restera plus trace demain matin.

Street-racing Armageddon. Les gladiateurs de l'asphalte.

Markh se sent dans la peau d'un chevalier s'élançant dans la lice d'un tournoi. Connerie.

Il se réveille. Le rêve reflue. D'ailleurs ce n'était pas un rêve, juste un souvenir.

*

Markham a toujours voulu devenir cascadeur. Enfant, il faisait partie des gosses vénérant Evel Knievel, le mythique casse-cou motocycliste qui tenta de sauter par-dessus le Snake River canyon, dans l'Idaho.

Le père de Markh travaillait dans une laiterie. Quand il rentrait le soir, il puait le cheddar à dix mètres. Il avait beau se récurer au savon Ivory, il continuait à empester. Le pire, c'est qu'il ne s'en rendait même plus compte.

Martha, la mère, tenait la maison d'une poigne de fer, comme si son mari et son fils étaient des prisonniers dont elle avait la garde. Lorsqu'elle était de mauvaise humeur, la demeure familiale se transformait en QHS, mieux valait, alors, ne pas se fourrer dans ses pattes. L'ennui, c'est qu'elle était de mauvaise humeur six jours sur sept. Elle ne recouvrait un semblant de sérénité qu'en regardant les sermons des télévangélistes, ou lorsqu'elle se rendait au temple, le dimanche.

«Toi, tu seras jamais bon à grand-chose, serinait-elle à son fils. Quand t'auras ton diplôme de fin d'études, t'iras travailler à la laiterie, comme ton père. De toute manière, t'as pas assez de cervelle pour prétendre à mieux.»

C'est pour lui échapper que Markh a claqué la porte du domicile familial à dix-sept ans. La fugue s'est changée en vagabondage. Pendant plusieurs années il a mené la vie de ces «clochards célestes» chantés par Kerouac. Puis, une rencontre de hasard a fait de lui un convoyeur de voitures.

Bien évidemment, il n'a pas résisté à la tentation de s'essayer au *street racing*, la nuit, dans les rues de L.A. Ses victoires lui ont permis d'arrondir joliment sa paye. Cela jusqu'à ce qu'un mécano déjanté, un certain Bixby Turner, lui déclare :

«T'as la conduite dans la peau, mec. J'ai le nez, ça se sent. Tu fais corps avec la mécanique. Dès qu'on te met un volant entre les mains, c'est comme s'il te poussait des roues à la place des jambes. Pour les autres, la route est une ennemie contre laquelle il faut lutter coûte que coûte, pour toi au contraire, c'est une pute superbandante qui te fait prendre un pied d'enfer.»

À l'époque, Markh était encore assez jeune pour se laisser bluffer par cette éloquence de pacotille.

«Si tu veux faire carrière, avait ajouté Bixby sur le ton de la confidence, je peux te brancher sur un copain qui cherche des gars dans ton genre.»

C'est ainsi que, pour son malheur, Markh a rencontré Jesus Malestrazza.

«Je cherche un mec comme toi depuis des mois, lui a expliqué ce dernier. Je suis organisateur de spectacles. J'ai besoin d'une vedette, jeune, avec une belle gueule, capable de faire mouiller les filles. *L'Ange du volant,* tu vois le genre. Le gars trop beau qui va peut-être se retrouver défiguré à la fin du spectacle.»

Jesus se déplaçait en fauteuil d'infirme, escorté par deux gardes du corps shootés aux anabolisants pour taureaux de combat.

Ex-cascadeur motocycliste, il avait eu les jambes broyées quand les trois cent cinquante kilos de son Electra Glide lui étaient retombés dessus. Il refusait obstinément de porter des prothèses sous prétexte que cela lui donnait « une démarche ridicule ».

« Je monte des spectacles un peu spéciaux, exposa-t-il en tirant sur son Cohiba behike fortaleza 4. Des trucs interdits par la loi, à la limite des jeux du cirque. Des machins façon *Mad Max*, tu vois ?

— Non, avoua Markh en dévorant le hamburger qu'il avait exigé en préalable à toute discussion.

— Mais si ! s'énerva Jesus. Les guerriers de la route, toutes ces conneries d'ados ! On travaille dans le désert du Nevada, sans autorisation. Mes gars montent des gradins pour une unique représentation. Tout repose sur le bouche à oreille. Le thème, c'est la guerre des voitures.

— Vous voulez parler de stock-cars ? bredouilla Markh, la bouche pleine.

— Mais non ! le stock-car c'est pour les fiottes. Chez moi il y a vraiment des morts. Des mecs qui crament dans leur caisse ou se font écrabouiller. Les jeux du cirque, je te dis ! Je recrute des gladiateurs du volant.

— Et il y a un public pour ça ?

— Tu rigoles ? Tous les tarés se bousculent pour assister aux représentations. À cinq cents dollars l'entrée, ça finit par faire du pognon. Mille dollars pour les places du premier rang, celles qui donnent le droit aux spectateurs de jeter des boulons sur les pare-brise et de lapider les pilotes trop prudents. On a la clientèle des survivalistes, mais aussi celle des étudiants friqués, des fils à papa, des yuppies. Faut voir la foule ! On se fait plus de fric que les peep-shows zoophiles de Tijuana. Le problème c'est que je manque de bons conducteurs, des gars qui savent dompter une bagnole gonflée et la faire bondir comme un pur-sang. C'est ça le concept. Si ça te branche, je t'embauche. »

Markh avait-il le choix ?

Au cours des deux années qui suivirent, il participa à une demi-douzaine de rodéos secrets au volant de voitures au moteur tellement gonflé que parfois il explosait lorsque le conducteur mettait le contact. Les bonbonnes de N.O.S.[1] stockées à l'arrière fonctionnaient comme de véritables bombes. On n'en sortait pas vivant.

« Le protoxyde d'azote, grommelait Jesus, a été inventé pendant la Seconde Guerre mondiale, c'est avec ça que la Luftwaffe alimentait ses avions de chasse, les fameux Stukas, et tout le bordel. Faut pas rigoler, ça te bouffe un moteur en moins de temps qu'il n'en faut pour le dire. À haute dose c'est du *one shot*, après la bagnole est bonne pour la casse. L'admission et les segments sont foutus. »

Curieusement, durant cet épisode de folie furieuse, Markh n'a jamais eu peur.

---

1. *Nitrous oxyd system.*

Les rodéos tenaient du délire, du combat de chevaliers caparaçonnés de métal, se faisant face, moteurs rugissants, pour un *dog-fight* d'enfer. En prévision de l'affrontement, les mécanos avaient hérissé les voitures de pointes acérées, de faux tranchantes capables d'entailler les carrosseries, d'arracher les portières et d'éventrer les pneus.

Malheur au conducteur dont le véhicule tombait en panne au milieu de la mêlée ! Si la caisse s'enflammait, il devait s'en extraire au plus vite et entamer un slalom mortel au milieu du ballet des bolides lancés à pleine vitesse. Bien peu y survivaient.

Pour corser le tout, des clowns de rodéo bondissaient dans l'arène pour bombarder les participants de cocktails Molotov, provoquant les hurlements enthousiastes d'une foule ivre ou défoncée.

Des légendes circulaient. On prétendait les bolides équipés de bombes à retardement que Jesus actionnait à distance lorsqu'il estimait qu'un pilote timoré gâchait le spectacle. Les collègues de Markh affectaient de ricaner, mais le doute subsistait. Malestrazza était cinglé, tout le monde le savait.

Chaque représentation se concluait par de nombreuses blessures et deux ou trois cadavres qu'on enterrait dans le désert, à la « mode Vegas ». Puis la foule se dispersait, on démontait les gradins à une vitesse prodigieuse et chacun battait en retraite. Jesus, dans le mobile home qui le ramenait à L.A., comptait la recette, faisait les parts et distribuait les enveloppes aux survivants. Personne n'était tenu de revenir. Le spectacle se faisait sur le principe du volontariat et dégageait d'énormes bénéfices.

«Ça durera ce que ça durera, philosophait Jesus. Faut en profiter tant que les flics croient qu'il s'agit d'une légende urbaine.»

Markh n'y avait pas réfléchi.

Jusque-là il s'estimait satisfait de n'avoir encore tué personne au cours des carambolages. Il priait pour que cela dure.

Tout cela lui paraissait trop irréel pour porter à conséquence. La foule, les hurlements, les capots qui se tordent, les conducteurs qui percutent les rochers, les moteurs qui reculent sous le choc, défoncent le tableau de bord pour aplatir le conducteur dont la cage thoracique explose... Un mauvais film pour ados. Une fable horrifique comme ces *snuff movies* dont on répète à l'envi qu'ils n'ont jamais existé.

«Un jour ce sera ton tour...» murmurait une voix lointaine sous son crâne sans parvenir à l'inquiéter.

Avec l'argent gagné dans l'arène, il s'était acheté des faux papiers remarquablement imités, avait ouvert un compte bancaire et loué un loft à Venice.

Toutefois, au moment de commander des meubles il avait calé, incapable de jouer plus longtemps à «l'homme normal». L'appartement était resté vide ou presque. Un matelas jeté sur le sol, une télé, un percolateur italien haut de gamme, un portant pour les vêtements…

Il s'était mis à lire jusqu'à l'abrutissement, des traités de mécanique, des cours d'aérodynamique automobile qui le laissaient migraineux, horrifié par son incapacité à apprendre.

Pour ses déplacements personnels il utilisait la banale Honda Civic du *real average buddy*[1]. Profil bas, c'était la règle, rien d'ostentatoire, et surtout pas de Dodge Charger!

Il ignorait ce qu'il attendait. Sans doute de finir broyé au milieu d'un amas de tôles. Il était devenu incapable de s'imaginer un quelconque avenir.

Et puis, une nuit, le téléphone avait sonné.

«Jesus est mort, lui annonça la voix de l'un des conducteurs. Probable qu'il a été liquidé. Les rodéos c'est fini. Fais comme moi, tire-toi. Quitte la ville sans te retourner.»

Et c'est ce qu'il avait fait, abandonnant le matelas, la télé… et le percolateur italien qui lui avait pourtant coûté une fortune.

1. Le blaireau de base.

MARKH

Ce n'est pas un garage, plutôt une salle de dissection qui, au lieu du sang, empesterait la graisse de moteur, l'essence. Markh ne sait pourquoi cette comparaison idiote s'impose à lui. D'ordinaire, il n'est pas du genre imaginatif, dans sa partie c'est plutôt un avantage. S'il réfléchissait trop, il ne pourrait s'empêcher de vomir de trouille au moment de tourner la clef de contact.

Il fait quelques pas, essayant d'adopter une attitude cool et blasée. Après tout, en tant qu'ex-pilote de course, ex-cascadeur, il est censé avoir l'habitude des ateliers de mécanique. Du coin de l'œil, il ausculte son reflet dans le miroir déformant d'une carrosserie. Plutôt pas mal conservé. La veste en daim et le jean qui sortent d'une boutique de Rodeo Drive. Chics mais crasseux. Le style acteur friqué mais qui s'en fout. *Bien.* Les bottes de buckaroo Tony Lama 1930 réédition vintage, ça le fait aussi. Le visage est moins convaincant. Poches sous les yeux, pattes d'oie taillées au cutter, joues creuses. Force lui est de constater qu'en dépit de son abondante chevelure auburn, il paraît plus vieux que ses trente-cinq ans. Et puis, soudain, il prend conscience qu'il est en train de se mirer dans le capot d'une Porsche Spyder, le modèle dans lequel s'est tué James Dean ! *Mauvais présage.* Il ne peut s'interdire de frissonner. Comme tous les hommes habitués au danger, il est superstitieux. Médailles, fétiches, amulettes indiennes ou mexicaines… Jamais il n'a pu s'empêcher d'en acheter. Il en trimbale toujours une poignée au fond de ses poches.

Les conneries New Age, ce n'est pas sa tasse de thé, n'empêche… De mauvaises vibrations émanent de l'atelier, ce hangar gigantesque où s'alignent trente voitures désossées, exposant le squelette des châssis, les viscères d'acier des moteurs. Les mécaniciens travaillent en silence, concentrés à l'extrême. Pas de radio, pas de baladeur, pas de plaisanteries échangées à la volée. L'atmosphère est celle d'une salle d'intervention chirurgicale où des savants fous s'emploieraient à fabriquer une nouvelle race de véhicule.

Une fois encore, Markh se répète qu'il n'aime pas la gueule de ces voitures. Il leur trouve quelque chose de vicieux. Il ne saurait dire quoi. Cela tient à leur profilage surbaissé, ce vague aspect de squale… et à ces ajouts électroniques qu'il est incapable de nommer. Il est de la vieille école, du temps où une voiture se composait uniquement d'acier, de graisse et d'essence. Dans sa jeunesse (qui ne lui semble pourtant pas si lointaine), on ne se retrouvait pas nez à nez avec un ordinateur quand on soulevait le capot d'une mustang. Il n'aime pas ces écheveaux de fils électriques, ces disques durs collés au moteur comme des sangsues, des excroissances maladives. Tout cela devient trop compliqué pour lui. Il y voit une sorte de tricherie, une magie dont les pilotes deviennent les esclaves, et qui les réduit au rang de simple exécutant. Mais il en va ainsi aujourd'hui. Même la stratégie des matchs de foot est dictée aux joueurs par le coach à partir des algorithmes quantiques d'un ordinateur portable !

Markh s'ébroue quand il surprend le regard ironique d'un mécano fixé sur lui. Un gosse. Bon sang ! ils sont tous si affreusement jeunes, et diplômés comme pas permis. La plupart d'entre eux sortent du MIT. Du temps de Markh, on apprenait la mécanique sur le tas, au fond d'un vieux garage, entre deux allers-retours à la pompe pour servir un routier.

Tout autour de lui, des colonnes de chiffres défilent sur des écrans. Des sondes auscultent les entrailles des moteurs. Désormais il n'est plus nécessaire de se salir les mains, fini le cambouis sous les ongles. Pas davantage de sandwichs au pastrami ou de canettes de bière sur les établis ; les mécanos du futur se nourrissent, eux, de tofu et de boissons énergisantes.

— Ah ! voilà notre magicien ! clame Waldo en émergeant de la cage de verre du superviseur.

Waldo, c'est la nouvelle criminalité en marche. Ses diplômes d'Harvard lui tiennent lieu de tatouages et d'arme de poing. Jeune avocat d'affaires rayé du barreau, il s'est reconverti dans la gestion du transport des substances illicites. Il se définit lui-même comme un « camionneur high-tech ». À cette différence près qu'il se garde bien de poser les mains sur un volant.

À peine trente ans, belle gueule, peau soigneusement entretenue, des dents impeccables comme on n'en trouve qu'aux rejetons des classes supérieures. En slip de bain il ferait un malheur en couverture des magazines gays. Un corps presque trop parfait pour ne pas éveiller des soupçons de clonage à répétition, de sélection en éprouvette.

— Markh ! Markh ! scande-t-il en accentuant son sourire de candidat à l'investiture du parti. Eh ! Les gars, notre héros est enfin arrivé. Le guerrier de Daytona, le barbare des autoroutes... Celui qui enflamme l'asphalte sur son passage !

C'est à peine si les mécanos surdiplômés daignent lever un œil de leur clavier. Sans doute rêvent-ils déjà d'une voiture drone qui pourra se passer de pilote. Nourris de jeux vidéo dès leur plus jeune âge, ils ont la conviction qu'on peut diriger le monde sans jamais sortir de chez soi, pourvu qu'on ait un joystick à portée de main. Dès six ans, ils maîtrisaient tous les jeux de simulation : F15, chars d'assaut, sous-marins nucléaires, bombardiers lourds... Le pilotage n'a plus de secret pour eux. Ils sont intimement persuadés qu'ils pourraient faire cent fois mieux que ce vieux loser qui se dandine sur ses bottes ringardes. Il y belle lurette qu'ils ne croient plus au *réel*. Le *réel*, c'est bon pour les blaireaux. Un truc obsolète, comme le tricot ou la lecture.

Waldo empoigne Markh par le bras, comme s'il s'agissait d'un cothurne ou d'un copain de *Psi Alpha Alpha*... ou une connerie de fraternité pour gosses de riches. Markh s'attend presque à ce qu'il lui donne du «old sport», comme dans *Gatsby le Magnifique*.

Il a toujours détesté ces effusions viriles feintes à 99%.

— Tout ça c'est pour toi, chuchote Waldo en enveloppant l'atelier d'un geste large. Voilà ton armure, ton Excalibur... Des voitures comme jamais tu n'en as piloté. Des merveilles de technologie. Hors commerce. Des prototypes. Plus proches du missile sol-sol que de la formule 1.

Markh se force à sourire. Il a ce baratin en horreur. Sans doute parce qu'il lui rappelle les harangues des bonimenteurs de foire du temps où il survivait en exécutant des cascades aussi débiles que mortelles pour la plus grande joie d'un public de tarés survivalistes défoncés à la meth.

Mais déjà Waldo le pousse dans l'espace vitré de son bureau. Une zone insonorisée, véritable cage de Faraday conçue pour tenir en échec les mouchards de la NSA. Waldo ne fait que dans la haute technologie, c'est connu.

— Si on allait droit au but ? propose Markh. J'ai conduit dix heures d'affilée, je voudrais prendre une douche et me pieuter.

Waldo, impeccable dans son costume noir coupé par le tailleur personnel de l'empereur du Japon, prend le temps de remplir deux verres de vin. probablement un cru à deux mille dollars la bouteille que Markh, par avance, se sait incapable de différencier du *Boone's Farm* pure pomme.

— À ta nouvelle vie, Lancelot ! clame Waldo en lui tendant l'un des verres.

Comme Markh semble décidé à casser l'ambiance, il change de ton et de visage, se muant soudain en chef d'état-major à la veille d'un raid de représailles.

— Ne t'inquiète pas, fait-il avec une once de condescendance. Tout est sous contrôle. Dans cet atelier on bosse nuit et jour pour te fournir le meilleur outil qui puisse exister. La carrosserie sera en titane, extra légère et super résistante comme la coque d'un sous-marin nucléaire. C'est d'ailleurs de là que provient le métal que nous employons. D'un sous-marin russe renfloué par les Cubains, et que mes partenaires ont acheté en pièces détachées.

— Tu déconnes ?

— Pas du tout. L'important, c'est que la bagnole résiste tout à la fois au décollage et à l'atterrissage. Tu comprends. En fait, ce que nous fabriquons ici, c'est une foutue voiture volante, un gadget à la Batman. À l'arrière, une tuyère alimentée au N.O.S., qui te fournira la poussée nécessaire à l'envol. À l'avant, un système absorbeur de choc, qui empêchera le châssis de se plier en deux lorsque tu toucheras le sol de l'autre côté. Je ne vais pas te faire la leçon. Tu connais tout ça mieux que moi. Tu as fait ce genre de cascade des dizaines de fois.

— Oui, mais jamais sur une telle longueur. Et la plupart du temps, la caisse se changeait en accordéon quand elle reprenait contact avec le bitume. Châssis pété, transmission en miettes. Sans compter le moteur qui reculait de cinquante centimètres et manquait chaque fois de me défoncer la cage thoracique.

Markh s'applique à prendre un ton goguenard, mais ce simple rappel lui met la sueur aux tempes.

Il se revoit, lançant le bolide sur la rampe qui grimpe vers le ciel tel un pont qui se relèverait. Ensuite c'est le saut… *c'est le vide.* Le ravin qu'il faut « enjamber ». Le gouffre, l'abîme. L'effrayante crevasse tellurique qui bâille comme une gueule de crocodile… La voiture plane dans les airs avant de retomber. Tout le problème consiste à l'empêcher de dévier de sa trajectoire afin qu'au terme de sa chute, elle s'engage sur la rampe de réception dressée de l'autre côté du ravin, la rampe salvatrice qui la ramènera doucement au niveau du sol.

Il suffit d'un rien pour que tout foire. Un léger déséquilibre qui la fera déraper, basculer hors de la rampe… et se changer en amas de ferraille.

Oui, Markh a exécuté cette manœuvre des dizaines de fois, mais toujours avec la même trouille au ventre. Les intestins liquéfiés.

Il n'a jamais été très calé en mathématiques, or l'installation d'une rampe de lancement exige de solides connaissances en physique et en ingénierie. Tout se joue à quelques centimètres près. Poussée, pente, accélération, résistance des matériaux, coefficient de frottement... tout doit être calculé au plus juste.

C'est Jana qui s'en chargeait. Jana avec son Master du MIT et qui avait, un temps, travaillé pour un installateur de montagnes russes dans les parcs d'attractions.

Jana, si folle et pourtant si méthodique. Tout à la fois capable des pires délires et de bosser des nuits durant sur son ordinateur, à construire des courbes et des simulations en 3D. Markh n'a qu'à fermer les yeux pour revoir les petites voitures colorées qui filaient sur l'écran, grimpant à l'assaut de la rampe d'envol. La sentence ne se faisait pas attendre, quand les calculs étaient mauvais, elles amorçaient un piqué et disparaissaient dans les profondeurs du ravin.

« Là, tu vois, philosophait Jana, *boum*, on est morts ! »

Elle étouffait un petit ricanement, mais ses yeux brillaient d'excitation, comme s'il s'agissait d'un simple jeu, comme si, en cas de malheur, il suffirait de presser sur une touche pour voir s'afficher la mention GAME OVER !

« On n'est pas dans un putain de jeu vidéo, s'emportait alors Markh. On n'a pas de vie de rechange.

— Heureusement ! sifflait la jeune femme. Sinon ça perdrait tout intérêt. »

Markh doit accomplir un effort pour ramener son attention sur Waldo. La fatigue lui joue des tours ; il ne doit surtout pas le montrer.

— Je t'ai déjà expliqué en quoi consistait la mission, murmure l'ex-avocat. On assure une liaison aller-retour. Tu pars d'ici avec un chargement, tu files vers la frontière du Mexique avec un colis très, très sensible, et tu passes de l'autre côté sans te faire voir.

— Le paquet, c'est quoi ? grogne Markh, mal à l'aise.

— On s'en fout ! s'impatiente son interlocuteur qui, pour la première fois, abandonne son masque de jovialité. De la drogue, de la technologie de pointe, des documents, le fœtus cloné d'Elvis, le cerveau de Kennedy conservé dans le formol... On s'en cogne ! Cela ne nous regarde pas. L'important, pour toi, c'est de passer au travers de la surveillance frontalière qui s'étend au long du Rio Grande. Tu sais en quoi ça consiste, non ?

Oui, Markh le sait. D'abord la muraille de fer, érigée sur des centaines de kilomètres du côté américain pour empêcher les migrants de se faufiler sur le territoire des États-Unis. Un rempart constitué de plaques métalliques boulonnées les unes à la suite des autres. Une barrière pleine de trous, certes, mais qu'on ne cesse de réparer et de renforcer sous la pression des factions anti-immigration que le Patriot Act a rendues hystériques.

À ce simple obstacle matériel, s'ajoutent les patrouilles de la milice... ou plutôt des milices, car chaque ville a la sienne. Des groupements paramilitaires noyautés par les groupements racistes pro-aryens, la Légion blanche, le Camélia blanc[1], et autres... Pas de quoi rire, car leurs « soldats » sont surarmés et ont la réputation d'avoir la détente facile. N'oublions ni les caméras de surveillance à infrarouge ni les drones qui survolent les zones sensibles pour transmettre les images à des centres d'analyse tactique. En cas d'alerte, la réponse est immédiate. Les patrouilles s'élancent : jeeps, Humvee, hélicoptères, on ne recule devant rien pour acheminer les troupes d'assaut à pied d'œuvre.

Cet arsenal permet de refouler plus de deux millions de clandestins par an, affirment ceux qui l'ont mis en place et le financent. Deux millions d'envahisseurs qui gangrèneraient, assure-t-on, le système économique et priveraient les honnêtes travailleurs de leur emploi. Est-ce vrai ? Rien n'est moins sûr, mais les esprits échauffés refusent de prendre le temps d'y réfléchir. Rien ne vaut une bonne haine bien carrée pour rassembler les électeurs autour d'un leader.

1. Nom originel du KKK.

— Il est de plus en plus difficile de passer, explique Waldo. Les miliciens sont beaucoup plus dangereux que les flics de la Border Patrol, la « Migra » comme disent les dos-mouillés. La police officielle n'est pas tendre avec les immigrants, certes, mais elle s'efforce de demeurer dans les limites de la légalité. Ce n'est pas le cas des milices privées. Leurs gars savent qu'en cas de bavure, ils pourront compter sur le soutien indéfectible des notables de leur ville. Souvent, l'affaire est enterrée, ou s'égare dans le dédale des procédures judiciaires. Les shérifs ne sont pas chauds pour se frotter aux milices, il y va de leur réélection…

— Je sais, coupe Markh. Dis-moi plutôt comment tu comptes t'y prendre pour m'expédier au Mexique et m'en faire revenir intact.

Waldo pince les lèvres, mécontent d'être interrompu.

— Tu connais le principe, siffle-t-il. On va se servir de la cascade que ta copine Jana avait mise au point. Tu fonces, pied au plancher, vers une rampe dont l'élévation a été soigneusement calculée par mes ingénieurs. Au moment que tu juges opportun, tu boostes ton moteur en lui injectant du N.O.S., ce coup de pied au cul te donne autant d'élan qu'un missile et te permet de t'envoler dans les airs sitôt arrivé au bout de la rampe. Transformé en oiseau, tu passes au-dessus de la muraille de fer, des caméras, et tu « enjambes » le fleuve pour retomber de l'autre côté sur la rampe de réception qui, elle, te ramène gentiment sur le plancher des vaches. Là, une équipe te prend en charge et te hisse avec ton véhicule dans le ventre d'un semi-remorque. Point final. Pour le retour, tu fais pareil, mais dans l'autre sens. Voilà, c'est simple.

— Si tu le dis ! s'esclaffe Markh. Pourquoi dans ce cas, as-tu besoin de moi ? Tu pourrais prendre le volant, non ?

Waldo reste stoïque. Il s'est préparé à cette provocation puérile, elle ne le démonte pas.

— Et les drones ? grogne Markh, et les radars ? Tu en fais quoi ?

— Rien. On s'en fout. La voiture que tu piloteras sera revêtue d'une peinture antiradar, comme les avions de chasse. Elle sera invisible. Aucune signature magnétique, *nada*. Même chose en ce qui concerne la chaleur. Revêtement antithermique, style navette spatiale. La carrosserie ne laissera filtrer aucune calorie en provenance du moteur. Tout a été prévu. On a testé, ça fonctionne.

— Admettons, *mais les rampes*... tu ne vas pas me faire croire que vous allez pouvoir dresser des rampes calibrées au millimètre près, en pleine nuit, et sans éveiller la curiosité des flics !

Waldo se marre, il transpire l'autosatisfaction par tous les pores.

— Les rampes sont déjà en place, mon vieux, lâche-t-il enfin. Depuis trois mois. On les a bâties sous le nez des autorités, et avec leur collaboration.

— Tu veux dire que vous les avez soudoyées ? Les flics sont dans le coup ?

— Bien sûr que non. On a été plus malins. Mes commanditaires ont versé de grosses sommes à deux municipalités pour qu'elles acceptent que soit érigé sur leur territoire un monument célébrant l'amitié des États-Unis et du Mexique. Une œuvre d'art de grande ampleur destinée à enterrer les vieilles querelles qui opposent Fort Alamo, Santa Anna, et tout le foutoir… Cette œuvre est constituée de deux parties distinctes, l'une enracinée sur le sol américain, à la périphérie de la bourgade de Maxon Bull City, l'autre sur la rive mexicaine du Rio Grande, aux abords du village de Pablito Santo. Bien évidemment, les deux morceaux du monument se font face, ils sont en béton, très modernes, et se tendent en quelque sorte les bras… disons qu'ils sont complémentaires. Un beau symbole, tout à la fois fracture et réconciliation. Tu vois ?

— Ouais… Un symbole qui pourrait éventuellement servir de rampe de lancement.

— C'est cela. Je te l'ai dit, tout a été prévu. Il s'agit d'une énorme opération. Nous ouvrons un couloir invisible par où transiteront des millions de dollars de marchandises. À chaque passage, nous prélèverons notre pourcentage. Tu passes la camelote au Mexique et tu reviens avec la monnaie.

— Bref, c'est un go-fast.

— Un go-fast comme jamais on n'en a imaginé. On est loin des caisses gonflées par des zonards qui forcent les barrages flingue en pogne et se font mitrailler par les hélicos des stups. Non, là, c'est vraiment de la stratégie d'extraterrestres. Les flics n'y verront que du feu.

Afin d'appuyer ses dires, Waldo déverrouille un coffre-fort et en tire une brassée de plans, de maquettes et de photographies desdits « monuments ». Markh l'écoute à peine. De toute façon il n'est pas ingénieur, les chiffres, les croquis, lui sont aussi impénétrables que des hiéroglyphes d'un tombeau dans la Vallée des Rois.

— Tout a été calculé et revérifié, radote Waldo. On a même utilisé un Cray en temps partagé avec la fac de Berkeley, c'est tout dire !

— D'accord, bâille Markh, ça semble intéressant, mais je voudrais dormir.

— Réfléchis bien, martèle l'ex-avocat, ce serait le couronnement de ta carrière de cascadeur, l'exploit ultime !

Vexé par le peu d'enthousiasme dont fait preuve le pilote, Waldo remise les documents dans le coffre dont il brouille la combinaison.

— Je vais te faire accompagner à ton motel, lâche-t-il. Excuse-nous, mais ici c'est le trou du cul du monde. Officiellement, je suis réparateur de limos pour les studios d'Hollywood. Je distribue pas mal de fric aux bonnes œuvres du comté, si bien qu'on me fiche une paix royale. Le shérif me doit sa réélection, autant dire qu'il me mange dans la main. Si on te pose des questions, réponds que je t'ai embauché comme chauffeur de limousine, et raconte que tu as l'habitude de côtoyer les vedettes, ça leur en mettra plein la vue. Invente, ce sont des culs-terreux.

Markh hoche la tête. S'il ne bouge pas, il va s'endormir sur sa chaise. Le vin lui a flanqué la migraine. En tant que pilote il s'est toujours tenu éloigné des boissons alcoolisées. «Tu vis comme un moine! lui reprochait Jana. Il est grand temps que quelqu'un te secoue.»

Ils traversent l'atelier pour émerger sur l'immense parking. C'est le désert ici. De la poussière, des cactus candélabres. On se croirait dans un décor de western fauché. Le ciel est laiteux, le soleil rend le moindre geste pénible. La bourgade dresse ses toits à cinq kilomètres et tremble dans les vibrations de l'air surchauffé. En arrivant, Markh a vu un panneau : Bienvenue à Dry City. La ville sèche. Un nom de bande dessinée. Il en fait la réflexion à Waldo, celui-ci marmonne :

— Il y a un siècle la ville se dressait sur le bord d'une rivière qui s'est peu à peu tarie. Elle survit tant bien que mal. Un jour ce ne sera plus qu'une cité fantôme, ça me convient au poil.

D'un claquement de doigts, il signifie à l'un des jeunes gens de son équipe de se charger de Markh.

Celui-ci prend congé d'un grognement et grimpe dans une Rolls antédiluvienne peinte en rose bonbon dans le plus pur style *psychedelic Malibu*.

Le type installé au volant appartient à la race des souleveurs de fonte qui hantent le sidewalk à

Venice Beach. Vêtu d'un bermuda et d'une invraisemblable chemise hawaïenne, il semble tout droit sorti d'une projection de *From here to eternity*[1].

Le trajet s'effectue sans qu'il prononce un mot. Quand il pose enfin le pied devant le motel, Markh est convaincu d'avoir eu affaire à un androïde.

1. Célèbre film de F. Zinnemann, de 1953, connu en France sous le titre *Tant qu'il y aura des hommes*.

SUE

Sue a seize ans et elle est de très mauvaise humeur. Ce matin, alors qu'elle sortait du mobile home familial pour aller travailler, elle a commis l'erreur de dire qu'elle avait froid. Il fait toujours horriblement froid dans le désert, avant que le soleil ne soit levé; or le camp de mobile homes est situé à la périphérie de Maxon Bull City, afin d'épargner aux honnêtes gens la vision de ces roulottes pouilleuses enracinées depuis des dizaines d'années sur un socle en buses de ciment. Au nord, les barbelés encerclant le périmètre donnent sur la *mesa*, si bien que les *winnebagos* sont constamment mitraillés par le vent de sable.

Comme de coutume, Grand-P'pa Julius était déjà levé, en tee-shirt et caleçon, il se préparait du café sous l'auvent. Quand Sue a eu le malheur de gémir « Brrr, fait frisquet », il a aussitôt entonné son sempiternel couplet :

« Quelle mauviette ! Quand j'étais parachutiste et que je sautais d'une altitude de 12 000 mètres, une bonbonne d'oxygène ficelée sur la poitrine, tu sais quelle température je devais supporter ? Près de 57 °C au-dessous de zéro ! Et je mettais alors plus de vingt minutes pour toucher le sol une fois mon pépin ouvert ! »

Sue a failli se boucher les oreilles en hurlant « Pitié ! ». Elle n'en peut plus des radotages de Grand-Pop, qui a été un héros dans sa jeunesse et totalise des dizaines de records de saut sur le ventre, sur le dos, avec et sans parachute, ou je ne sais quoi !

Grelottant malgré son gilet matelassé, elle a enfourché sa moto – une Norton militaire 16H antédiluvienne mais increvable – et filé en direction du monument sans même avaler un café. Elle claque des dents, elle aurait dû enfiler autre chose que son tee-shirt fétiche où s'étale la mention *Natural Born Sleeper*, mais elle le porte pour emmerder le monde, c'est l'uniforme qu'elle s'est choisi pour faire la nique aux culs coincés de Maxon Bull City.

Sa famille la rend dingue.

Grand-Père Julius a été para pendant pas mal de temps, puis, lorsqu'il a quitté l'armée, il est devenu cascadeur spécialisé dans les films de guerre comme on en tournait des tas dans les années 1950-1960. Sue a horreur de ces nanars militaristes auprès desquels *Rambo* fait figure de comédie sentimentale. Grand-P'pa a passé des années à doubler des acteurs célèbres qui seraient morts de pétoche s'ils avaient dû s'éjecter d'un avion en vol. Il encombre les étagères du mobile home avec les VHS pourries des films où il a tourné. Il passe son temps à les visionner, si bien que les bandes sont maintenant abîmées et striées de parasites.

«Attention ! hurle-t-il comme si la baraque prenait feu. Ça va être à moi… *Là ! Là !* c'est moi ! »

En réalité on ne voit jamais son visage. Ses traits sont toujours cachés par un masque à oxygène, des lunettes, bref, il pourrait s'agir de n'importe qui. Parfois, Sue se demande s'il ne s'attribue pas des prouesses exécutées par d'autres, sans même en avoir conscience. C'est qu'il est terriblement vieux, soixante-quinze ans, un vrai dinosaure ! Et pourtant toujours en pleine forme, bâti en hercule de foire, les pectoraux tapissés d'une moquette grise qui fait frissonner Sue de dégoût. Beurk ! Elle trouve l'anatomie des hommes répugnante, ça l'a prise toute jeune, sûrement à cause de Grand-Pop, de son frère Timmy et des petits copains occasionnels de M'man qui se baladaient l'attirail en devanture dans le mobile home. C'est dit, jamais elle n'acceptera qu'une de ces créatures poilues s'allonge sur elle pour lui fourrer son tuyau télescopique entre les jambes.

Au reste, elle n'aime pas davantage les filles. Elle a essayé avec Lucy-Ann Brolin, un soir qu'elles s'étaient pintées au *Boones' farm*, mais ça ne l'a pas emballée, autant faire ça toute seule quand ça vous démange, et hop ! on n'en parle plus. On en fait tout un foin, mais c'est pas si important.

Sue a décidé de ne jamais tomber amoureuse, on en bave trop. Elle ne veut plus souffrir. La mort de son père et l'accident de son frère ont épuisé son capital endurance.

Elle voudrait partir loin de Maxon Bull City, refaire sa vie ailleurs, dans un endroit civilisé où l'on n'entend pas les coyotes hurler la nuit, où les gens ne se promènent pas avec un flingue à la ceinture, où il fait moins chaud.

Elle n'est pas née au Texas et ça se voit, ça s'entend surtout puisqu'elle n'a jamais adopté l'accent traînant du coin. Les paumés qui vivent au camp de mobile homes, on les surnomme les roast skins, parce qu'ils rôtissent au soleil du désert, faute de loger dans une vraie maison, et qu'ils tournent en rond dans leur mobile home en tôle comme des poulets à la broche dans un four. C'est un peu l'équivalent des *red necks*[1], en plus minable.

Elle en veut à sa famille d'avoir échoué ici, dans ce bled perdu.

« Ce n'est pas vraiment un choix, lui a expliqué Wittie, sa mère. C'est parce qu'avec ton père on suivait la route des rodéos, pour notre boulot. »

Wittie, c'est le diminutif de Wichita, le nom d'artiste de M'man, qui se nomme en réalité Willhemina, ou Mina, mais, avec l'habitude, ça a fini par devenir son nom de tous les jours. M'man est jolie, avec une goutte de sang navajo qui lui fait les yeux bridés et les pommettes hautes. Une belle

1. Surnom des Blancs pauvres, très péjoratif.

femme sur laquelle les hommes se retournent, au grand agacement de Sue qui n'a rien hérité de sa beauté. Sue est quelconque, comme son père. Un échalas blondasse, des taches de rousseur par milliers, un visage à la Fifi Brindacier, pas de quoi devenir reine de promo.

P'pa et M'man étaient clowns de rodéos. Contrairement à ce qu'on pourrait croire, ça n'a rien de rigolo. C'est même foutrement dangereux puisqu'il s'agit de détourner la colère des taureaux du crétin de cow-boy qui s'est fait désarçonner et gît maintenant dans la poussière. En fait, le clown bondit dans l'arène en feignant de faire le pitre, mais son vrai boulot c'est d'amener le taureau à le poursuivre en l'agaçant. Tout ça pour donner le temps aux infirmiers de ramasser le cow-boy inanimé, et plus ou moins en morceaux.

Il faut un sacré courage pour s'offrir aux cornes d'un taureau fou furieux, lui faire des grimaces, lui montrer son cul, et être capable d'éviter le coup mortel d'une pirouette, à la dernière seconde.

Tout ça pour permettre à des imbéciles aux couilles plus grosses que leur cervelle de frimer devant les nanas piaillantes entassées sur les gradins.

Pas de rodéos sans clowns, c'est obligatoire. Les clowns sont là pour gommer le malaise qui s'installe quand un type se fait encorner et commence à semer ses tripes dans le sable. Un sale boulot.

Sue ne sera jamais clown de rodéo. P'pa voulait lui apprendre, elle a refusé tout net.

«Pourtant t'es sacrément souple, enrageait-il, et vive, un vrai diablotin monté sur ressort. Et puis, avec ta frimousse, tu deviendrais vite une vedette. T'as l'air d'un personnage de dessin animé.»

Dans sa bouche c'était sans doute un compliment, et Sue a pris sur elle pour ne pas se fâcher… ou éclater en sanglots.

P'pa et M'man étaient clowns, oui, chacun dans un genre différent. P'pa déguisé en cow-boy ridicule avec un pantalon trop grand orné d'une reprise rouge vif au cul, un Stetson mité traversé d'une fausse flèche indienne en caoutchouc, et un gilet arborant une étoile de shérif large comme une assiette.

M'man, elle jouait dans un registre différent. Chemise à carreaux largement ouverte sur les seins et nouée au-dessus du nombril, minijupe à ras la foune pour mettre en valeur ses longues jambes de danseuse chaussées de pee-wees[1] rouge vif. Elle tressait en nattes ses longs cheveux aile de corbeau pour accentuer son côté princesse indienne, et entrait dans l'arène en faisant la roue, histoire de montrer sa petite culotte aux mecs qui, à cet instant, devenaient aussi incontrôlables que les taureaux.

Alors tous les spectateurs se mettaient à scander : «Wichita ! Wichita !» et quelques-uns ajoutaient «à poil !» mais le service d'ordre s'empressait de les

1. Demi-bottes de rodéo, le plus souvent portées par des femmes.

faire taire. Au Texas, le rodéo est aussi sacré que la messe du dimanche et le barbecue communal.

Mais derrière la frime, les pitreries et les acclamations, il y a le danger, la mort qu'on nargue à trois centimètres près, la corne qui vous frôle au point de vous égratigner le nombril, le sabot qui peut vous faire éclater la boîte crânienne. Le clown de rodéo est un héros méconnu, un gugusse pour lequel personne ne s'inquiète puisqu'il semble en caoutchouc et ne cesse jamais de sourire.

Sue aurait souhaité que ses parents soient employés de banque, vendeurs de voitures ou agents immobiliers. Ouais, ça lui aurait plu. Agents immobiliers surtout, la famille aurait pu habiter autre chose que cette saloperie de caravane où l'on ne peut pas ouvrir un tiroir sans découvrir qu'un lézard a fait son nid dans vos petites culottes. Sue en a marre.

Elle a changé si souvent d'école qu'elle n'a jamais pu décrocher le moindre diplôme ni se faire d'amis. C'est qu'on ne restait jamais longtemps au même endroit. La foutue route des rodéos impliquait qu'on se remette en marche sitôt qu'une foire aux bestiaux ou une quelconque commémoration se préparait ici ou là.

«T'en as de la chance! lui soufflaient les filles de sa classe lorsqu'elles se retrouvaient au Dairy Queen du coin. Tu vis des aventures incroyables! Moi, mes parents sont à peu près aussi vivants qu'une endive!»

Aujourd'hui, Sue pourrait leur dire que vivant comme une endive c'est toujours mieux que mort comme l'est P'pa, qui a fini encorné par un taureau de trois cents kilos, un véritable monstre digne du Minotaure de l'Antiquité. P'pa, mort, transpercé de part en part, empalé sur une corne et promené par la bête à travers l'arène, comme un trophée. Sue n'oubliera jamais cette image. Ce jour-là, elle n'a même pas eu le réflexe de crier. Elle a eu l'impression de se changer en statue de sel.

Une fois passé la station Texaco, elle ralentit car le monument est en vue, lui aussi bâti hors de la ville, ce qui se comprend car c'est une horreur. Une espèce de vague en béton sur les flancs de laquelle on a plaqué des sculptures en ronde-bosse évoquant les dissensions qui ont, jadis, opposé les Texans aux Mexicains... «Mais qui se sont terminées par une grande réconciliation et une fructueuse collaboration.» C'est du moins le commentaire que Sue a appris par cœur et qu'elle doit débiter aux touristes qui débarquent par cars entiers pour photographier cette espèce d'escalier dépourvu de marches qui grimpe vers le ciel. *Starway to the stars...* comme disait elle ne sait plus quelle chanson préhistorique.

Un boulot débile, mais c'est tout ce qu'elle a pu dénicher puisque Wittie lui a interdit de faire serveuse au Taco Bell ou au Denny's du coin, ou encore caissière à la station Texaco (qui a déjà été attaquée trois fois !). Deux mois plus tôt, Sue a failli dégotter un emploi de standardiste à la Southern Bell Company, mais ça a foiré là aussi.

Sue freine à l'entrée du sanctuaire et ôte son casque. La Norton est un achat de Grand-Pop. Un « accessoire » cinématographique récupéré auprès d'un magasinier à la fin d'un film de guerre. Sue l'adore et la bichonne comme un apaloosa.

Molosse, le gardien de nuit, sort de la casemate et vient à sa rencontre. Il ne s'appelle pas vraiment Molosse, mais Sue trouve que le sobriquet lui colle à merveille. C'est un type bodybuildé, peu causant et pas commode, qui veille sur le monument, comme si quelqu'un allait avoir l'idée de voler cette merde !

« On pourrait le vandaliser ! lui a répondu sèchement Molosse une fois que Sue s'étonnait de sa présence.

— Je vois pas comment on pourrait le rendre plus moche ! a-t-elle ricané. Ça ressemble à une rampe de lancement de fusée ! »

Ça n'a pas fait rire Molosse qui lui a jeté un regard bizarre, presque menaçant.

« C'est pas une rampe de lancement, a-t-il grondé, c'est commémoratif, faut le respecter parce que des tas de gens sont morts au cours de la guerre avec le Mexique. Vous les jeunes, vous respectez rien. »

Assez curieusement, Sue a eu l'impression que c'est surtout le terme *rampe de lancement* qui a fâché le vigile. Allez savoir pourquoi.

Molosse parti, elle prend possession de la casemate érigée au pied du monument. Elle s'empresse d'aérer parce que ça pue le fauve là-dedans. L'odeur des hommes, c'est tout un poème ! Et dire qu'il y a des filles que ça excite !

Une copine de classe lui a expliqué que c'était un truc de phéromones, tout ce qu'il y a de plus naturel, bio quoi…

« Ah ! ouais ! a dit Sue, comme les mouches avec le crottin de cheval ? »

Bon, elle ne sait pas se rendre populaire, qu'est-ce qu'elle y peut ?

Elle entreprend de faire du café. Dans son casier fermé à clef, elle conserve des beignets qu'elle passera au micro-ondes. Elle n'est pas comme les autres filles, elle peut manger tout ce qu'elle veut sans prendre un gramme. P'pa était comme ça, après chaque rodéo il se prenait des ventrées de hamburgers sans jamais se choper le moindre centimètre de bouée sur le nombril.

Dommage, s'il était devenu obèse il aurait dû renoncer à faire le clown et il serait encore vivant… ou mort d'un infarctus, va savoir ?

P'pa et son humour débile qui ne faisait rire que Sue et Timmy. M'man, elle, en avait un peu honte. Au drugstore, il lui arrivait d'expédier son coude dans les côtes de P'pa en chuchotant : « Moins fort, tout le monde écoute. »

Sue fait quelques pas au seuil de la casemate, sa tasse de café dans une main, son beignet dans l'autre. L'ombre du monument l'écrase. Il faudrait qu'un tremblement de terre foute ce truc par terre !

Non, elle déconne, si ça se produisait elle n'aurait plus de boulot, or la famille vit aujourd'hui sur sa paye puisque Wittie a arrêté les rodéos et que le dentiste chez qui elle faisait réceptionniste l'a flanquée à la porte le jour où elle a refusé de lui tailler une pipe. Quant à Grand-Pop, il ne met la main au porte-monnaie qu'en cas d'extrême urgence, quand la famine menace.

La vie c'est pas un grand morceau de caramel mou, comme disait Abraham Lincoln… ou elle ne sait plus qui.

Elle aime bien ce moment de la journée, quand les rues sont vides et qu'on a l'impression que la totalité de la population de Maxon Bull City a été égorgée pendant la nuit. C'est d'un calme !

Sue adore les films de science-fiction où un type tout seul se balade dans les rues d'un New York désert parce qu'il est l'unique survivant d'une terrible épidémie, ou une connerie du même tonneau. Généralement il chiale et se lamente, adopte un chien ou dresse deux cafards à danser la salsa. Sue a envie de lui crier : « Hé, Pomme, on échange si tu veux ! Viens à Maxon Bull City, Texas, tu verras si on rigole ! »

Elle déguste son café et les grains de sucre du beignet en contemplant le paysage. Le mur de fer qui longe le fleuve l'empêche de voir l'eau. Dominant l'autre rive, elle aperçoit le monument jumeau qui semble tendre son cou au-dessus de la frontière comme pour venir dévorer les citoyens américains. Sue juge débile d'avoir élevé un monument prônant la réconciliation sur une portion de territoire qui milite justement contre l'immigration ! Car les gens d'ici sont de fervents partisans du *Homeland security act* et de *l'iron tortilla*[1].

À tort ou a raison, Maxon Bull est considérée comme un point de passage stratégique, d'où la concentration des milices aux alentours. M'man, en raison de ses yeux bridés et de sa peau mate, a été plusieurs fois victime de propos racistes. Un petit connard de milicien a même exigé qu'elle lui montre sa carte verte. Il a été très emmerdé de découvrir que Wichita était bel et bien née aux États-Unis et totalement américaine. Depuis, M'man évite de traîner en ville plus qu'il n'est nécessaire, mais la claustration au camp de trailing ne lui vaut rien. D'autant plus qu'un jour ou l'autre, il se trouvera bien une commère pour insinuer qu'elle utilise le mobile home pour faire la pute.

De temps en temps, Grand-Pop Julius exige qu'elle l'accompagne au supermarché. Pour l'occasion, il enfile une chemise militaire et épingle sur sa poitrine son *purple heart* et sa médaille du Congrès, histoire de faire chier les racistes qui lui chercheraient noise. Sa carrure de gorille grisonnant fait le reste.

1. Surnom de la barrière métallique censée arrêter « l'invasion » des migrants.

Son petit déjeuner terminé, Sue coiffe la casquette qui fait d'elle le guide officiel du site touristique. Elle se sent un peu idiote ainsi affublée mais l'avantage, c'est qu'on ne voit pas ses cheveux sales. Les douches du camp fonctionnent deux jours sur sept en moyenne, ce qui ne facilite guère l'hygiène des résidents.

Le soir, une fois les visites finies, elle essaye de se laver morceau par morceau dans le lavabo des toilettes mises à la disposition des touristes. Elle doit se dépêcher car elle dispose de très peu de temps avant l'arrivée de Molosse, et elle ne tient pas à ce que cet abruti la surprenne en petite culotte.

La casquette vissée au ras des sourcils, Sue fait le tour du monument pour s'assurer qu'aucun détritus n'a été balancé par-dessus la barrière pendant la nuit. Parfois, un coyote vient festoyer au pied du bloc de béton, laissant derrière lui des os et boyaux qui font désordre.

Le regard de la jeune fille court sur la fresque qui raconte le carnage de Fort Alamo par les troupes de Santa Anna en 1836, à l'époque de la révolution texane. On y voit Davy Crockett acculé contre une palissade, le ventre transpercé par dix baïonnettes mexicaines, ou encore le colonel Bowie, affaibli par la maladie, massacré dans son lit par les soldats de Santa Anna qui le clouent littéralement au matelas.

Ici, au Texas, on se plaît à raconter que les troupes mexicaines s'acharnèrent ignoblement sur les morts au soir de la bataille. On insiste sur le fait que Santa Anna exigea que les survivants texans soient fusillés, et refusa catégoriquement qu'on les inhume. Pas sympa.

Sue ignore si tout cela est vrai, mais elle ne cesse de se demander pourquoi on a choisi de mettre ces épisodes en relief sur une stèle censée prôner la réconciliation des deux nations.

«C'est probablement un coup en vache des Texans, a répondu M'man quand Sue lui a fait part de son étonnement. Le temps a passé sans que leur rancœur s'émousse. Ils ont accepté qu'on bâtisse ce monument à condition qu'on leur laisse le choix de l'ornementation. C'est leur manière de proclamer : *Voyez ce qui risque de se reproduire si vous laissez les dos-mouillés envahir notre beau pays.*»

Tout à coup, Sue tressaille car elle vient de repérer des traces de gomme sur la rampe de béton qui constitue la «colonne vertébrale» du monument. Elle surnomme ainsi cette espèce de chemin rectiligne, large d'à peine deux mètres, qui, partant du sol, s'élève vers le ciel sur une distance d'environ cinquante mètres.

Elle jure entre ses dents et se penche pour examiner les traînées noires. Elle sait d'où elles proviennent. *Des roulettes de skateboard!* Et pas n'importe lequel, celui de Timmy, son frère.

Elle a beau le sermonner, il ne peut s'empêcher de revenir la nuit pour dévaler la pente en multipliant les figures acrobatiques.

«Tu fais chier! ne cesse de lui répéter Sue, ça finira mal, un jour Molosse t'entendra et te cassera la figure. Il est payé pour ça.

— Y a pas de danger! s'esclaffe Timmy. Dès que tu t'en vas il se met à picoler bière sur bière, si bien qu'au bout d'une heure, il s'écroule sur son lit de camp et ronfle à fissurer les murs.

— Peut-être, mais s'il se réveille il y aura du vilain. C'est une brute. Il débarque tous les soirs avec sa batte de base-ball. Je ne sais pas d'où il sort, mais à voir les tatouages qui couvrent ses bras, je suppose qu'il n'a pas grandi dans un monastère.

— T'inquiète! ricane Timmy. C'est un gros bœuf. Il est lourd. S'il essayait de me poursuivre, j'aurais vite fait de le distancer avec mon skate.»

Les gros bœufs, se retient de grogner Sue, *ça a des cornes, et ça peut facilement éventrer les petits gars qui se croient malins... comme notre père, par exemple.*

Faire la leçon à Timmy ne sert foutrement à rien, ce qui lui rentre par une oreille lui sort par l'autre. Ce n'est pas de sa faute. Il est comme ça depuis son accident. Timmy a quinze ans aujourd'hui, mais son cerveau est resté celui d'un gosse de neuf ans. Depuis la trépanation, il a cessé de grandir dans sa tête. Les gens disent de lui que c'est un retardé mental. Un idiot de village. On le surnomme Dummy, ce qui veut tout dire, même si ça feint d'être affectueux.

Sue garde un souvenir précis de l'accident. À l'époque, Timmy était le roi de la planche à roulettes.

En dépit de son jeune âge, il était capable d'exécuter des figures acrobatiques d'une étonnante complexité. Grand-Père Julius l'y encourageait en tant qu'expert autoproclamé en conneries viriles. Timmy était son chouchou, sans doute parce que le gosse était le seul à écouter béatement ses récits de prouesses aéroportées.

Un après-midi, Timmy a voulu exécuter un looping complet à l'intérieur d'un canal d'écoulement asséché. Une roulette du skate a cédé et le mioche, déséquilibré, s'est écrasé la tête la première sur le béton. Enfoncement de la boîte crânienne, compression du cerveau, hématome sous-dural, trépanation d'urgence improvisée par le toubib de Maxon Bull qui pratique la chirurgie à temps perdu, pour ne pas dire en « peintre du dimanche ».

On ne s'est pas tout de suite rendu compte du problème. Quand Timmy est sorti du coma, il avait l'air normal – à ceci près qu'il avait tout oublié de la langue klingon[1] qu'il parlait pourtant à la perfection – , ce n'est qu'après qu'on a compris... au fil des années.

Aujourd'hui, Timmy est devenu incapable du moindre effort intellectuel, les additions à plus de deux chiffres lui flanquent la migraine, il n'arrive même plus à lire les bulles de BD car les mots se mettent à danser dès qu'il les fixe. Souvent, il a des

1. Langue fictive parlée par les protagonistes de la série télévisée de science-fiction *Star Trek*.

absences dont personne n'ose le tirer. Il peut rester ainsi une heure durant, les yeux dans le vague, à sourire bêtement.

Le soir, pour l'aider à s'endormir, Sue doit lui lire un passage des aventures des *Hardy Boys*, une vieille série pour gosses des années 1950.

Si elle était riche, elle l'emmènerait consulter un vrai médecin, un spécialiste qui lui débloquerait le cerveau. Elle a la quasi certitude qu'avec du fric on pourrait guérir Timmy, lui injecter une substance qui lui boosterait les neurones.

Inquiète, elle grimpe sur la rampe de béton. Il faudra effacer les traces du skate avant l'arrivée de Molosse si on ne veut pas lui mettre la puce à l'oreille. Le plus sage serait d'interdire à Timmy de revenir faire le zouave sur le monument, mais voilà, on ne peut tout de même pas l'attacher au pied de son lit. Si on ferme la porte, il sortira par une fenêtre.

«Sue! Hé! Sista'!» fait soudain une voix derrière elle.

C'est justement Timmy, dégingandé, avec son tee-shirt Captain America à présent trop court pour son torse longiligne. Il paraît bizarrement excité et Sue se prend à redouter le pire. Elle déteste le voir comme ça, avec dans l'œil une étincelle de démence précoce. Parfois, elle rêve qu'en grandissant, il deviendra tueur en série, ou qu'une organisation terroriste profitera de sa naïveté pour l'utiliser comme bombe humaine.

«Tu as encore fait le con! s'emporte-t-elle. Tu veux te faire casser la tête? Tu crois qu'on n'a pas assez de problèmes?

— Chut ! Chut ! souffle le jeune homme en adoptant une mine de conspirateur, j'ai un truc génial à te raconter.

— Quoi ? Quoi encore ? grogne Sue en s'appliquant à juguler sa mauvaise humeur.

— J'ai surpris un complot, chuchote Timmy. Une vraie conspiration. Je déconne pas. Cette nuit, pendant que je faisais du skate sur la rampe. Il s'est passé des choses. »

Sue s'oblige à la patience. Elle sait d'expérience qu'il est préférable de laisser Timmy vider son sac si l'on veut éviter qu'il pique une crise de nerfs et se roule par terre comme un mioche de trois ans. Spectacle qui la déprime grave.

« J'étais au sommet quand j'ai vu approcher les phares d'une bagnole, halète le garçon. En pleine nuit. J'ai trouvé ça bizarre parce que personne ne vient jamais ici, même pas les amoureux qui veulent se tripoter. J'ai eu la trouille, je me suis planqué dans les buissons... »

Sue, les sourcils froncés, écoute le récit de son frère, récit effectué de manière non chronologique et qu'elle doit s'efforcer de recomposer. Il en ressort que des « types inquiétants » sont sortis de la voiture, ont réveillé Molosse en lui gueulant dessus, et ont escaladé la rampe avec de curieux instruments fonctionnant au moyen de faisceaux laser.

« Ils mesuraient des tas de trucs, continue Timmy. Hauteur, largeur, élévation... ils avaient un ordinateur.

— Bon, abrège Sue, c'étaient des géomètres ou un truc comme ça. Ils sont venus la nuit parce que dans la journée il y a les touristes.

— Non, trépigne Timmy. Ils parlaient de faire décoller une voiture.

— Quoi ?

— J'ai bien entendu. Ils disaient que le monument allait servir de tremplin à une bagnole gonflée qui sauterait au-dessus du fleuve pour retomber sur la rive mexicaine.

— Tu déconnes.

— Pas du tout. Ils répétaient que ce serait un super go-fast, un truc comme on n'en avait jamais tenté, et que ça allait rapporter une fortune.»

Sue frissonne.

Les go-fast sont fréquents tout au long de la frontière, mais ils se terminent souvent mal à cause des barrages, des hélicoptères et des drones. Les voitures, même gonflées à mort, ont du mal à lutter contre ce qui vient du ciel, notamment les anciens hélicos de combat rachetés aux surplus militaires par les milices.

Elle s'ébroue, inutile de s'emballer, Timmy a probablement imaginé tout ça.

«Ils ont dit, souffle le garçon, que la bagnole, lorsqu'elle repasserait ici, ramènerait dans les dix millions de dollars en billets intraçables.»

Cette fois, Sue sent son cœur rater un battement.

Dix millions ?

Voilà qui mérite de s'asseoir deux minutes pour y réfléchir, *nope ?*

WICHITA

Wittie essaye désespérément de faire le ménage à l'intérieur du mobile home, cela consiste à faire la chasse aux chaussettes, caleçons et culottes sales cachés sous les meubles. Elle s'active depuis deux heures, dans la chaleur étouffante. Elle ruisselle et rêve d'ôter sa chemise; elle s'en abstient car elle ne veut surtout pas voir s'allumer l'habituelle étincelle lubrique dans les yeux de Grand-Père Julius qui sirote bière après bière sous l'auvent de toile, la glacière à portée de main. Elle surprend soudain sa propre image dans le miroir du cabinet de toilette, un foulard corsaire noué sur ses cheveux, et elle ricane. Où est passée la Wichita qui, en jupette et pee-wees, faisait des cabrioles dans l'arène, sous le nez des taureaux furieux? À trente-huit ans elle est encore très «présentable», et c'est pourquoi, le matin, elle fait son possible pour éviter de croiser Julius lorsqu'elle se déplace en petite culotte à l'intérieur du Winnebago. Difficile de préserver son intimité quand on vit à quatre dans un espace aussi réduit. Il se trouve toujours quelqu'un pour vous surprendre au moment le plus délicat.

Wittie fait couler l'eau dans l'évier et s'asperge le visage. Elle a chaud, elle a peur. Elle n'aime pas ce qui mijote depuis un moment dans le chaudron de sorcière qu'est devenu le mobile home. Très exactement depuis que Sue et Timmy, ses enfants, sont revenus très excités du « monument ».

Son premier réflexe a été de hausser les épaules et de siffler d'une voix trop aiguë : « Sue, arrête avec ces bêtises, ton frère va s'énerver, il n'arrivera pas à dormir et va mener la sarabande toute la nuit. »

Hélas, Grand-Pop Julius a saisi la balle au bond, comme il fallait s'y attendre.

« Des bêtises ? Pourquoi ça, Wittie ? a-t-il susurré de sa voix de crooner. Au contraire, moi je trouve ça intéressant en diable. Et très vraisemblable. »

Wittie a serré les dents et s'est retournée vers l'évier pour dissimuler la pâleur de son visage. Depuis la mort de Brad, son mari, une guerre sournoise et larvée l'oppose à son beau-père, l'ex-héros parachutiste décoré qui s'est autoproclamé chef de famille. À plusieurs reprises elle a eu le sentiment qu'il comptait bien prendre la succession de son fils, *toute la succession*. Elle déteste qu'il fasse irruption dans la salle de bains quand elle est sous la douche, comme si cela n'avait aucune importance. Quand elle proteste, il réplique, goguenard : « Enfin, Wittie, de quoi as-tu peur? Je suis un vieillard, ces choses-là ne m'intéressent plus depuis longtemps ! »

Elle est persuadée du contraire. Elle devine qu'il essaye de l'avoir à l'usure, qu'il guette le moment de faiblesse qui lui permettra de passer à l'attaque.

Mais ce n'est pas cela qui inquiète le plus Wittie car elle a toujours vécu enveloppée de regards libidineux et de propositions salaces. Depuis ses douze ans les hommes la harcèlent et ne voient en elle qu'un morceau de viande qu'ils rêvent de plier à leurs désirs. Un joli morceau de viande.

Elle s'y est résignée. Quand elle a été élue reine de promo, à sa sortie du collège, elle n'imaginait pas que ça serait si pénible.

Non, aujourd'hui, ce qui l'angoisse, c'est le *Jeu du Braquage* auquel Julius, Sue et Timmy jouent presque tous les soirs.

C'est Grand-Pop qui est à l'origine de cette distraction. Au début, il s'agissait simplement de revisiter les batailles célèbres. Refaire Stalingrad, le Débarquement de Normandie, Iwo Jima... voire les conflits napoléoniens : Waterloo, la retraite de Russie. Ancien militaire, Julius se donnait un mal fou pour prouver que les généraux s'étaient trompés, et qu'il était capable de faire beaucoup mieux. Un soir, las de jouer seul, il a essayé d'embrigader les gosses dans ses délires stratégiques, mais ni Sue ni Timmy n'ont mordu à l'hameçon. Alors, avec perversité, Julius a adapté l'enjeu aux fantasmes des enfants. Dès lors il n'a plus été question de batailles, mais de braquages, de hold-up et de fortunes à dérober.

Pour corser la partie, la vieille canaille a imaginé de s'en prendre à des cibles réelles, des établissements connus de ses petits-enfants.

« Et si on dévalisait la banque du père Maddox, hein ? proposait-il. Comment s'y prendrait-on ? Ou le drugstore de ce connard de Johnny Culpepper ? »

Dès lors, le jeu a pris un aspect revanchard qui a enchanté Sue et son frère.

Wittie qui, au début, ne dédaignait pas de s'impliquer dans ces parties délirantes, a fini par prendre conscience de leur effet néfaste. Un soir, elle s'est rendu compte que les gosses riaient trop fort, que leurs yeux brillaient d'un éclat cruel, qu'ils se mettaient à proférer des mots inquiétants. Le jeu les envoûtait, faisant ressortir les aspects les plus sombres de leur personnalité.

Il arrivait que Julius jette de l'huile sur le feu, suggérant tout bonnement d'abattre des otages parmi lesquels figuraient des gens que Wittie et les enfants côtoyaient tous les jours.

« Ils le méritent bien ! insistait le vieux. Ne vous laissez pas attendrir. Ces salopards nous laisseraient crever la gueule ouverte, alors pourquoi se gêner ? »

Un soir, Wittie avait repoussé sa chaise en sifflant :

«Ça va trop loin, Julius! Vous vous entendez parler? Ce sont des gosses, pas des soldats en stage commando!

— Tu as tes nerfs, Wittie chérie? avait ricané le vieux. Des problèmes féminins, peut-être? L'influence de la lune?»

Wittie a failli lui cracher au visage. Depuis, elle se tient sur ses gardes, elle essaye de contrebalancer l'influence néfaste de Julius en prêchant la tolérance et l'espoir, mais c'est difficile car Sue n'a nullement l'intention de rester passive. Elle est décidée à prendre le taureau par les cornes et à forcer la chance. Quant à Timmy, il est mûr pour n'importe quelle folie pourvu que ça soit «amusant».

Récemment, le jeu a encore évolué. Il n'est plus question de dévaliser la modeste banque de Maxon Bull, mais de pirater un go-fast au retour d'une livraison. Sue et Timmy semblent persuadés que la chose se fera grâce au monument.

«Ce sont des rampes, lui a expliqué sa fille. Des tremplins qui vont servir à propulser une voiture au-dessus du fleuve et du réseau de caméras.

— N'importe quoi! a objecté Wittie. Tu as vu l'étroitesse du bloc de béton? Comment veux-tu qu'une voiture réussisse l'exploit d'atterrir sur une piste aussi mince? Ça ne tient pas debout, elle basculerait d'un côté ou de l'autre pour s'écraser vingt mètres plus bas.

— Mais non! a grondé Sue, le visage buté. Timmy les a entendus dire qu'ils avaient l'homme de la situation. Un pilote virtuose. Tu sais bien qu'il y a des types capables de faire ce genre de chose, merde, vous avez été cascadeurs Papa et toi, non ? »

Le pire c'est qu'elle a raison, Wittie le sait. Lorsqu'elle se nommait encore Wichita, elle a côtoyé nombre de ces dingues du volant. Elle a même couché avec certains d'entre eux avant de rencontrer Brad, le père de ses enfants… et après, également, quand les choses ont commencé à se détériorer entre Brad et elle, mais cela, les gosses l'ignorent. Julius, lui, s'en doute.

« En vérité, a fini par exploser Sue, tu as la trouille ! Papa, lui, aurait sauté sur l'occasion. Il n'avait peur de rien. S'il était encore vivant, on ne serait pas dans cette merde. »

Pauvre Sue ! Si elle connaissait la réalité…

Brad était un type adorable, du moins au début, mais s'il avait choisi le métier de trompe-la-mort, c'était uniquement pour faire plaisir à son père, le Grand Héros Julius, qui ne jurait que par la bravoure, le mépris du danger et le courage physique.

Au fil du temps, les blessures s'additionnant, la peur s'était emparée de Brad. Une vilaine peur qui le poursuivait la nuit, jusque dans ses rêves et le dressait, en sueur, au milieu des draps moites.

Wittie l'avait vu dégringoler un peu plus à chaque rodéo. Elle en avait subi le contrecoup, par contagion. Elle avait commencé à avoir peur, elle aussi. La belle inconscience de la jeunesse s'était évaporée, les laissant désemparés, n'en revenant pas des risques qu'ils avaient joyeusement accepté de prendre. D'un seul coup, leurs yeux s'étaient dessillés et ils s'étaient vus tels qu'ils étaient vraiment, fragiles et tremblants, condamnés à s'engager sur la voie d'une existence responsable, d'une existence d'adultes.

«Fini les jupettes et les bottes pee-wees, avait songé Wittie. Il est temps pour Wichita de prendre congé. Tu es déjà presque trop vieille pour faire des cabrioles en montrant ta culotte aux spectateurs, laisse donc ça aux pom-pom girls, c'est de leur âge.»

La retraite ? La reconversion ? Brad en était incapable, ç'aurait été avouer à Julius qu'il se dégonflait, et cela il n'en était pas question. Alors...

Alors le speed, les excitants en tous genres pour se donner du cœur au ventre... Il n'entrait plus dans l'arène que défoncé, incapable d'estimer les distances et la vitesse à laquelle bougeaient les choses autour de lui.

Il était devenu invivable, violent lorsque le manque le tarabustait. Peu à peu, Wittie s'était détachée de lui. L'homme dont elle était tombée amoureuse n'avait plus rien à voir avec cette loque que traversaient des accès de paranoïa et de fureur aveugle. Quand il commença à la frapper, elle décida d'entamer une procédure de divorce.

Elle craignait toutefois la réaction de Julius, car elle le savait prêt à toutes les fourberies pour confisquer les gosses à leur mère.

La mort brutale de Brad, dans l'arène, avait mis un terme à l'attente. Lorsque Wittie voulait se montrer honnête avec elle-même, force lui était d'admettre que cette perte ne l'avait guère meurtrie.

Probablement parce qu'au cours des derniers mois de leur vie commune, Brad l'avait terrifiée.

Bien sûr, les enfants étaient trop jeunes pour comprendre ce qui se passait entre leurs parents. Sue avait idolâtré son père. Aujourd'hui encore, elle était toujours en proie à cette illusion, et Wittie n'osait pas la détromper.

Elle se rappelait l'angoisse qui l'avait saisie quand, sortant à peine du funérarium où l'on venait d'incinérer son mari, elle avait senti la poigne de Julius se refermer sur son bras.

«Te fais pas de bile, ma petite, avait marmonné le vieux. À partir de maintenant je vais prendre les choses en main.»

Elle avait dû lutter contre une furieuse envie de s'enfuir en courant. Si elle y avait renoncé, c'est uniquement parce que Julius en aurait aussitôt profité pour lui faire retirer la garde des enfants.

Elle n'avait pas d'argent, aucun métier, il lui avait fallu courber l'échine en attendant mieux.

À l'époque, Julius, grâce à l'argent gagné dans le cinéma, jouait les nababs. Ambitionnant de s'élever au statut de *rancher*, il avait investi sa fortune dans un élevage bovin. Sans doute se voyait-il en Chisum[1] régnant sur un empire de pâturages; l'épidémie de vache folle avait eu raison de ses espérances. Ruiné, poursuivi par ses créanciers, il avait investi ses derniers dollars dans le Winnebago qui leur servait de domicile aujourd'hui.

---

1. Éleveur mythique symbolisant le grand propriétaire de l'Ouest.

Sue et Timmy avaient grandi à une vitesse invraisemblable, Wittie avait accumulé les petits boulots : serveuse, caissière, esthéticienne, shampouineuse, courtière en bibles, libraire...

Elle ne restait jamais longtemps dans une place car, immanquablement, il se trouvait quelqu'un pour lui fourrer la main dans le slip, et elle n'était pas prête à accepter cela. Pas encore du moins. Elle espérait de toutes ses forces qu'elle ne finirait pas par tapiner dans les rayons des supermarchés comme le faisait Vickie, une ancienne rodéo-girl sur laquelle elle était tombée par hasard et qui avait gentiment proposé de lui enseigner les arcanes de la prostitution.

«Tu sais, répétait-elle, c'est moins pénible qu'on l'imagine. La plupart des mecs jouissent en quarante secondes, alors on est vite débarrassées.»

Mais quarante secondes, ça paraissait encore trop long à Wittie.

Elle ouvre le réfrigérateur à la recherche d'un soda basses calories, hélas, comme d'habitude, les gosses ont tout sifflé sans se donner la peine de balancer les bouteilles vides à la poubelle.

La chaleur est atroce. Depuis que la climatisation a rendu l'âme le mobile home s'est changé en bain de vapeur. Le jour on cuit, la nuit on claque des dents. Vive le désert !

Wittie s'attarde à l'intérieur du Winnebago pour ne pas se retrouver en tête à tête avec Julius.

Elle a toujours eu peur de lui. À peine était-elle mariée avec Brad que le vieux ne perdait jamais une occasion de la serrer de près. Les mains baladeuses. Elle lui échappait en souriant, feignant de croire à une plaisanterie. Aujourd'hui, elle se demande comment aurait réagi Brad si Julius l'avait culbutée sur la table de cuisine. Se serait-il incliné devant la volonté du mâle dominant ? Elle n'est pas loin de le croire. C'est cela, sans doute, qui l'a détachée de son mari au fil du temps. L'impression diffuse et déplaisante d'avoir été choisie en fonction des goûts du Père... en offrande potentielle au maître de la meute.

Elle ne s'imagine pas expliquant cela à Sue.

Malgré elle, la fatigue aidant, elle songe au Jeu du Braquage. À ce go-fast que le vieux et les gosses rêvent de pirater. Ils élaborent des stratégies, grotesques pour la plupart.

L'argent... la fortune... ce serait l'occasion de reprendre sa liberté, d'échapper à la tyrannie de l'ancêtre qui tisse sa toile patiemment.

Dernièrement, le jeu s'est affiné. Julius a demandé – ordonné ! – à Timmy de dessiner un plan des lieux, avec la rivière, le mur de fer, et les deux monuments. Avec une application pathétique, le garçon a taillé ses crayons de couleur et gribouillé une représentation approximative du territoire. Ensuite, au moyen de bouts de carton, il a bâti une maquette de la stèle commémorative.

En le regardant faire, Wittie a eu les larmes aux yeux. C'était comme si elle observait un gamin de six ans prisonnier d'un corps de jeune homme. Penché sur son coloriage, Timmy exposait inconsciemment la tonsure creusée par la cicatrice du trépan dans ses cheveux blonds hirsutes. Un trou, par où son intelligence s'est enfuie, comme l'eau d'un baquet fissuré.

Cela aussi, Julius en est responsable. S'il n'avait pas applaudi bêtement aux cabrioles du gamin virevoltant sur son skate, l'accident ne se serait jamais produit.

D'ailleurs s'agit-il réellement d'un accident? Wittie en a toujours douté. Elle sait que plusieurs ados jalousaient les prouesses de Timmy qui leur volait la vedette. De là à imaginer que l'un d'eux a provoqué sa chute, il n'y a qu'un pas. Le mystère ne sera jamais élucidé puisqu'au sortir du coma Timmy ne conservait aucun souvenir du drame.

Aujourd'hui, Wittie supporte mal de voir Timmy tomber en arrêt devant les vitrines des magasins de jouets exposant des babioles destinées aux gosses de six ans. Si elle le tire par la main, il se met à trépigner, voire à piquer une colère de mioche qui fait ricaner les badauds. Alors la honte la submerge et il lui arrive de le haïr... puis elle a honte d'avoir eu honte, et ça n'en finit pas.

Timmy ne va plus à l'école depuis longtemps car il est incapable de mémoriser ce qu'il apprend, lui qui parlait le klingon presque couramment. C'est à peine s'il sait encore lire et compter. La plupart du temps il est euphorique et s'amuse d'un rien, mais, sans qu'on sache pourquoi, il est de temps à autre sujet à des accès de violence et de méchanceté gratuite qui, heureusement, ne durent pas.

Son état pourrait-il s'améliorer si l'on pouvait consulter un spécialiste de renom ? Sue en est persuadée. Julius ne se prononce pas. Il feint de croire que cela s'arrangera avec le temps, et cite – une fois encore ! –, l'exemple de traumatismes de guerre décrétés incurables et qui ont fini par se résorber avec les années.

Wittie se débarrasse de son turban, se recoiffe d'un coup de brosse. Elle n'en peut plus de sentir l'œil de Julius fixé sur sa nuque, ses reins, ses fesses.

Elle émerge du mobile home en déclarant :

« Je vais faire des courses, il vous faut quelque chose ? »

Elle écoute à peine la réponse et se précipite vers la voiture familiale, une vieille Ford Pinto, « la voiture du kamikaze » comme l'affirmait la presse à une époque[1]. Une épave à la peinture écaillée qui ne tardera plus à rendre l'âme.

Elle prend aussitôt la route de Maxon Bull.

Lors de sa fondation, en 1880, par une poignée de fermiers, le nom de la ville était *Mason's Bull*. Il

1. À l'origine de nombreux accidents, la Ford Pinto fut accusée d'être potentiellement mortelle en raison de défauts de conception aberrants. Au terme d'un interminable procès, elle fut retirée de la circulation.

avait été choisi par l'un des bouseux qui se faisait une gloire de posséder le taureau le plus vigoureux de la région. Au fil du temps, le nom d'origine s'est peu à peu transformé en Maxon Bull, aux consonances plus modernes et qui évoque on ne sait quel empire informatique. Aux yeux de Wittie, ce n'est qu'une bourgade qui vote républicain et où l'on tolère mal tout ce qui ressemble de près ou de loin à un dos-mouillé. Les commerçants, eux, sont satisfaits de l'installation récente du nouveau camp de miliciens. Tous ces jeunes gars gonflés de testostérone s'empressent de dépenser leur solde dans les bars, les dancings et les boutiques de fringues car ils adorent, lorsqu'ils sont en civil, arborer des Stetson d'une blancheur immaculée, des ceinturons à boucle d'argent gravée à leurs initiales, ainsi que des Tony Lama San Saba faites sur mesure. Jouer au cow-boy les fait bander. Ils se croient revenus au bon temps de l'Ouest sauvage. C'est idiot, car les vrais cow-boys n'ont jamais porté de Stetson, qui était un chapeau coûteux, réservé aux riches propriétaires. Les vachers de l'époque se contentaient de couvre-chefs d'occasion achetés dans des friperies. De vieux chapeaux de citadins, bouffés par la pluie, le soleil et les mites.

Chaque fois qu'elle les voit descendre la rue principale deux par deux, les pouces coincés dans la ceinture, Wittie éprouve un pincement à l'estomac. Elle ne peut s'empêcher de penser aux milices qui sévirent pendant la guerre de Sécession :

bushwalkers, jayhawkers, qui firent régner la terreur dans les villages dont elles étaient censées protéger la population civile.

Elle craint que ce type de dérive ne se produise ici, tôt ou tard. Déjà, lorsqu'un milicien ivre fait un esclandre dans un bar, Arnold C. Freejack, le shérif, ferme les yeux.

De méchants bruits circulent. On parle d'immigrants abattus sans sommation au fusil d'assaut, de camionnettes de passeurs clandestins vaporisées au bazooka... Des légendes ? peut-être bien, peut-être pas. Le rempart de fer qui ondule au long du fleuve lui fait horreur. Au début, des mains anonymes venaient y inscrire à la bombe à peinture des slogans accusateurs, mais cela se produit de moins en moins à présent que les caméras infrarouges balayent le terrain. Des passages à tabac qui se sont soldés par des fractures du crâne ont fini par décourager les contestataires.

Maxon Bull observe une loi martiale qui ne dit pas son nom. Wittie ne s'y sent plus en sécurité depuis que deux miliciens de dix-huit ans se sont arrogé le droit de vérifier son identité... *et sa nationalité.* Ce jour-là elle a eu peur, elle ne le cache pas. Le mépris et la cruauté qui brillaient dans les yeux des deux types l'ont glacée jusqu'aux os. Tout particulièrement leur sourire sceptique lorsqu'ils ont découvert qu'elle était américaine, née à Buffalo de parents américains, et qu'ils ont examiné son permis de conduire de près, persuadés qu'il s'agissait d'un faux.

« Pour cette fois ça ira, m'dame, lui a lancé le plus grand. Circulez. »

Pour cette fois... ? Menace ou manière d'avoir le dernier mot ?

Bizarrement, elle en a conservé une impression de souillure, comme s'ils l'avaient poussée dans une ruelle pour la tripoter. Bon sang ! à peu de chose près, elle avait l'âge d'être leur mère. C'est comme si des collégiens jouaient aux assistants shérifs. Des collégiens armés jusqu'aux dents.

« Mon père était avocat, a-t-elle failli leur crier. Il militait pour les droits civiques. Ma mère était médecin, est-ce que vous imaginez que je suis née dans un bordel de Nogales ? »

Oui, elle aurait pu leur dire qu'elle avait suivi les cours d'une prestigieuse académie de danse, à New York, qu'elle avait intégré le corps de ballet d'une troupe célèbre et s'était produite sur scène pendant trois ans, jusqu'à l'accident qui avait mis fin à sa jeune carrière. Rupture des muscles de la voûte plantaire du pied droit. Irréparable.

Et après, la dégringolade.

« Tu sais, avait soupiré une copine, les anciennes danseuses n'ont pas vraiment le choix. C'est ou bien caissière au supermarché ou bien le strip-tease. Les *lap dances* et les dollars glissés dans le string. Pas la joie. »

Une rencontre de bar avait branché Wittie sur le circuit des rodéos. On avait besoin de filles bien foutues pour faire les annonces entre deux cabrioles de taureaux furieux. Des filles qui savaient bouger. C'est ainsi que tout avait commencé.

Wittie arrête la voiture sur le parking du Walmart. Ses paumes ont laissé des traces humides sur le volant. Ses doigts tremblent. Elle repense au Jeu du Braquage. Elle voit Julius et Timmy déplacer les petites voitures sur le plan de carton grossièrement colorié. Elle entend Grand-Pop proférer des choses comme : « Il faudrait chronométrer leur vitesse, pour déterminer où les intercepter au retour, lorsqu'ils reviennent, le coffre bourré de dollars. Ils rouleront très vite… cela implique qu'au moindre obstacle imprévu, leur voiture quittera la route. Le choc les tuera ou les assommera. C'est à ce moment là qu'il conviendra d'agir. Forcer le coffre, prendre le sac qui contiendra l'argent… et disparaître dans la nature. »

Oui, Wittie voit maintenant Sue, les yeux brillants, les pommettes rosies d'excitation, elle d'ordinaire si maussade. Sue qui répond, haletante :

« Maintenant qu'on sait ce qui se prépare, on pourra les espionner, voir comment ils procèdent.

— Exactement, ma chérie, approuve Julius. Il faudrait les laisser faire un ou deux passages pour assimiler leurs méthodes. Voir quelle route ils empruntent. Une chose est sûre, ils n'auront pas d'escorte, cela pourrait nous faciliter la tâche. »

Au fil de la soirée, ils s'emballent, prennent des notes, dressent des listes de matériel, dessinent des plans.

À la fin, Julius frappe dans ses mains comme pour sonner la fin d'une récréation et lance :

« Bon, il est tard, si on allait se coucher. On s'est bien amusés, hein, les jeunes ? »

Wittie sait que cette tirade lui est destinée. Un écran de fumée. Si elle s'avisait de protester, Julius lui jetterait un coup d'œil apitoyé avant de lâcher :

« Mais ce n'est qu'un jeu, ma pauvre Wittie ! Qu'est-ce que tu vas encore t'imaginer ? Faut bien se distraire puisque la télé est cassée et que je ne peux même plus suivre *Jeopardy.* »

N'empêche, peu à peu la stratégie s'élabore, se concrétise. De rêve fou, elle est devenue envisageable, et le moment viendra où chacun se dira : « Après tout, pourquoi pas ? »

C'est en cela que réside la force de Julius. Son calme, sa retenue, font que les projets les plus fous acquièrent sous sa férule une crédibilité dont ils semblaient, à l'origine, dépourvus.

Au vrai, Wittie n'a jamais réussi à se bâtir une image précise de son beau-père. Brad, son mari, n'en savait guère plus. Quand elle l'interrogeait, il se contentait de répondre :

« Que veux-tu que je te dise ? Il n'était jamais là ... et ça nous convenait, je l'avoue. Quand il était dans l'armée, il disparaissait des mois entiers, en opération à l'étranger. Des missions dont il n'avait pas le droit de parler. Ma mère disait que c'étaient des conneries, qu'il racontait ça pour se donner de l'importance et que, si ça se trouve, il était tout bêtement magasinier ! Ensuite, quand il a pris sa retraite, il est devenu consultant à Hollywood pour les films de guerre... et on le voyait encore moins à la maison. Ce coup-là, c'étaient les tournages à l'étranger. Tous les films où il était question de parachutisme. C'était sa spécialité. Quand ma mère est morte, il m'a foutu en pension.»

Aujourd'hui encore, Wittie se demande ce que cache Julius. Un passé dans les forces spéciales? Des missions au Nicaragua ou assimilé? A-t-il été un tueur professionnel ou seulement un spécialiste de la logistique? Difficile de se faire une idée, mais il a ce regard particulier des gens qui ont apprivoisé la mort et ne s'effrayent plus facilement.

Officiellement il n'aurait pas dépassé le grade de sergent, ce qui semble peu compatible avec la morgue qu'il affiche parfois, et qui empeste son colonel à plein nez.

Mais peut-être n'est-ce qu'un comédien habile, un mythomane qui s'attribue les exploits de héros auxquels il n'a même pas eu l'occasion de serrer la main.

À l'inverse, on peut imaginer qu'une fois rendu à la vie civile, il a travaillé comme agent noir pour un organisme étatique et secret. Pas sur le terrain, bien sûr, il était trop vieux, mais en tant que chef de mission, organisateur, analyste. Car il aime planifier, calculer, soupeser les chances, les risques, les probabilités. Lorsqu'il joue au Jeu du Braquage, il faut le voir opposer son esprit méthodique au bouillonnement sans queue ni tête de Sue et de Timmy. Il canalise, réorganise, trie.

Dans ces moments-là, son visage se transforme, reflétant ce qu'il a été jadis.

« Un stratège, pense Wittie, un type habitué à jouer avec la vie des autres. »

Elle voudrait éviter qu'il fasse de même avec Sue et Timmy.

Wittie s'ébroue. La chaleur, qui a grimpé au-delà du supportable, la force à quitter la voiture.

« Je deviens folle, se dit-elle. J'imagine des choses. Ce n'est probablement qu'un vieux mec qui se fait du cinéma et finit par confondre les films dans lesquels il a tourné avec la réalité. À force de jouer les doublures des héros, il s'est convaincu qu'il en était un. »

D'un pas rapide elle marche en direction du supermarché. Là-bas au moins, grâce à la clim', il fera frais.

MARKH

Personne n'a jugé utile de donner un nom au motel. C'est un ensemble de baraques datant des années 1960 érigées sur une portion de terrain où le temps a cessé de s'écouler. Markh a soudain l'impression étrange d'avoir effectué un retour en arrière, dans sa petite enfance. Le jeune type en poste à la réception lui apprend que «tout a été payé d'avance» et que «le frigo est garni». Il arbore une coupe en brosse et un tee-shirt aux armes de l'équipe sportive de son collège, les *Fierce Racoons.* Markh ravale le commentaire sardonique qui lui monte aux lèvres car le gosse le dévisage avec une expression hallucinée, n'en revenant pas d'approcher un conducteur de limousine qui véhicule les stars d'Hollywood... et par conséquent assiste aux inévitables débordements sexuels dont la banquette arrière est le théâtre.

Markh récupère sa clef et gagne son bungalow. Tout y est démodé mais d'une propreté chirurgicale. Le lit et le fauteuil télé sont équipés d'un vibrateur qui fonctionne avec des pièces d'un *quarter*. Presque un musée.

Du réfrigérateur Markh tire un vaporisateur de cheddar fondu et un paquet de biscuits salés. La *junk food* lui convient très bien. En dépit des sombres prophéties dont l'ont accablé les médecins, il n'a jamais pris un gramme. Avec de la mousse de cheddar, des crackers et un pot de café noir bien sucré, il peut tenir la journée.

Les biscuits terminés, il se débarrasse de ses vêtements et passe sous la douche. Il constate qu'on a pris la précaution de faire couler l'eau en prévision de son arrivée car le jet n'est pas teinté de rouille. Un peignoir neuf, suspendu à une patère, lui tend les bras. Au dos, une inscription en grandes lettres bleues : *Waldo's Limos, la voiture des stars.*

Camouflage.

Il s'en détourne. La chaleur se chargera de le sécher. Il s'étend sur le lit et se met à fixer le plafond. Il s'endort sans même s'en rendre compte.

Le téléphone grelotte sur la table de chevet, le tirant du sommeil. Pendant trois secondes, il est incapable de se rappeler où il se trouve. Il déteste ce flou qui l'assaille de plus en plus souvent. Il a encaissé tant de coups sur la tête qu'il commence à se demander si quelque chose n'est pas en train de se déglinguer dans son cerveau. La protection des casques n'a été que partiellement efficace et, plus d'une fois, au terme d'une exhibition, on l'a extirpé sans connaissance de l'épave de sa voiture. Il y a cinq ans, il s'est même payé le luxe d'un épisode comateux qui a duré trois jours.

Il décroche après s'être vigoureusement raclé la gorge. Waldo l'attend devant la réception, et l'engage à se remuer les fesses car ils ont rendez-vous avec les commanditaires de l'opération.

D'instinct, Markh flaire l'embrouille. Il s'habille en hâte, chausse ses Wayfarer à verres miroirs, et sort du bungalow. Waldo, appuyé sur l'aile avant droite d'une Ford Galaxy 1960 en parfait état, lui tend un gobelet de café noir bouillant. Son sourire de commande ne parvient pas à masquer sa nervosité.

« Grimpe, ordonne-t-il. On a de la route à faire. »

Markh obéit. Le café est bon mais pas assez sucré.

«Tes commanditaires, lâche-t-il, il sont apparentés à un quelconque cartel de la drogue ?

— Quelle importance ? grogne Waldo en mettant le contact. C'est leur pognon qui m'intéresse, pas leur camelote. Fais comme moi, ne cherche pas à savoir. Ce sont des gens dangereux, méfiants. Ils veulent te rencontrer pour s'assurer que tu as le bon profil.

— Je croyais que tout était déjà conclu... »

Waldo s'agite, mal à l'aise.

« Ils te connaissent, soupire-t-il, mais ils renâclent un peu à cause de ton âge *avancé*. Les réflexes, le stress, tout ça, tu vois... Ils préféreraient un gars plus jeune, casse-cou, qui n'a peur de rien. Des mômes de chez eux se sont mis sur les rangs. Des gamins sortis des bidonvilles, prêts à bouffer le monde.»

Markh serre les dents. Le café lui brûle l'estomac. Une régurgitation acide lui dévore l'œsophage.

«Trop vieux, hein? répète-t-il en essayant de se donner le genre goguenard. Dans ce boulot, les casse-cou ne font pas de vieux os.

— Je suis désolé, grommelle Waldo. C'est comme ça, dans leur pays on démarre une carrière de tueur à moto dès douze ans, alors avec tes quarante balais tu fais figure d'ancêtre. Va falloir te montrer convaincant.

— Comment? Des essais sur piste?

— En gros oui. Ils exigent une démonstration. Ils ont organisé une simulation grandeur nature sur une réplique du monument.

— Quoi? s'étonne Markh, ils ont reconstruit les rampes, ici? Mais ça doit se voir à des kilomètres!

— Pas de panique, tempère l'ex-avocat. Ils sont malins. Ils se sont débrouillés pour donner au truc l'apparence d'une attraction de fête foraine, style grand huit ou montagnes russes; je t'assure que ça passe inaperçu dans le paysage. C'est d'ailleurs leur couverture officielle : fabricants de manèges, autos-tamponneuses, tout le toutim.»

Il se veut rassurant mais transpire en dépit de la climatisation qui fonctionne à plein régime. *Il a peur,* constate Markh.

«Tu vas rencontrer leur ingénieur, reprend Waldo. Un crac en matière de mécaniques gonflées. Je crois qu'il bossait dans l'aéronautique militaire, les avions de chasse, les réacteurs. C'est paraît-il un génie en matière de carburants. Essaye de la jouer profil bas, ne ramène pas ta science, ces types-là sont des écorchés vifs, un rien les contrarie.

— Je serai sage», assure Markh, se préparant au pire car il sait que les Mexicains ne laissent jamais passer une occasion d'humilier les *gringos*. Juste retour de bâton, s'il en est.

Afin de meubler le silence pénible qui s'installe, Waldo insère un CD dans le lecteur. Sinatra. *Saturday night is the loneliest night of the week.* Curieux choix pour un homme de sa génération, sans doute estime-t-il que Markh, en raison de son grand âge, serait incapable d'apprécier quelque chose de plus récent...

Ils roulent ainsi pendant quatre-vingt-cinq minutes à travers un paysage aride, peuplé d'arbres de Josué, de derricks et d'éoliennes vrombissantes. L'esprit de Markh est rempli de pensées incohérentes, comme cela lui arrive dès qu'il subit un stress. Des images stupides éclatent dans ses méninges tel un pop-corn hallucinatoire.

Enfin, un invraisemblable bazar de ferraille tordue surgit à l'horizon. À travers la brume de chaleur la structure évoque un squelette de brontosaure poussiéreux et incomplet. De part et d'autre de la route défilent des panneaux agrémentés du symbole propre aux risques biologiques. Markh hausse le sourcil.

«T'emballe pas, souffle Waldo. C'est du pipeau destiné à faire fuir les curieux. On s'est donné beaucoup de mal pour accréditer l'idée que le site a jadis servi à stocker des déchets nucléaires. Les randonneurs font un grand détour pour l'éviter. La plus proche bourgade est à soixante bornes.»

Markh plisse les yeux. Il prend conscience de l'ampleur des installations qu'entoure une interminable enceinte grillagée. C'est aussi vaste qu'une usine à gaz, et tout aussi monstrueux. La ferraille tordue semble avoir souffert de frappes aériennes répétées; ça et là se dressent les carcasses d'anciens manèges décrépits. Les vents de sable ont emporté la peinture des chevaux de bois, des clowns, des dauphins souriants, tout ce bestiaire gigantesque qui, jadis, terrifiait Markh lorsqu'à six ans, il traversait une fête foraine cramponné à la main de son père.

Un squelette de trois mètres de haut monte la garde à l'entrée du tunnel de ce qui fut un «train fantôme». Le papier de verre des bourrasques a effacé son rictus macabre et ses yeux méchants, réduisant son visage à une boule de billard anonyme.

«Tout ça a été racheté dans des liquidations de faillite, explique Waldo, c'est du camouflage. Les véritables installations sont au centre du foutoir. Sois patient. Tu vas rester près de la voiture pendant que je discuterai avec les mecs. Sois cool car on t'observera. Ne t'attends pas à ce qu'on t'accueille à bras ouverts, ce sont des machos, des mâles dominants, et qui aiment le montrer. Tu les verras toujours en train de s'arranger la bite dans le pantalon, façon de dire : "Elle est si grosse qu'elle me gêne pour marcher. J'ose plus m'asseoir de peur qu'elle me rentre dans le cul par accident."»

Alors que le véhicule s'approche de la grille d'entrée, deux gardes surgissent de nulle part, des PM Uzi en bandoulière. Ils portent des combinaisons de mécanos de la Marine, des *poopy suits*, comme les surnomment les matelots. La fermeture à glissière, ouverte jusqu'au nombril, bâille sur leur torse plus velu qu'une moquette pure laine.

Ils ont reconnu Waldo mais prennent un malin plaisir à ne pas se hâter. L'air est saturé de testostérone. Si une femme commettait l'erreur de s'en remplir les poumons, elle changerait de sexe à la seconde.

Markh se retient de grimacer. Ses séjours de l'autre côté du Rio Grande l'ont habitué à ces parades de coqs de combat, mais elles l'insupportent toujours autant.

Waldo s'engage dans la travée principale que borde un enchevêtrement de manèges démodés, dont certains datent de la Seconde Guerre mondiale et feraient la joie d'un collectionneur. Des bruits de marteaux et de perceuses planent sur ce capharnaüm. Les ouvriers demeurant invisibles,

Markh se demande si ce vacarme, diffusé par des haut-parleurs dissimulés, sert de camouflage.

Waldo se gare à proximité d'un volumineux hangar de trois étages qui pourrait sans peine abriter un avion de ligne.

« J'y vais, souffle-t-il en ouvrant sa portière. Reste là. Prends un air dégagé. Ils sont déjà en train de t'examiner avec des jumelles.

— Tant que ce n'est pas avec une lunette de visée... », réplique Markh.

L'avocat feint de sourire et, d'un pas pressé, gagne l'entrée du hangar. Markh tournicote autour de la voiture, les mains dans les poches. Tout à coup il se fige. Il vient de repérer les rampes de lancement au milieu du foutoir. Deux triangles d'échafaudage en tubes boulonnés, qui se dressent vers le ciel comme des mastodontes en équilibre sur leurs pattes postérieures. Les piliers soutiennent une piste inclinée dallée de ciment. Des deux côtés, la pente est foutrement raide.

Les structures jumelles inversées se font face, énormes, distantes de plusieurs dizaines de mètres. Un sacré bond si l'on veut passer de l'une à l'autre au volant d'une bagnole blindée et chargée à bloc. Impossible, à moins d'avoir une tuyère d'avion de chasse en guise de pot d'échappement.

Intrigué, Markh parcourt d'un pas rapide la distance qui le sépare des échafaudages. La piste qui constitue le « dos » des rampes est étroite. Au premier coup de volant malheureux, c'est la chute dans le vide. Engager un bolide à pleine vitesse sur ces minces passerelles relève de la gageure. Dans le passé, Markh a utilisé de nombreuses «rampes de lancement», mais jamais aussi minces. La marge de sécurité est ici inexistante.

Se souvenant qu'on l'espionne, il reste impassible.

Une nouvelle surprise l'en empêche. Tout à l'examen des rampes, il n'a guère prêté attention aux amas de ferraille qui l'entourent. Brusquement il prend conscience que ces épaves sont en réalité des voitures fracassées. Des voitures neuves qui ont raté leur saut et se sont écrasées au sol. Il se souvient alors que Waldo est resté évasif au sujet des «essais sur piste» auxquels il devrait se soumettre. Salopard!

Les nerfs en vrille, il ne peut s'empêcher de jeter un coup d'œil à l'intérieur des carcasses. Les sièges, défoncés, sont vernissés d'un sang noir, coagulé, sur lequel les mouches grouillent en flaques bruissantes. Cela sent la mort et la merde. Ici, le bloc moteur, éjecté par le choc, a traversé l'habitacle, broyant le pilote. Là, c'est le volant qui s'est incrusté dans le dossier du siège du conducteur. La colonne de direction est toute goudronnée de matières organiques non identifiables. Et partout les tôles hérissent leurs rasoirs; ça a tailladé sec. Les toits sont enfoncés, les arceaux de sécurité ont plié lors de l'impact.

Un peu plus loin gisent deux épaves carbonisées, éventrées par une explosion interne. Les bonbonnes de gaz malmenées ont transformé les bolides en shrapnells géants.

Markh recule. Manifestement, aucun des candidats n'a réussi son saut. Les jeunes loups du volant ont tous finis broyés, carbonisés. Voilà pourquoi on s'est résolu à auditionner le «vieux de la vieille», le vétéran du saut de la mort aux réflexes amoindris.

Il se redresse et inspire à petits coups prudents, essayant de pas trop inhaler l'odeur de viande grillée qui flotte autour des épaves.

«Ce sera coton...» songe-t-il, employant à dessein une expression démodée.

La tête levée, il jauge la courbe des rampes.

«Je sais, fait derrière lui une voix teintée d'accent hispanique. C'est étroit, mais on ne pouvait pas faire autrement. Plus large, ça aurait éveillé les soupçons.»

Markh pivote sur ses talons pour se retrouver nez à nez avec un type trapu, au faciès d'Indien, la peau rouge foncé.

«Alfonso Chavarria, dit l'homme en lui tendant une main calleuse aux doigts épais. Ingénieur de formation. Si vous survivez aux essais, on sera amenés à travailler ensemble.»

Devançant Markh, il va se planter au pied de l'une des structures métalliques, les poings sur les hanches, et examine son œuvre d'un œil critique.

«Les vraies rampes sont en ciment, explique-t-il. Il a fallu tricher pour dissimuler leur véritable fonction, alors on a rajouté des sculptures en ronde bosse sur les flancs. Des trucs allégoriques. Il fallait que les tremplins aient l'allure de deux vagues se faisant face et s'apprêtant à se rejoindre pour se fondre en une seule. Vous voyez le genre de symbole. Une connerie à faire se pâmer les intellos.

— Elles sont réellement face à face ? s'inquiète Markh.

— Oui, au millimètre près, tout à été calculé par ordinateur. L'axe est parfait, les deux rampes sont parfaitement alignées. Le problème c'est qu'entre les deux il y a le fleuve, et sur la rive américaine la muraille de fer et son arsenal de détection. On a minimisé la difficulté en choisissant l'endroit où le fleuve coule dans un goulot d'étranglement, cela réduit la distance à franchir. D'après les modélisations informatiques, c'est faisable. L'injection du protoxyde d'azote sera déclenchée par l'ordinateur de bord qui jugera du moment approprié en fonction de la vitesse, de l'angle d'attaque et du vent. »

Markh grimace.

« Oui, souffle-t-il, le vent, c'est important. Une fois en l'air, si la bagnole encaisse une bourrasque par le travers, elle peut dévier de dix centimètres et rater son atterrissage sur la rampe réceptrice.

— Je sais, soupire Chavarria avec fatalisme. C'est le problème avec le désert. Le vent se lève quand la température dégringole au coucher du soleil, mais le saut ne peut se faire qu'en pleine nuit. La courbe de la trajectoire a été étudiée pour que la voiture passe au-dessus des caméras et des détecteurs infrarouges.

— Combien de prototypes avez-vous bousillés jusqu'ici ?

— Sept, ça nous coûte une fortune mais l'enjeu en vaut la chandelle. Si le système fonctionne, il peut s'écouler des années avant que les flics ne soupçonnent la combine. D'ici là, on aura transbordé des milliards de dollars de marchandises.

— Si tout est calculé au pied à coulisse, pourquoi les essais qui ont eu lieu ici ont-ils foiré ? insiste Markh.

— On ne peut jamais éliminer le facteur humain, élude l'Indien. L'appréhension au moment du décollage, le faux mouvement – même infime – qui va faire dévier la voiture de sa trajectoire. Je sais que ça n'arriverait pas avec une rampe plus large, mais c'était inenvisageable. Sur les premières maquettes du « monument » c'était trop criant. Quelqu'un aurait fini par piger l'astuce. Il fallait que ça paraisse impossible.

— Rassurez-vous, ricane Markh, de ce point de vue, c'est réussi.

— Il ne faut pas être défaitiste, conclut Chavarria. Vous avez l'expérience… et vous êtes aujourd'hui assez vieux pour n'avoir plus rien à perdre. Les jeunes qui vous ont précédé frimaient au macho mais ils avaient peur de mourir, cela vous donne un avantage sur eux. Quand on vous examine attentivement, on voit bien que, quelque part, vous êtes déjà mort. C'est votre force. »

Markh demeure silencieux. Chavarria laisse passez une minute puis lâche, d'une voix lasse :

« Je pense que vous ferez l'affaire, venez, je vais vous présenter au patron. »

Côte à côte, ils pénètrent dans le hangar.

Markh ne prête guère attention à ce qui suit. Du coin de l'œil il repère de jeunes hispaniques au crâne rasé embusqués dans la pénombre de l'entrepôt, la plupart cambrés dans des postures avantageuses. Il s'en désintéresse. Tout au fond se tient une *abuela*[1] en tailleur Coco Chanel, très chic. Assise devant un guéridon de marbre, elle sirote du maté dans une tasse minuscule. Ses rides sont si profondes que son visage semble sillonné de cicatrices dues à des coups de machette.

Elle n'accorde qu'un coup d'œil distrait à Markh et chuchote des choses inaudibles aux associés qui l'entourent. L'odeur du maté, douceâtre, donne la nausée au cascadeur. L'Abuela continue à chuchoter et à glousser telle une écolière échangeant des secrets inavouables puis, soudain, Chavarria tire Markh et Waldo par la manche, les poussant vers la porte. C'est fini. La décision a été prise.

Une fois sorti du hangar, l'Indien déclare :

« On fera un essai, demain, un seul.

— Comme tous ceux qui m'ont précédé, non ? » ricane Markh.

---

1. Grand-mère.

L'Indien demeure impassible et, pivotant sur les talons de ses bottes en peau de serpent, retourne s'enfouir dans la pénombre du hangar.

« On dirait que ça se présente plutôt bien ! s'exclame Waldo avec son éternel sourire de vendeur de voitures.

— Ramène-moi au motel, coupe Markh. J'ai besoin d'une bonne nuit de sommeil.

— Tu ne veux pas fêter ça ?

— Demain soir, si je suis encore en vie. »

Le trajet du retour s'effectue en silence. De temps à autre, Waldo cesse de surveiller la route pour jeter un coup d'œil inquiet à son passager. Le côté « zombie » de Markh lui flanque la frousse ; il se prend à redouter une manœuvre désespérée, un coup de volant suicidaire qui le mettrait, lui, en fâcheuse posture vis-à-vis de ses commanditaires. Tout le monde sait que Markh a failli devenir dingue après la mort de Jana. Cette garce kamikaze avait le chic pour rendre barjots tous les types qui passaient dans son lit. Markh a eu bien du mal à s'en remettre. On raconte que, pendant les cinq années qu'a duré sa traversée du désert, il n'a pas touché un volant. La légende prétend qu'il a été successivement boulanger, pizzaïolo, pêcheur d'éponges, homme à tout faire dans une ferme à crocodiles en Floride.

Si Markh se plante, demain, les Latinos s'énerveront et retourneront leur colère contre Waldo, l'initiateur du projet.

« Merde, songe-t-il, après tout je leur ai déjà facturé sept prototypes qu'ils se sont empressés de bousiller lors de leurs essais à la con. Sans compter les frais engagés pour l'érection du foutu monument, auxquels s'ajoutent les pots-de-vin qu'il a fallu distribuer des deux côtés de la frontière... »

Cette récapitulation lui met la sueur aux tempes. Les Mexicains ont le sang chaud et ne font pas dans la dentelle lorsqu'il s'agit de passer aux représailles. Dieu seul sait quel traitement on lui réservera...

Peut-être Markh n'est-il pas le candidat idéal ? Waldo l'a contacté à cause de ses prouesses d'antan, ses sauts vrillés avec looping au-dessus du vide. Des trucs de cinglés. À croire qu'entre ses mains une voiture se sentait pousser des ailes !

Hélas, ces prodiges commencent à dater, qui sait s'il sera capable de les réitérer.

Waldo radote ainsi jusqu'au motel. Markh lui adresse un bref salut et regagne son bungalow, l'abandonnant à ses angoisses.

Sitôt la porte refermée, Markh se précipite sous la douche et fait couler l'eau froide dans l'espoir de faire refluer la poussée d'adrénaline qui lui ravage les veines à la manière d'une décharge de N.O.S. boostant un moteur. Sans prendre la peine de se sécher il s'étend sur le lit et se met à compter lentement pour ralentir son rythme cardiaque, une technique que lui a enseignée Jana, il y a vingt ans.

Avant de faire la connaissance de Jana il ignorait la peur, sans doute parce qu'il n'avait encore rien à perdre. Quand elle n'a plus été là, il a recommencé à s'en foutre. Pourquoi en aurait-il été autrement puisque, cette fois, il avait déjà tout perdu ?

Jana, il l'a rencontrée peu de temps après l'assassinat de Jesus Malestrazza et la fin des « guerriers de la route ». Cédant à un sentiment d'urgence, il s'était dépêché de passer la frontière pour s'installer à Tijuana. Il n'avait pas tardé à comprendre que c'était un mauvais plan. La ville baignait dans une atmosphère glauque, dangereuse. L'hostilité des autochtones envers les *gringos* restait perceptible en dépit des sourires artificiels décochés aux touristes. Beaucoup de bruit, un folklore de pacotille, *mariachis* et *piñatas*, et, le jour des morts, les traditionnels crânes de squelette en sucre. Drogue, prostitution, peep-show zoophiles, tout était organisé pour éponger les étudiants américains venus s'encanailler l'espace d'un week-end. Non, il n'avait pas aimé.

Il était là depuis deux semaines quand il avait repéré cette fille qui semblait l'avoir pris en filature. Grande brune, athlétique. Un corps de nageuse, des mains aux ongles ras. De loin, il avait repéré les tatouages à l'encre rouge ou violette sur ses bras nus. Des motifs reptiliens, avait-il pensé. Quand elle s'était enfin décidée à l'aborder, il avait constaté son erreur. Il ne s'agissait pas de tatouages mais de cicatrices.

Vêtue de noir de la tête aux pieds, elle était assez jolie, dans le genre garçon manqué, regard perçant et pli moqueur aux lèvres. Des pommettes hautes, slaves. La mâchoire lourde, carrée. Rien d'un bibelot de porcelaine.

Elle s'était carrément invitée à sa table alors qu'il grignotait des tacos dans un boui-boui du centre-ville.

« J'ai eu du mal à vous retrouver, déclara-t-elle d'emblée. Vous ne me reconnaissez pas ? Je suis une de vos fans. J'ai suivi tous les rodéos auxquels vous avez participé. J'étais au premier rang. Les places à mille dollars. J'ai toujours parié sur vous, ça m'a rapporté un beau paquet de fric. »

Merde, une groupie..., songea Markh. Il connaissait. Des filles à demi cinglées qui ne rêvaient que de baiser avec un pilote kamikaze dans un bolide lancé à deux cents à l'heure et qui, les yeux chavirés, bredouillaient au moment de l'orgasme : « Ce serait vraiment le pied si on se mangeait un pylône... »

Il n'était pas intéressé ; alors qu'il ouvrait la bouche pour prier l'inconnue de le laisser tranquille, elle le fixa dans les yeux et dit :

« Ce n'est pas ce que tu crois. Je veux t'engager. J'ai de l'argent. Beaucoup d'argent. Mon projet c'est de monter un numéro de cascades où on serait partenaires, toi et moi. »

Elle s'appelait Jana, elle affirmait être sortie du MIT, major de sa promo, diplômée en ingénierie mécanique. Elle se prétendait capable de construire à peu près n'importe quoi. Sa famille, bostonienne, avait fait fortune dans le commerce maritime avant guerre et vivait de ses rentes. Elle n'entretenait aucun lien avec ses parents qui désapprouvaient son mode de vie. Sa fortune personnelle lui venait de sa grand-mère, descendante de riches propriétaires sudistes qui, jadis, avaient possédé plantations et esclaves en Caroline du Sud.

« Je ne suis pas novice, martela-t-elle. J'ai moi-même exécuté pas mal de cascades avec des voitures modifiées. Les moteurs n'ont pas de secret pour moi. Je voudrais qu'on se spécialise dans les sauts... Tu vois le genre : la bagnole qui bondit dans le vide d'une rive à l'autre d'un canyon, ou d'un immeuble à un autre immeuble en planant au-dessus d'une rue. Les gens adorent ça. Ils espèrent toujours que le pilote va se casser la gueule et qu'on le sortira de l'épave en bouillie. Ils viennent avec leurs caméras ou leurs téléphones pour filmer le massacre. L'écrasement, le conducteur qu'on extirpe de la carcasse morceau par morceau.

— Si tu es riche, objecta Markh, tu n'as pas besoin de risquer ta peau dans ces conneries.

— Bien sûr que si, siffla-t-elle comme une chatte en colère. Pour me sentir vivante. Tu n'éprouves pas ça ? »

Non, Markh n'éprouvait aucune jouissance à côtoyer la mort. Il prenait des risques insensés parce qu'il ne savait rien faire d'autre. Ce n'était qu'un boulot. Un boulot pour lequel la nature l'avait surqualifié.

Jana n'était pas ainsi. Il y avait de la noirceur en elle. Une sorte de puits au-dessus duquel elle se penchait chaque jour un peu plus, avec le secret espoir d'y tomber.

Elle ne parlait jamais de sa famille, de son passé, et quand elle évoquait son enfance, c'était uniquement pour rappeler qu'elle avait été fan d'Evel Knievel dès son plus jeune âge, et qu'à dix ans elle avait tenté de sauter – *à vélo* – du toit de la maison familiale sur celui des voisins. L'expérience s'était soldée par une fracture ouverte au bras droit et trente-cinq points de suture.

« J'espère que cela te servira de leçon ! » lui avait asséné sa mère.

Elle se trompait. Deux ans plus tard, Jana avait récidivé à mobylette. Cette fois, elle avait réussi, mais le choc de l'atterrissage avait défoncé le toit, et elle avait atterri dans le grenier. Le juge pour enfants l'avait astreinte à suivre une thérapie, en pure perte.

Après... Jana ne parlait jamais de ce qui s'était passé après. Elle avait vingt-six ans et son corps, couturé de cicatrices, aurait pu être celui d'une guerrière du Moyen Âge.

« On va être amenés à vivre dans la promiscuité, avait-elle déclaré dès le début de leur association, alors je préfère mettre tout de suite les choses au point. Je suis frigide, le sexe ne m'a jamais intéressée. Je sais que c'est un truc important pour les hommes, alors si tu veux baiser on le fera, mais sache que ça m'emmerdera sévère et que je ne me donnerai pas la peine de simuler.

— Je ne suis pas obsédé par ça, avait répondu Markh. Je ne pense pas qu'on aura de problème de ce côté-là. Si je surchauffe j'irai aux putes, voilà tout.»

Il ne mentait pas... ou plutôt il croyait dire la vérité, mais Jana lui jeta un coup d'œil goguenard, comme si c'était la chose la plus absurde qu'il lui eût été donné d'entendre. Elle dut pourtant se rendre à l'évidence, la libido de Markh fonctionnait au ralenti, et cela alors même que la nature l'avait doté d'un équipement à rendre un âne jaloux.

«T'es une sorte de moine guerrier, décréta-t-elle un jour. Tu te conserves pur. C'est pour ça que tu es meilleur que les autres. Meilleur que moi.»

De la foutaise, mais Markh jugeait prudent de ne pas la contrarier quand elle partait dans ses délires sur la mystique du danger, la nécessité de se dépasser, de confronter sa chair à l'éventualité de la douleur et de la destruction. En réalité, il enviait sa passion, sa manière de vivre le pied au plancher, dans la fièvre et la sueur, les spasmes permanents. Il lui semblait qu'elle détenait le pouvoir de savourer les choses cent fois plus qu'il n'était capable de le faire. Il suffisait de la voir manger une orange pour s'en convaincre; elle dévorait le fruit avec une gourmandise témoignant d'une étrange sensualité. C'était comme si elle avait aiguillé ses pulsions libidinales sur d'autres voies.

«En comparaison, se répétait-il, tu n'es qu'un poisson mort.»

C'est ainsi qu'ils entamèrent une curieuse cohabitation à l'intérieur du Winnebago à quatre cent mille dollars que la jeune femme utilisait pour ses déplacements. Le gigantesque mobile home comportait des sièges chauffants et massants, deux chambres, une douche, une cuisine, un living, ainsi qu'un bureau – encombré d'ordinateurs et d'ouvrages de référence –, où Jana élaborait ses modélisations. Elle y passait la plupart de ses nuits, ne dormant que trois heures aux approches de l'aube.

Markh, qui n'avait jusque-là jamais partagé le même espace avec une femme, découvrit avec soulagement que la chose se passait mieux que prévu. Au demeurant, Jana se révéla d'une totale impudeur. Elle circulait nue au sortir de la douche, ou satisfaisait ses besoins naturels en laissant la porte des WC ouverte.

Sans doute était-ce là une manière comme une autre de marquer son territoire et de signifier qu'elle était propriétaire des lieux? De toute façon Markh s'en fichait. Seules les cicatrices qui constellaient le corps de la jeune femme le fascinaient.

« Pourquoi tu ne les fais pas effacer ? lui demanda-t-il un jour. Aujourd'hui, avec le laser c'est facile. Tu as assez de fric pour te payer de la chirurgie esthétique, non ?

— Je les trouve belles, répondit Jana. Elles me plaisent. Elles me prouvent que je ne suis pas devenue la poupée BCBG que mes parents souhaitaient avoir pour fille. »

Pendant un moment, Markh la soupçonna d'être lesbienne ; il se trompait ; Jana ne s'intéressait pas plus aux filles qu'aux garçons. Seuls les moteurs et le danger la faisaient vibrer.

Il ne tarda pas à constater qu'elle était remarquablement pointue dans sa partie. Elle jonglait avec les maths, les équations de physique, et même la chimie car elle élaborait aussi des formules de carburant.

« Le truc, radotait-elle, c'est de mettre au point un dérivé de l'essence pour avion. Un cousin du propergol liquide ou du kérosène, tu vois ? J'ai fait des essais avec le Jet-4 et 5, mais ça bousille très vite les moteurs. Les injecteurs et les soupapes ne résistent pas à ce régime. On ne peut pas se permettre de flamber une bagnole à chaque essai. »

Markh l'écoutait monologuer en se gardant de l'interrompre. Il savait néanmoins que Jana trimbalait des bonbonnes de ces mélanges terrifiants dans le faux plancher du mobile home. En cas d'accident, la déflagration propulserait la roulotte dans les nuages. Ce serait un feu d'artifice digne de Cap Canaveral.

Mais l'obsession majeure de Jana c'était de réitérer, puis de surpasser les exploits d'Evel Knievel. *Les sauts.* Elle y revenait toujours. Pas à moto, mais avec des voitures... *et peut-être un jour avec des camions !* Son rêve aurait été de tenter de sauter au-dessus d'un canyon au volant d'un Mack ou d'un Peterbilt. De la folie pure.

«Tu imagines? haletait-elle. La beauté d'un tel acte? Ce mastodonte qui s'envole dans les airs, décrit une courbe au-dessus du vide, et retombe de l'autre côté sur la rampe de réception...»

Ces foutues rampes... elle y travaillait sans relâche. De temps à autre, elle s'arrêtait aux abords d'une aciérie et, ses plans sous le bras, s'en allait passer commande d'une structure métallique conforme à ses calculs. Il fallait ensuite charger ce foutoir sur un semi-remorque et engager une équipe d'ouvriers pour l'installation du bazar. Markh était effrayé par le fric qui s'évaporait ainsi, en projets chimériques.

Il se gardait toutefois d'émettre la moindre critique, sachant que la jeune femme ne manquerait pas de réagir avec violence. Car elle était sans cesse au bord de l'explosion, grinçant des dents, la bouche frémissante, se rongeant les ongles jusqu'au sang.

Quand elle émergeait du sommeil, elle gémissait longuement et semblait éprouver beaucoup de difficultés à se mettre debout.

Un matin, Markh la surprit en train de s'injecter un liquide dans le gras de la cuisse.

« De la cortisone, grogna-t-elle. C'est à cause de mes fractures, et des ligaments déchirés. Le matin, ça me met à la torture.

— Uniquement de la cortisone ? fit-il dubitatif.

— Ouais, bon... de temps en temps un peu de morphine quand la douleur est trop forte. Pas de quoi fouetter un chat. Tu n'as jamais été blessé ?

— Non.

— J'en reviens pas. C'est bien là qu'on voit que tu es une sorte d'élu. Les puissances obscures te protègent, comme les guerriers dans l'*Iliade*. Tu as lu l'*Iliade* ?

— Non, seulement *Conan le Barbare*, on m'a dit que c'était pareil, en moins chiant. »

Cette histoire de cortisone l'agaçait... et l'inquiétait tout à la fois. À la première occasion, il s'en ouvrit auprès d'un médecin spécialiste des traumatismes sportifs.

« Attention ! grommela le toubib. La cortisone à haute dose peut entraîner des dérives psychotiques chez ceux qui y sont prédisposés. Faut pas rigoler avec ça. »

Vint le temps de l'action.

« On va commencer nos exhibitions au Mexique, décida Jana. De ce côté de la frontière tout s'arrange avec des pots-de-vin. Facile d'obtenir les autorisations nécessaires en graissant la patte des flics. Ils fermeront les yeux. Les Mex' sont très sensibles à l'aspect macho des cascades. Il est de bon ton de montrer qu'on a des couilles. Je vais faire dresser les rampes au-dessus de la rivière Mataori. Un pont l'enjambe. Un pont effondré. Un trou de dix mètres au milieu du tablier. Le tout plafonnant à cinquante mètres au-dessus de l'eau. La rivière est presque à sec, hérissée de rochers ; ça renforce l'aspect dramatique. Ce sera un bon entraînement pour la suite. »

Il n'était pas question de discuter. Par ailleurs Markh commençait à périr d'ennui. L'inaction lui pesait et il ne savait que faire de sa liberté.

Les rampes furent montées, les voitures gonflées. La foule se pressa au rendez-vous, alléchée par les affiches collées sur les murs des *cantinas*, et qui montraient une Jana en string de cuir noir allongée sur le capot d'un Dodge Charger 1970 rouge comme l'enfer. Une invite au viol collectif.

Markh savait qu'ils étaient mal préparés. Pas assez de répétitions, des rampes branlantes… quant aux moteurs, Jana les avait tellement tripatouillés qu'ils risquaient d'exploser dès qu'on mettrait le contact.

Quand Jana apparut, dans son maillot moulant de cuir noir, les mâles se déchaînèrent. Des sombreros volèrent, et certains excités n'hésitèrent pas à dégainer leur revolver pour tirer des coups de feu en l'air.

Markh serrait les dents, pas du tout certain que Jana fût à la hauteur de ses ambitions. Si elle était, sans conteste, une excellente conductrice, elle manquait d'instinct. Elle ne « sentait » ni la route ni la voiture. Elle restait trop «technique», sa conduite manquait d'art. Elle enchaînait les figures classiques, les réflexes prédigérés sans jamais inventer ou improviser quelque chose de neuf, la manœuvre folle, inédite, le coup de maître du grand pilote.

En vérité, Jana aurait dû se cantonner aux aspects purement mécaniques de la cascade : les calculs, le matériel, la conception. Elle était ingénieur, pas cascadeuse, et elle ne le serait jamais.

Hélas, Markh ne se sentait pas le courage de le lui avouer.

C'est à ce moment-là qu'il commença à éprouver de la peur. Pas pour lui, pour Jana.

En ce jour qui inaugurait leur collaboration, ils frôlèrent la catastrophe quand la rampe de réception faillit s'affaisser sous les roues du Dodge. Par miracle la mort ne fut pas au rendez-vous, et la jeune femme déclara avec assurance que c'était la première victoire d'une longue série.

Pendant deux ans ils menèrent une vie de saltimbanques, se produisant dans les provinces de Durango, Chihuahua, Nuevo León et Sonora. Souvent, il leur arrivait de se joindre à une caravane de forains. Dans les campagnes, les cirques étaient encore accueillis avec enthousiasme.

Une certaine routine s'installa. Le numéro, bien huilé, fonctionnait sans problème, et cela agaçait Jana. Elle commença à s'ennuyer, à rêver de défis prodigieux : *des rampes de plus en plus hautes dressées de part et d'autre d'un gigantesque canyon... deux voitures qui s'élancent face à face, chacune depuis la rive opposée. On croit qu'elle vont se télescoper en plein vol, mais non ! voilà qu'elles se frôlent à l'apogée de la courbe et poursuivent leur course vers leur rampe réceptrice où elles se posent en douceur...*

« Le numéro s'intitulera *Dog Fight*, répétait-elle. Et quand les deux voitures se frôleront, chaque conducteur adressera à l'autre un petit signe de la main en souriant, tu vois ? La classe ! On installera des caméras dans l'habitacle, et tout sera retransmis en temps réel sur des écrans géants...

— Ce serait du suicide, protestait Markh. Trop de choses imprévisibles. Le vent, notamment... Tu as pensé au vent ? À cette hauteur, dans les canyons, il souffle terrible !

— Je m'en fous, hurlait alors la jeune femme. Tu ne comprends pas que je crève ici ? Je ne veux pas passer le reste de mon existence à faire sauter une bagnole à travers un cerceau de feu ! C'est de la cascade de ploucs ! »

La nuit, elle élaborait des formules de carburant à haute teneur en octane. De véritables bombes liquides. Leurs voisins de roulotte, alarmés par deux explosions sans gravité, exigèrent le départ des *gringos*.

Les deux jeunes gens quittèrent les forains pour reprendre leurs déambulations solitaires. Jana, soucieuse de tester le carburant qu'elle venait d'inventer, loua un atelier de mécanique, à la périphérie d'Alanzilla, un gros bourg agricole de l'intérieur où l'on disposait de l'équipement adéquat pour réparer tracteurs et moissonneuses. Dès qu'elle eut pris possession de l'atelier, Jana recommença à vivre.

«Avec ce type d'essence, expliqua-t-elle, les yeux brillants, la propulsion sera formidable. Plus besoin de protoxyde d'azote. Le seul ennui c'est la chaleur. Elle fait fondre le moteur. Ce ne sera exploitable que sur de courtes distances. Comme pour les dragsters.

— Et si la bagnole prend feu? hasarda Markh.

— Ce sera comme si on se trouvait plongé dans un bain de napalm en fusion, admit la jeune femme. La chaleur déformera les portières, impossible de sortir. Il faudra adopter la méthode des aviateurs de la Première Guerre mondiale.

— Quelle méthode?

— Il n'y avait pas de parachute à l'époque, alors, quand leur zinc prenait feu, ils se tiraient une balle dans la tête pour abréger leurs souffrances. J'emporterai un flingue. Pas question que je rôtisse comme un poulet à la broche. Si ça t'arrive, tu ferais bien de m'imiter.»

Elle procédait aux essais sur une piste déserte serpentant à travers une zone marécageuse. Elle disposait à présent de quatre voitures sur lesquelles elle travaillait en alternance. Markh l'accompagnait au volant d'un pick-up chargé d'extincteurs, prêt à toute éventualité. Parfois, la nuit, il se réveillait en sursaut, tenaillé par l'envie de prendre la fuite. Pour rien au monde il ne voulait assister à la mort de Jana. Il savait que cela lui serait insupportable.

Aujourd'hui encore il se souvient dans les moindres détails des jours qui ont précédé la dernière exhibition. Plus il y pense, plus il lui semble déceler des signes néfastes, de mauvais présages, tel ce vautour qu'un beau matin il a surpris perché sur le capot de la voiture. Ou encore ce coyote qui, en plein jour, s'est jeté la tête la première sur le pare-chocs du bolide alors qu'il aurait pu facilement l'éviter. Et le pire de tous : la disparition inexplicable de l'amulette que Jana avait coutume de poser sur le tableau de bord avant chaque cascade. Une médaille sculptée dans un os humain par un féticheur chichimèque, et que la jeune femme avait achetée à prix d'or.

Foutu gri-gri qu'ils ont cherché des heures durant, retournant l'appartement, l'atelier et le Winnebago avec plus de soin qu'une escouade des Stups.

« C'est rien, ça n'a pas d'importance, répétait Jana alors que son expression proclamait le contraire. C'était juste une médaille de pacotille. Probable que le type qui ma l'a vendue n'était même pas indien, et encore moins chaman. »

Ils ont feint d'en rire mais le cœur n'y était pas.

Lors d'une cascade, la préparation psychologique compte énormément, et le moindre grain de sable peut enrayer une mécanique complexe où les engrenages de la témérité doivent lutter et l'emporter sur ceux de la peur qui tournent en sens inverse.

Où était passée l'amulette ? Un gosse l'avait probablement volée... ou l'un des hommes de peine qui travaillaient au montage des rampes.

« C'est pas grave, avait essayé de transiger Markh. On en a d'autres, un plein tiroir en vérité.

— Je sais, avait répondu Jana d'un ton exaspéré, mais elles sont usées, elles ont perdu leur énergie protectrice. »

On aurait dit qu'elle parlait des piles électriques alimentant son baladeur.

Avec la perte du fétiche, l'atmosphère s'était aigrie.

Afin de procéder aux essais du nouveau carburant, Jana avait fait dresser les rampes au milieu des marécages. Elle voulait à tout prix tester la puissance de propulsion « en réel », c'est-à-dire dans les conditions qui seraient celles de l'exhibition publique. Les échafaudages se faisaient face, émergeant de la vasière tels les ailerons d'un vaisseau spatial englouti. Il avait fallu poster des sentinelles pour tenir à l'écart les gosses du village voisin qui les escaladaient pour se livrer à des acrobaties imbéciles. Markh jugeait le lieu inadéquat. Certes, en cas d'incendie, le feu ne se propagerait pas, mais les structures manquaient d'assise. La rampe réceptrice avait tendance à s'enfoncer sur tribord. Il exigea qu'on la rehausse. Les ouvriers embauchés pour la circonstance s'exécutèrent en maugréant, et en bâclant la besogne.

«Tu ferais mieux de remettre à plus tard, plaida-t-il. Les conditions sont mauvaises.

— Non, s'obstina Jana. Ils m'attendent au tournant parce que je suis une femme. Si je me dégonfle, ils triompheront. Je veux leur clouer le bec.

— Bon sang ! On n'est pas en guerre contre eux !

— Évidemment, en tant que mec, ça ne te pose aucun problème de pactiser avec l'ennemi.»

Quand Jana était dans cet état d'esprit, mieux valait ne pas insister, elle finissait par oublier à qui elle s'adressait et se métamorphosait en harpie aux ongles acérés, prête à réduire en bouillie son contradicteur. Que celui-ci fût un ami ne changeait rien à l'affaire.

Le jour de l'essai, la foule des curieux campait aux abords du terrain depuis le lever du soleil. Il n'y avait guère de distractions dans le coin; qui plus est, Markh les soupçonnait de se réjouir à l'idée que les *gringos* allaient probablement se planter.

La veille, il avait vérifié que les extincteurs de l'atelier étaient en état de marche, et les avait chargés dans le pick-up, s'attirant les moqueries de Jana :

«Tu te donnes du mal pour rien, si le mélange que j'ai concocté s'enflamme, tu ne l'éteindras pas avec ça. C'est quasiment du feu grégeois... tu sais bien, ce truc qu'on utilisait dans l'Antiquité et qui brûlait de plus belle quand on l'aspergeait d'eau !»

Il crut d'abord qu'elle plaisantait. Il comprit qu'il n'en était rien quand il la vit glisser un revolver dans la poche de sa combinaison.

Il fut sur le point de tenter le tout pour le tout pour l'empêcher de commettre une folie. Avisant une manivelle, il faillit s'en saisir pour l'assommer. Mais s'il faisait cela, elle ne le lui pardonnerait jamais. C'en serait fini de leur étrange cohabitation.

Elle parut deviner le trouble qui s'emparait de lui car elle s'approcha, et lui déposa un baiser sur la joue.

« Calme-toi, chuchota-t-elle. On ne pouvait pas continuer comme ça, tu le sais bien. On était en train de s'encroûter. Il fallait tenter quelque chose. »

Puis elle tourna les talons et se dirigea vers la voiture sous les acclamations de la foule. Elle était belle dans sa combinaison de cuir qui épousait ses formes. Markh étouffa un juron ; pourquoi n'avait-elle pas enfilé l'une des tenues de pilotage dont le tissu était conçu pour résister deux minutes aux morsures des flammes ? Pourquoi tant de coquetterie ?

Ayant bouclé son casque, elle adressa un signe de la main aux spectateurs, puis se glissa derrière le volant.

Le véhicule qu'elle utilisait était un monstre hybride rassemblant des pièces et des mécanismes provenant de divers modèles. Un puzzle de fer monté sur roues.

Quand elle mit le contact, des langues de feu jaillirent du triple pot d'échappement avec un bruit de tonnerre qui provoqua un recul instinctif de la foule. La voiture bondit vers la rampe plus qu'elle ne roula, et Markh eut l'impression de voir un lion s'élancer sur sa proie en une succession de coups de reins fluides. Ce qui suivit se déroula en l'espace de trois secondes, mais la décharge d'adrénaline qui se répandit dans ses veines lui donna l'illusion de visionner un film au ralenti.

Le bolide escalada la première rampe à la vitesse de l'éclair et jaillit dans le vide en une courbe parfaite.

C'est à cet instant qu'une vingtaine d'oiseaux, effrayés par le bruit du moteur, prirent leur envol au-dessus du marécage et s'élancèrent en une trajectoire rectiligne qui les amena à percuter la voiture sur son flanc gauche.

Le choc, si négligeable fût-il, suffit à dévier la courbe descendante de la voiture. Déportée sur la droite, le bolide rata sa réception, dérapa et quitta la rampe pour aller s'écraser au sol.

À peine eut-il touché le sol, qu'il prit feu et explosa.

Le capot, arraché par la déflagration, faillit décapiter Markh qui, figé, n'avait même pas esquissé un mouvement pour se baisser.

Il ne se décida à reculer que lorsqu'il prit conscience que ses cheveux et ses vêtements commençaient à brûler.

La chaleur du brasier était telle que la structure métallique soutenant la rampe se tordit. Privé de soutien, l'échafaudage s'écroula, ensevelissant l'épave sous un monceau de poutrelles. L'incendie mit une éternité à s'éteindre, et seule l'humidité de la zone marécageuse empêcha qu'il ne s'étendît.

Au cours des semaines qui suivirent, Markh fut hanté par la même question : *avant que les flammes ne l'enveloppent, Jana avait-elle eu le temps de poser le revolver sur sa tempe et de presser la détente ?*

SUE

Longtemps Sue a considéré Grand-Pop Julius comme un vieux con, aujourd'hui elle est en train de réviser son jugement. C'est que le bougre s'y connaît en organisation. Le vrai sachem indien passé maître en matière d'embuscade ! Il faut voir comment, d'un projet informe et plutôt débile, il a su faire un truc réalisable.

Timmy ne s'en rend pas compte, mais bon, c'est Timmy, on ne peut pas lui en vouloir. Depuis qu'il a cessé de parler klingon, ce qui lui plaît c'est de dessiner des plans et d'y faire rouler les petites voitures qu'on lui a offertes à Noël dernier. Tant mieux, ça évite qu'il pique une crise et se roule par terre.

Même M'man a changé d'avis, Sue l'a lu dans son regard. Au début, le Jeu du Braquage l'exaspérait, et puis… Et puis elle a renoncé à protester, et même a consenti à s'asseoir avec eux pendant la partie. Certes, elle ne joue pas, mais elle écoute. Dans un dessin animé, on verrait ses oreilles grandir à vue d'œil tant elle est attentive. La graine est en train de germer dans sa cervelle. Et ça, c'est le travail de Super Pop Julius. Sacré bonhomme !

Ce matin, Sue est descendue en ville pour rencontrer Floyd. Samedi dernier, elle s'est laissé draguer au drugstore par ce petit connard de milicien au crâne rasé. C'est pour la bonne cause. Elle espère lui extorquer un max de renseignements sur le système de sécurité de la zone frontalière et le mur anti-immigration. Elle connaît ce genre de crétin. Dix-huit ans, un poste subalterne mais fier comme un coq de basse-cour parce qu'il peut parader dans les rues de la ville en uniforme de la milice.

«T'es une chouette fille, lui a-t-il lancé. T'es pas comme ta mère, tu fais pas métèque. T'es blonde et tout. À te voir, on te croirait Irlandaise. T'es certaine de pas avoir été adoptée ?»

Dans sa bouche c'était un compliment. Sue a feint de le prendre comme tel en se tortillant d'aise. Pauvre fiente, va ! La milice de Maxon Bull est remplie de types comme lui, des bons à rien qui, jadis, traînaient dans les rues, toujours à moitié ivres ou défoncés. La milice en a fait de belles petites brutes bien récurées, en mission pour le Seigneur et la Suprématie blanche. Et surtout, elle leur a donné des armes qu'ils auraient été incapables de se payer. *Au Texas,* a l'habitude de décréter

Sue, *un garçon cesse d'être puceau quand il tire son coup... pas entre les cuisses d'une fille, non, mais avec un flingue, et sur quelque chose de vivant.*

Bon, ça n'engage qu'elle, et elle se gardera bien de le répéter devant Floyd. Quand on veut jouer les espionnes, faut savoir se montrer comédienne.

Sue se sent bien. La vie lui paraît beaucoup plus chouette depuis que Julius s'est mis à élaborer le braquage de la voiture volante. Avec les millions de dollars qu'ils récupéreront dans le coffre, on pourra faire soigner Timmy, lui rafistoler la cervelle, lui greffer les méninges d'un ingénieur informaticien mort dans un accident de la route, ou un truc comme ça. Quand on paye, on peut tout obtenir. Elle est certaine que les toubibs s'arrangeront pour la satisfaire. Elle exigera qu'ils fournissent un cerveau nanti d'un bon QI, preuve en main. Rien en-dessous de 140 points, faut pas déconner ! On ne va tout de même pas opérer Timmy pour lui refiler le QI d'un hamburger. Non, mais !

Avec Floyd les choses ne se passent pas trop mal ; pour le moment elle garde le contrôle, ce qui, en langage clair, signifie qu'elle a réussi à ne pas se faire arracher sa culotte. Mais faudrait pas que ça dure trop longtemps. Il l'a promenée dans sa jeep de patrouille le long du mur pour lui montrer les trous où les sentinelles s'enterrent pour surveiller le fleuve.

« Même la nuit ? a-t-elle demandé.

— Non, a-t-il grogné. Il fait trop froid, et puis les détecteurs infrarouges prennent le relais. Dès que quelque chose de vivant sort de l'eau, ça s'inscrit sur les écrans de contrôle.

— Il n'y a jamais de fausses alertes ?

— Si, à cause de ces connards de coyotes, mais on a réglé les détecteurs volumétriques pour qu'ils ne se déclenchent pas en dessous d'une certaine masse corporelle. Un adulte ne peut pas passer, même s'il se déplace à quatre pattes ! »

Cette blague l'a fait rire aux larmes, et Sue a dû l'imiter.

Ayant arrêté la jeep au sommet d'une colline, il lui a prêté ses jumelles pour qu'elle scrute la rive opposée.

« On dirait qu'il y a des tombes..., a-t-elle fait.

— Ouais, a grommelé Floyd. C'est ces connards de Mexicains, ils élèvent des tombes symboliques avec les noms de mecs qui se sont fait flinguer en passant la frontière. Ils imaginent qu'ils vont nous culpabiliser, les fiottes ! Tu rigoles, ça nous encouragerait plutôt à monter le score !

— Vous les arrêtez tous ?

— Presque. Mais ils sont si nombreux qu'il en passe toujours entre les mailles du filet. Mine de rien, ils nous envahissent. Ces abrutis de démocrates ne veulent pas l'admettre, mais c'est la vérité vraie. »

Et ça a continué comme ça une heure durant. Sue en a profité pour noter une masse de détails. Julius a été clair sur ce point :

« Il faut qu'on puisse travailler tranquilles, sans avoir les flics de la Border Patrol sur le dos. Et encore moins les miliciens qui tirent sans sommation. Surtout ici, à Maxon, où la milice est pratiquement une annexe de la Fraternité aryenne. »

Il a raison, à Maxon Bull on a tendance à considérer les faucons du Parti républicain comme des couilles molles, c'est tout dire.

Julius veut être certain que lors du passage, les sentinelles postées devant les écrans de contrôle n'y verront que du feu et ne bougeront pas d'un poil.

« Ça doit se passer entre les trafiquants et nous, a-t-il martelé. Pas d'autre invité ! Ce sera déjà assez coton comme ça. »

Floyd lui a confirmé que les drones étaient surtout utiles le jour parce qu'équipés de caméras. La nuit, ils ne peuvent détecter que la chaleur en mouvement, et vu leur altitude, difficile de déterminer s'il s'agit d'une harde de coyotes ou de Mexicains s'apprêtant à traverser le fleuve. Et puis les drones coûtent une fortune, alors mieux vaut éviter de les planter en les faisant voler dans de mauvaises conditions. La milice fonctionne sur des fonds privés. Salaires, équipements, tout est payé par des patriotes motivés. Depuis que Bush n'est plus président, le gouvernement a coupé le robinet de l'aide financière.

« On est le fer de lance de la vraie civilisation, mais tout le monde s'en fout ! » se lamente Floyd, comme s'il essayait de s'en convaincre.

« Le fer de lance, songe Sue, tu ferais bien de t'asseoir dessus, comme ça tu braillerais pour quelque chose ! »

MARKH

L'essai s'est bien déroulé. Sous les yeux de l'*abuela* en costume Chanel et de ses gardes du corps surdimensionnés, Markh a fait s'envoler la voiture d'une rampe à l'autre sans rencontrer de difficulté majeure. Une exhibition de routine pour un pilote qui accomplit régulièrement ce genre d'exploit depuis dix ans.

«C'est bien, a admis Chavarria, mais là-bas, à la frontière, le monument est plus étroit. Ici, la structure de métal étant moins stable que le béton, on a dû élargir la piste d'envol. Tu devras en tenir compte, *pendejo*. Fais tes bagages, demain on prend l'avion pour El Paso.»

À l'atterrissage, une Porsche GT3 les attendait, conduite par un gorille affublé d'une *goatee* méphistophélique, et qui n'a pas prononcé un mot de tout le trajet.

«À partir de maintenant, ouvre tes oreilles et mémorise bien ce que je vais t'expliquer, a martelé Chavarria. Tu n'auras pas le droit à l'erreur. Si tu te plantes, la sanction ne viendra pas de nous mais de la voiture elle-même. Ce n'est pas une caisse banale qu'on va te confier. Dis-toi bien que tu n'as jamais conduit un véhicule de ce genre. Vois plutôt ça comme une navette spatiale, un *Objet Roulant Non Identifié.*

— Si je comprends bien, Batman vous a prêté sa caisse ? a lancé Markh.

— Déconne pas, a grondé Chavarria. Tu ne crois pas si bien dire. Tu vas piloter un bolide qui ne laissera derrière lui aucune signature thermique et que ni les drones ni les radars ne pourront repérer. Cette caisse, c'est un fantôme monté sur roues. Silence total, absence de chaleur externe, aucune émission magnétique. On y travaille depuis trois ans avec d'anciens ingénieurs aéronautiques. On a englouti un paquet de fric dans sa réalisation et aujourd'hui elle est au point.

— Donc tu as peur que je la casse...

— J'ai surtout peur que tu ne te rendes pas bien compte de ses pouvoirs... et de ses inconvénients.

— Ah ? Je me disais aussi.

— Les prodiges s'accompagnent toujours de contraintes. La magie se paye par un choc en retour, tu ne sais pas encore ça ? Imagine la voiture en question comme une usine roulante. La majeure partie de son volume est occupé par le système assurant son «invisibilité». Ce système doit être refroidi en permanence car il génère énormément de chaleur et pourrait exploser s'il dépassait la limite de sécurité. Il en va de même pour le moteur qui glougloute un carburant spécial. S'il n'était pas refroidi, il fondrait sous l'effet de la combustion.

— C'est quoi votre truc ? Un sous-marin atomique ?

— Pratiquement, *huevón*, puisqu'il doit rester invisible, comme un sous-marin ! Un moteur normal, même gonflé au protoxyde d'azote, ne te fournirait pas la puissance nécessaire au saut que tu devras exécuter. Il fallait donc quelque chose de nouveau, un moteur hybride qui tient le milieu entre la formule 1 et l'avion de chasse. Un monstre dont la poussée sera fournie par un réacteur au moment crucial. Ce sera comme si tu chevauchais un V1, une vraie bombe volante.

— J'ai déjà fait ce genre de truc.

— Non, ça n'avait rien de comparable. La puissance du prototype est effrayante, tu auras vraiment l'impression d'être aux commandes d'un F16 survolant Bagdad.

— Et le bruit du réacteur ?

— Il n'y en aura pas, et aucune signature thermique. Les gadgets de la Border Patrol seront incapables de te repérer. Non, s'il y a des problèmes, ils se manifesteront pendant le voyage, sur la route qui te mènera au pied de la rampe de lancement. C'est là qu'il s'agira d'être vigilant.

— Quel type de problème ?

— Je te l'ai dit : la chaleur. Si elle grimpe de façon excessive, le système deviendra instable. La voiture se désintégrera dans une mini-explosion nucléaire et l'on n'en retrouvera rien. Tu devras constamment surveiller les jauges de contrôle.

— Si ça chauffe, je lèverai le pied, promis.

— Non, ça ne servira à rien. Un machin de ce calibre, c'est comme un avion de ligne, une fois lancé ça met une éternité à s'arrêter si tu ne peux pas inverser les réacteurs.

— Comment empêcher ça, alors ?

— Tu ne seras pas seul dans l'habitacle. Un ingénieur t'accompagnera. Si les choses se gâtent, il interviendra en marche, pendant que tu continueras à rouler. Je ne te cache pas qu'à ce moment-là, vous serez dans une position difficile car la chaleur à l'intérieur de l'habitacle sera épouvantable. En prévision, on vous fournira des combinaisons antithermiques équipées d'un système de refroidissement, et des masques à oxygène. Cela vous permettra de ne pas rôtir comme des poulets à la broche. Elles vous protégeront environ dix minutes, ensuite elles cesseront d'être efficaces. De toute manière, si la température continue à s'élever, le fuselage de la carrosserie intérieure virera au rouge. »

Pour ménager son effet, Chavarria a pris le temps d'ouvrir un compartiment à liqueur dissimulé dans le dos du siège avant, et de leur verser deux doigts de fine champagne.

«Encore une chose, reprend l'Indien. Afin de te faciliter le voyage, on est en train de te construire une route. Une piste privée, qui ne sera jamais ouverte à la circulation publique. Nos équipes de voirie y travaillent depuis trois mois. Il a fallu distribuer pas mal de pots-de-vin, mais on y est arrivé. Ça se présente comme un tarmac, rectiligne et bien goudronné, parfaitement plane qui s'étire sur vingt kilomètres en bordure du désert, là où personne ne met jamais les pieds, et qui t'amènera droit au pied du monument commémoratif soutenant la rampe de décollage. La voie est assez longue pour te permettre d'accumuler l'énergie cinétique nécessaire au saut. Entre nous, on l'a surnommée «la route de Santa Anna», en référence au général mexicain qui a ratatiné les *gringos* à Fort Alamo.

— J'avais pigé, soupire Markh. J'ai vécu assez longtemps au Mexique pour ne rien ignorer du contentieux qui vous oppose aux Texans.»

Chavarria a paru déçu; sans doute avait-il espéré un éclat. Il est resté silencieux jusqu'à ce que la Porsche s'immobilise devant une immense hacienda flanquée d'une piscine aux dimensions olympiques. Des serviteurs en veste blanche allaient et venaient, portant des plateaux d'argent sur lesquels s'alignaient des verres emplis de boissons aux couleurs surprenantes. Markh a entraperçu trois beautés dénudées qui s'ébattent dans la piscine.

«Laisse tomber, a grogné Chavarria, c'est pas pour toi. On s'arrête juste pour pisser et régler deux ou trois trucs. Ensuite je t'emmène au hangar. La voiture fantôme est là-bas.»

Effectivement, ils ne se sont pas attardés. La Porsche a fini par quitter la route principale pour s'engager sur une piste fraîchement goudronnée dont l'accès était défendu par de multiples barrières proclamant *Génie civil. Travaux d'aménagement en cours.*

«On ne peut pas se permettre de prendre le risque que tu heurtes un obstacle, a expliqué Chavarria. Surtout au décollage, quand le moteur tournera à plein régime. Ici, avec les coyotes, il faut s'attendre à tout. La veille de l'opération, on dressera des barrières électrifiées de part et d'autre du couloir et on ratissera les fossés pour éliminer la moindre bestiole. Si le réacteur aspirait une carcasse écrabouillée, il serait foutu d'exploser.»

La Porsche arrive enfin à destination : un immense hangar cadenassé de toutes parts. Tomcats et bulldozers semblent veiller aux alentours, comme autant de sentinelles mécaniques. Dès le seuil franchi, Markh est accueilli par un jeune homme longiligne, dont les cheveux platine ont été réunis en queue de cheval. Vêtu d'une combinaison de mécano d'un blanc immaculé, il se présente sous le nom de Jeffrey, tout en précisant qu'il préfère être appelé «Jeffie». Il porte des petites lunettes rondes à verres bleutés. La fermeture à glissière de la combinaison, descendue jusqu'au nombril, laisse voir un impressionnant tatouage représentant les quatre cavaliers de l'Apocalypse pulvérisant la statue de la Liberté à coups de rayons laser. Il y a quelque chose en lui du jeune Donald Sutherland à l'époque où il jouait le rôle du tankiste barjot dans ce navet antimilitariste, *Kelly's Heroes*[1]. Le même sourire à la fois naïf et étrangement menaçant. Souris et renard.

Markh lui prête assez peu d'attention au demeurant, car son regard est tout de suite capté par le bolide parqué au centre de l'atelier et qui, par comparaison, est aux voitures normales ce que le Terminator T-1000 est au grille-pain. Il n'a jamais rien vu d'aussi complexe et d'aussi... *rébarbatif.* L'habitacle, réduit aux proportions d'un sarcophage, semble écrasé par la masse des organes de propulsion.

Jeffie, qui a remarqué sa stupeur, se rengorge :

«Votre copain Waldo nous a fourni des ébauches intéressantes, mais je les ai pas mal améliorées. C'est pas encore tout à fait la batmobile, mais ça pourrait le devenir.»

Il lâche un rire d'ado suraigu et remonte les lunettes qui ont glissé sur son interminable nez de tapir.

Markh effleure les innombrables bonbonnes fixées sur les flancs.

«Azote liquide? s'étonne-t-il.

1. Diffusé en France sous le titre *De l'or pour les braves.*

— Yep, confirme Jeffie, pour refroidir le moteur. Sans ça on sera cuits à point en moins de cinq minutes.

— Si je comprends bien, souligne méchamment Markh, on aura le choix entre deux façon de mourir : rôtis... ou transformés en statues de glace si l'azote se déverse dans la cabine?

— Ouais! Ouais! exulte Jeffie. Vous avez tout pigé. Cool, non? On surfera à la lisière de l'Apocalypse!»

Markh se demande s'il a toute sa tête. Encore un petit génie à la cervelle mal boulonnée, le QI d'Einstein mais la maturité d'un gosse de dix ans. L'espèce se répand, ces temps derniers.

Il doit ensuite subir un interminable exposé technique sur les formidables capacités du bolide fantôme, discours auquel il ne comprend que couic, car l'autre s'exprime comme s'il s'adressait à un jury de doctorat.

Markh prend son mal en patience et se contente de tourner autour du monstre dont l'avant évoque la mâchoire d'un tyrannosaure. L'étroitesse du poste de pilotage éveille en lui une angoisse claustrophobe. L'éternelle peur de ne pouvoir s'extraire de la carcasse en cas d'accident. Mais quand il expose ses inquiétudes à Jeffie, celui-ci répond en ricanant :

«Vous bilez pas! Si on se plante, la chaleur dilatera tellement le métal qu'il deviendra impossible d'ouvrir les portières. Le plus simple, pour éviter de souffrir, sera encore de croquer des capsules de cyanure, vous savez, comme les espions! J'en ai un tube, je vous en passerai si vous voulez. J'en ai toujours sur moi, en cas d'arrestation. Je préfère me suicider que d'aller en prison.»

Quand l'exposé prend fin, et qu'ils ont vidé chacun une canette de soda light, Markh fait part à Jeffie de son désir d'aller voir le monument commémoratif.

«Vous avez raison, approuve le jeune prodige. Faut vous le mettre dans l'œil parce qu'on n'aura pas droit à un deuxième essai. Vous devrez faire ça à l'ancienne, à la main, sans balise de guidage laser. La coque antiradar de la voiture ne permet pas d'avoir recours à ce genre d'astuce. Pour devenir véritablement invisible, il a fallu renoncer à certains progrès techniques pourtant bien utiles, comme le pilotage automatique par exemple.»

Sur ce, Jeffie annonce à la cantonade qu'ils partent au monument, faire des relevés. De toute évidence personne n'ose le contrarier. Le gosse se sait irremplaçable et prend plaisir à jouer le seigneur du château.

Ils grimpent dans un pick-up estampillé «travaux publics» et s'engagent sur la piste toute neuve qui s'étend devant eux. L'air embaume le goudron frais.

«On a voulu qu'elle soit la plus lisse possible, pérore Jeffie. Un vrai cul de bébé. Trois heures avant le lancement, une balayeuse la nettoiera du moindre grain de sable. Cela a beaucoup étonné les bouseux du coin, ici, les routes, c'est plutôt béton crevassé et ornières en tous genres. Vous bilez pas en ce qui concerne l'adhérence, les pneus ont été étudiés pour. Une nouvelle gomme encore introuvable sur le marché.»

Markh l'écoute d'une oreille. Une méchante prémonition lui souffle que, dans cette histoire, le pire danger viendra de la voiture elle-même. Il éprouve un secret dégoût pour ce monstre au profil de capsule spatiale.

«Le paradoxe de ce moteur, radote Jeffie, c'est qu'il est tout à la fois surpuissant et très fragile. Ce sera un peu comme si on était alimentés par un réacteur nucléaire. Vous savez comment ça fonctionne? Dès que ce n'est plus assez refroidi, ça menace d'exploser. Là, ce sera pareil.»

Quand Markh voit se dessiner le profil du monument, il pousse un soupir de soulagement. Jeffie va peut-être enfin la boucler.

Le pick-up garé sur le parking visiteurs, Markh se dirige vers l'horreur bétonnée qui surplombe le paysage. Son estomac se serre quand il voit l'étroitesse de la rampe. Merde! Trois fois merde! Il ne disposera d'aucune marge d'erreur.

Une adolescente aux allures de garçon manqué émerge de la casemate qui tient lieu de guichet. Filiforme, blonde et constellée de taches de rousseur, elle est coiffée d'une casquette officielle où s'étale la mention GUIDE. Un badge, épinglé sur son sein gauche, affirme qu'elle se nomme SUE.

Au moment où elle tire un carnet de tickets de sa poche, elle avise le pick-up et lâche :

« Ah ! Vous venez pour la route, vous êtes géomètres ?

— Oui, improvise Markh, il faut que je grimpe au sommet de ce machin, ça ne vous ennuie pas ?

— Non, fait la fille, à condition que vous ne vous cassiez pas la figure, parce que c'est moi qui nettoie.

— Je ferai attention », assure Markh.

Il ne sait pourquoi, mais quelque chose dans l'attitude de la gosse le gêne. La brusque lueur qui s'est allumée dans ses yeux peut-être, comme si elle connaissait la vraie raison de sa présence ici. Est-elle au courant de la combine ? C'est possible après tout. Chavarria et ses complices ont dû acheter pas mal de complicités.

Il décide de ne plus y penser et se lance à l'assaut du monument. C'est comme s'il escaladait le versant d'une colline ; ça grimpe foutrement raide. À mi-chemin, il éprouve un vague vertige. Un coup d'œil furtif lui apprend qu'il est déjà à dix mètres au-dessus du sol, aucun garde-fou ne le protège d'une chute éventuelle. Le souffle court il se force à poursuivre jusqu'au bout, jusqu'à cette espèce de plongeoir qui domine le cours d'eau et la muraille de fer anti-immigrants.

C'est ici que le fleuve est le plus étroit, lui répète-t-on depuis le début, pourtant, maintenant qu'il mesure la chose de ses propres yeux, l'abîme séparant les monuments jumeaux lui paraît insondable.

La sueur aux tempes, il redescend.

À peine a-t-il regagné le plancher des vaches que l'insolente gamine lui demande :

« La nouvelle route, elle sera finie quand ? Je vous demande ça parce que les touristes voudraient l'emprunter.

— Bientôt, bredouille Markh. Vous serez informée en temps utile. »

Il s'empresse de grimper dans le pick-up.

« Elle est chouette cette fille, commente Jeffie en suivant du regard les mouvements de Sue qui rentre dans la guérite. Mais elle fréquente un gars de la milice, un certain Floyd. On la surveille.

— Vous n'avez qu'à la remplacer.

— Non, ça paraîtrait bizarre. On la tient à l'œil. A priori elle n'est pas dangereuse. Une petite paumée dont la famille vit dans un camping-car merdique. Si elle devenait trop curieuse, je demanderais à Chavarria d'y foutre le feu. C'est courant que les mobile homes flambent avec tous leurs occupants. »

WICHITA

Julius a profité d'une nouvelle réunion familiale autour de la maquette du braquage pour annoncer qu'après mûre réflexion il a décidé de précipiter les choses et de passer à l'action dès la première livraison.

« On ne peut se permettre d'attendre, décrète-t-il. Si ça se trouve, il n'y aura jamais d'autre passage. De plus, grâce à Timmy nous sommes d'ores et déjà certains que le paiement du premier transport sera dans le coffre la voiture, au retour. Dix millions de dollars. Je pense qu'on pourra s'en contenter, n'est-ce pas ? »

Les enfants rient. Quelque chose se serre dans la poitrine de Wittie. Elle est effrayée de voir à quelle vitesse Julius les a mis dans sa poche, les retournant comme des crêpes alors qu'il y a encore deux semaines, Sue aurait brûlé un cierge pour qu'on expédie l'ancêtre à l'hospice le plus tôt possible.

Elle y voit le constat de son échec à établir un dialogue avec son fils et sa fille. Elle n'a pas su se montrer assez complice pour les détourner des émanations hypnotiques du grand-père.

« Cela doit faire un énorme tas de billets, jette-t-elle dans l'espoir sournois de casser l'ambiance. On ne pourra jamais manipuler une telle masse !

— Détrompe-toi, rétorque Julius. Un million de dollars en billets de cent, ça tient dans une petite valise et ça pèse plus ou moins une dizaine de kilos. Donc dix millions pèseront cent-cent vingt kilos. Pour les acheminer facilement, ils seront forcés de les fractionner en trois sacs, par exemple, ce qui nous fait un poids de trente et quelques kilos par sac. Rien d'impossible à soulever.

— Pas davantage ?

— Non. Tu pourrais les entasser dans une brouette ! »

Wittie se tait, interloquée.

« Ils construisent une route spéciale, lance alors Sue telle une écolière soucieuse de plaire à son prof. Personne n'a le droit d'y rouler.

— J'ai vu ça, fait Julius. Ils entassent des rouleaux de barbelés de part et d'autre, et du matériel d'électrification. Ce sera un courant de faible intensité qui ne nous empêchera pas de passer. Il suffira de porter des gants de caoutchouc et des semelles isolantes. »

Wittie note que l'excitation lui fait la respiration courte et dessine des taches violacées sur ses pommettes.

« Sa tension monte, pense-t-elle. Si seulement il pouvait faire un infarctus avant de nous entraîner dans cette folie ! »

Ayant repris son souffle, Grand-Pop lance :

« Voici comment je vois le déroulement de l'opération. Sue ouvrira l'œil pour essayer de déterminer quand aura lieu le go-fast. Je pense qu'ils viendront s'assurer de l'état de la rampe ou ce genre de choses. J'ai consulté le calendrier et la météo. On prévoit une nuit sans lune dans cinq jours. Je suis persuadé qu'ils tenteront le coup à cette date. Il faudra que nous nous embusquions tout au long de la piste. Un au début, un au milieu, un près du monument. Nous communiquerons par cellulaires.

— Pourquoi ? bâille Timmy que la discussion commence à assoupir.

— Pour me donner le top, explique Julius en cachant son agacement derrière un sourire de bon grand-père. Connaissant la longueur de la piste, ça me permettra à l'aide d'un chronomètre de déterminer la vitesse de la voiture. Grâce à ce paramètre, je pourrai décider à quel endroit nous tendrons notre embuscade lorsqu'ils reviendront. Les gars qui larguaient les bombes depuis les soutes des forteresses volantes, pendant la guerre, m'ont appris à calculer ce genre de truc.

— Et comment comptez-vous arrêter un bolide roulant aussi vite ? grogne Wittie. J'ai vu ce type de bagnoles à Daytona, elles filent comme le vent ; c'est à peine si on a le temps de les voir passer.

— Sûr qu'il ne faudra pas s'endormir, ricane le vieux. Cette partie du travail te reviendra, ma chérie.

— Pourquoi ?

— Parce que tu as l'habitude des pirouettes et que tu es encore en bonne forme physique, contrairement à moi... et à Sue qui n'est pas entraînée à ce genre de prouesses. Ta fille se tiendra planquée près du monument pour me communiquer le top du retour. Moi je serai garé à mi-chemin, dans notre vieille bagnole, avec mon chrono, ma calculette et mon plan. Toi tu seras en embuscade, quelques kilomètres plus loin. Par téléphone je ferai le compte à rebours, afin que tu puisses te préparer à intervenir.

— Et quelle forme prendra mon... intervention ?

— Une voiture qui se déplace à cette vitesse, un rien peut la faire sortir de la route ! Il suffit d'un coup de volant malheureux. Je vais me procurer des clous tripodes, ou mieux encore : une de ces herses qu'emploient les flics pour les barrages. Pour plus de sûreté, tu seras équipée d'un fusil à peinture, tu sais, ce truc dont se servent les mômes lors des tournois de paintball. Tu viseras le pare-brise côté conducteur et tu lui expédieras une cartouche bien opaque, qui le privera de toute visibilité. À mon avis ça devrait suffire pour l'expédier dans le fossé.

— Ouais ! Super cool ! s'exclame Timmy, les yeux brillants. *Paf ! Boum !* »

À la manière d'un gosse de six ans, il mime les actions évoquées par Julius, et manipule désespérément un volant imaginaire en roulant des yeux effarés.

« Et si la bagnole explose en tombant dans le fossé ? fait observer Wittie.

— C'est un risque à courir, élude le vieux. On ne peut pas tout prévoir. Tu disposeras de peu de temps pour courir vers l'épave, forcer le coffre, prendre les sacs et t'enfoncer dans le désert. Je viendrai à ta rencontre au volant de la Pinto, car tu auras du mal à traîner toute seule les cent vingt kilos du butin.

— Et si les types de la voiture me sautent dessus ?

— Pas de danger, après une telle pirouette ils seront dans le cirage… ou carrément morts. Un choc à cette vitesse pardonne rarement. »

Wittie ravale sa hargne. Elle estime que le plan de Julius ne tient pas debout. C'est une aberration digne des pires séries télévisées, et qui ne prend nullement en considération les impondérables. Elle voudrait le crier, supplier les gosses de se réveiller, de redescendre sur terre. On n'est pas dans un film !

« Tu as peur, souffle fielleusement le vieux, c'est compréhensible. Mais si tu y réfléchis, tu verras que ce n'est pas pire que de trémousser du popotin sous le museau d'un taureau furieux… et la paye est meilleure ! »

Les enfants éclatent de rire, une fois de plus.

« Si cette foutue arthrose ne me ralentissait pas, ajoute Julius en guise d'estocade, je m'en chargerais moi-même, mais, en raison de mon infirmité, je me contenterai du rôle de transporteur. Je viendrai vous récupérer, les sacs et toi, puis on reviendra ici, dare-dare. Au cours des jours qui suivront, on ira planquer le fric ici et là, en louant des coffres dans différentes banques. Pas question de garder le moindre billet chez nous. Et encore moins de se livrer à des dépenses inhabituelles. Au yeux des gens, on devra vivre comme des pauvres des mois durant. Puis, un beau matin, on déménagera à la cloche de bois, en laissant un tas d'ardoises derrière nous, ce qui accréditera l'idée qu'on étaient fauchés.»

Mentalement, Wittie passe en revue le scénario du *car-jacking*. C'est décidé, elle empruntera la moto de Sue. C'est une Norton militaire 16 H, de la Seconde Guerre mondiale, un bijou parfaitement entretenu. Sa garde au sol élevée a été conçue pour les déplacements en terrain accidenté. Par ailleurs, elle est équipée d'un filtre à air «spécial désert», et d'un phare «black-out» diffusant un halo étroit. C'est une merveilleuse mécanique que Sue ne se lasse pas de briquer.

Wittie a fait du motocross, jadis, et se débrouille assez bien en terrain difficile.

«Je vais bricoler un porte-bagages, songe-t-elle. Un truc assez large pour y sangler deux ou trois sacs.» Elle préfère disposer d'un moyen de locomotion car Grand-Pop est bien fichu de planter la Pinto dans une crevasse, et de se retrouver dans l'impossibilité de récupérer sa belle-fille sur le lieu de l'embuscade. Si cela arrivait, elle aurait bonne mine, plantée au milieu du désert, les sacs entassés à ses pieds ! Avec la moto, en cas de défaillance de Julius, elle disposera d'un canot de sauvetage.

Elle a l'impression d'évoluer dans un demi-sommeil, prisonnière d'un rêve qui refuse de se résorber.

Dans l'espoir d'échapper à cette toile d'araignée, elle prétend devoir se rendre au supermarché. C'est là qu'elle a pris l'habitude de chercher refuge lorsqu'elle veut réfléchir. Elle y erre comme une somnambule au long des travées sous l'œil méfiant des vigiles qui doivent se demander si elle fait partie de ces ménagères qui tapinent en poussant leur Caddie.

Au Wal-Mart, elle se sent protégée du rayonnement néfaste émanant de Julius. Les paquets de pâtes et de céréales agissent comme des absorbeurs de radiations.

Cette fois l'heure est grave. La situation échappe à son contrôle. Si elle refuse de participer au braquage, les gosses la mépriseront. Pire, Sue se portera volontaire pour prendre sa place, et c'est elle qui attaquera la voiture fantôme au retour du go-fast. Wittie ne peut l'envisager.

Elle se demande une fois de plus comment les choses ont pu dériver à ce point.

En garant la Pinto sur le parking du Wal-Mart (anciennement K-Mart), elle échafaude des plans absurdes : *saboter la voiture... Percuter un réverbère...*

Mais non, personne ne serait dupe. Les gosses l'accableraient de leur mépris, à leurs yeux elle serait à jamais Celle-qui-s'est-dégonflée. Sue en concevrait une haine disproportionnée et l'accuserait d'avoir privé Timmy de tout espoir de guérison.

La Pinto se changeant en sauna, elle court vers le supermarché, s'empare d'un chariot et entame sa déambulation à travers les rayonnages sans rien voir des produits qui l'encerclent.

Julius a dit qu'il se chargerait des clous tripodes et de la herse... Est-ce prudent? Wittie sait d'avance qu'il ira se fournir chez Billy Boy Fatty, un ancien flic de Cincinnati qui a pris sa retraite à Maxon Bull où il passe ses journées devant la télévision à regarder en ricanant des séries policières. Un carnet à la main, il en note les erreurs et invraisemblances, avant d'envoyer des lettres comminatoires aux studios; lettres rédigées sur du papier à en-tête du commissariat où il travaillait jadis.

Billy Boy Fatty se complaît à jouer au cynique. Il arrondit également sa retraite en revendant le matériel anti-émeute sur lequel il a fait main basse durant ses années d'exercice : gilets pare-balles, casques, boucliers, grenades lacrymogènes. C'est lui, à n'en pas douter, qui fournira la herse. Wittie ne l'aime pas. Chaque fois qu'elle l'a croisé, il l'a déshabillée du regard avec une insolence triomphante, en s'attardant tout particulièrement sur son entrejambe.

Tandis que ses mains – par pur automatisme – entassent des paquets de céréales dans le chariot, elle tente de se rassurer en se répétant que le plan de Julius est si nul qu'il ne manquera pas de foirer. Oui, il ne peut en aller autrement. Timmy ne pourrait pas faire pire. Il est probable que la voiture fantôme leur passera sous le nez à la vitesse de l'éclair, les laissant, stupides, au bord de la route, pirates de pacotille aux yeux plus grands que le ventre.

Oui, elle n'a qu'à faire semblant d'approuver le projet; la réalité se chargera de remettre les pendules à l'heure. Alors les gosses seront bien forcés de se rendre compte que les projets du grand-père flirtent avec la démence sénile.

Alors qu'elle s'approche du rayon de ces sodas multicolores dont Timmy fait grande consommation, elle surprend le bavardage de deux femmes en bigoudis et pantalon corsaire. Il est question du gendre de l'une d'elles, un certain Ronald qui a gagné une fortune à la loterie de Vegas, il y a de cela trois ans.

« Un million de dollars, explique-t-elle d'une voix haletante. Le Super Banco. Avant, sa femme et lui vivaient chichement mais ils étaient heureux; lui vendeur de voitures, elle assistante dentaire. Après, tout est allé de travers : la folie des grandeurs, les excès... Au bout d'un an ils avaient claqué la moitié de la somme en voyages, restaurants, croisières de luxe, fringues et bijoux. La deuxième année, voyant leur capital diminuer, ils ont imaginé de se refaire en retournant au casino. Cette fois ils se sont fait ratisser. Les créanciers leur ont tout pris, voitures, maison, fourrures, bateau... Redevenus pauvres, ils se sont aperçus qu'ils étaient incapables de recommencer à vivre comme des gens normaux. Il leur fallait du meilleur, de l'extra... vous voyez le genre ? Ils s'accusaient l'un l'autre d'être à l'origine de leur ruine. La troisième année, ils se haïssaient à s'en taper dessus. Ronald, mon gendre, s'est lancé dans des trafics qui l'ont conduit à la prison de Folsom. Ma fille – c'est une vraie misère – est devenue call-girl pour conserver son train de vie. J'ai essayé de la ramener à la maison, mais elle a refusé... elle dit qu'elle y étouffe, qu'elle ne supporte plus la pauvreté. Elle ne jure que par les grands hôtels, les voyages en yacht, les émirs, les PDG... elle sert de jouet à ces gens-là, mais elle s'en fiche. Elle est comme droguée, voyez-vous. Droguée à la richesse. Tout l'argent qu'elle gagne passe en vêtements haute couture, si bien qu'elle est toujours fauchée. J'ignore comment ça va finir, mais je suis inquiète. La richesse, quand on y a goûté, on ne peut plus s'en passer. »

Wittie s'éloigne discrètement avant que les femmes ne remarquent sa présence. Un nœud d'angoisse s'est formé dans son estomac et elle a soudain l'impression de manquer d'air. Lui reviennent en mémoire mille anecdotes lues dans des magazines, chez le dentiste ou ailleurs. Des histoires semblables à celle qu'elle vient d'entendre. Des histoires d'heureux gagnants détruits par une fortune tombée du ciel. Alcoolisme, infarctus, accidents de voiture, assassinats... autant de morts prématurées résultant du mauvais usage d'une richesse acquise sans effort.

Elle frissonne en pensant à Sue. Sue qui s'est autoproclamée mère de remplacement et prétend gérer le handicap de Timmy mieux que sa génitrice ne saurait le faire. Wittie imagine Sue tombée dans les mains de charlatans, dépensant des fortunes pour guérir son frère, et sombrant dans le désespoir devant les échecs répétés.

Elle a peur pour elle, elle a peur pour eux tous.

Elle sait que Sue exigera sa part sitôt le casse effectué, et que son premier acte d'indépendance sera de plier bagage avec Timmy pour aller consulter l'un de ces fameux spécialistes dont elle attend des merveilles, car elle a tendance à confondre médecine et magie.

Wittie sait également que Julius refusera, par prudence, parce qu'il voudra éviter tout changement dans leur mode de vie qui les rendrait suspects. Il en a déjà parlé mais Sue n'a pas écouté... ou plus exactement n'a pas voulu entendre.

Un conflit éclatera. Julius et Sue se heurteront de front. Qu'en résultera-t-il?

Le vieux ne cédera pas. Sue non plus. Le pire est donc à craindre.

L'instinct de Wittie lui souffle que Julius va leur confisquer le trésor et veiller dessus comme un dragon de légende embusqué à l'orée d'une caverne fabuleuse. Rien ne pourra le fléchir.

Le plus terrible, c'est que Sue s'en doute peut-être, et qu'elle a déjà pris ses dispositions en conséquence.

Mais quelles dispositions ?

S'enfuir avec Timmy et le trésor la nuit même du casse ?

Et si…

Et si Julius avait prévu cela ? *Si lui aussi était d'ores et déjà en train de prendre des dispositions afin de ne pas être refait par sa petite-fille ?*

Wittie a l'impression que sa tête va exploser.

Elle n'a aucun mal à se représenter Julius et Billy Boy Fatty, le flic véreux, s'entendant comme larrons en foire pour tirer les marrons du feu.

« Et s'il nous abandonnait ? se dit-elle soudain. S'il fichait le camp avec le fric et nous laissait nous débrouiller ? Un vieillard qui disparaît en laissant sa famille derrière lui, ça passe inaperçu. Qui s'en soucie ? Qui, dans la ville, connaît Julius ? Pas grand monde. Qui s'étonnera de ne plus le croiser ? Un vieux qu'on cesse de voir, on l'imagine tout de suite à l'hospice, à l'hôpital… voire enterré, et l'on ne réfléchit pas plus avant. On ne conçoit pas qu'un homme de cet âge, perclus de rhumatismes, puisse mettre sur pied un piratage de go-fast. Dans l'esprit des gens, ça reste un truc de jeunes. Et si Julius misait justement là-dessus pour brouiller les pistes et se concocter un formidable alibi ?»

Pourquoi pas ? Que sait-elle de lui après tout ?

Ne l'a-t-elle pas toujours considéré comme une énigme vivante ?

Julius et Billy Boy Fatty, le tandem de l'enfer. Les Laurel et Hardy du crime.

Wittie vacille, prise de vertige. Elle doit se cramponner à la poignée du Caddie pour ne pas s'affaisser. La paranoïa la gagne. Elle ne sait plus où elle en est, ni à qui se fier.

Un moment, elle est tentée de tout abandonner, de sauter dans la voiture et de rouler au hasard, droit devant, pour fuir Maxon Bull, son désert et ses tentations dangereuses. Elle voudrait ne plus avoir chaud... Elle rêve de New York sous la neige, de rues emplies d'une foule qui préserverait son anonymat. Comme il lui serait agréable d'être de nouveau entourée de gens pâles, qui parleraient trop vite d'un ton nasillard, engoncés dans des manteaux, des écharpes. Il n'y aurait plus ni cactus, ni crotales, ni monstres de Gila, rien que de ridicules petits chiens enveloppés dans des imperméables miniatures et aux pattes chaussées de bottines. Comme ce serait bon...

Comme elle serait heureuse !

Le lendemain, l'aube à peine levée, elle enfourche la moto de Sue et part en reconnaissance dans le désert. Elle a emporté les jumelles militaires de Julius afin d'examiner le terrain et la piste sans trop s'en approcher.

À plat ventre au sommet d'une crête, elle n'a aucun mal à localiser le beau ruban noir fraîchement macadamisé de la « piste d'envol ». Des barrières électrifiées la bordent des deux côtés, probablement pour tenir les coyotes à l'écart. Le grillage sera facile à sectionner, pas de problème.

Elle se livre ensuite à un relevé précis des accidents de terrain : failles, bosses, cairns, qu'il lui faudra éviter. Elle les pointe sur la carte qu'elle a eu la sagesse d'emporter.

Le danger principal consiste en une profonde crevasse qu'on surnomme ici « le trou aux serpents » parce qu'il a la réputation d'abriter une légion de crotales particulièrement vindicatifs. Il ne faudrait pas qu'elle s'y précipite la tête la première ! La nuit, il est difficile d'apprécier les distances, surtout s'il n'y a pas de lune. En outre, deux sacs ficelés sur le porte-bagages risquent de déséquilibrer l'engin et de le rendre moins maniable qu'à l'ordinaire. S'ils pèsent soixante-dix kilos, ce sera comme si elle trimbalait un passager en croupe. Un passager à l'assiette instable qui basculera au premier cahot.

Bref, ce ne sera pas une partie de plaisir et rien n'est joué d'avance.

Elle songe aux traces que laisseront leurs déplacements. Les types responsables du go-fast seront-ils capables de les interpréter ?

Une moto, une voiture... Tout le monde à Maxon Bull possède des machines de ce genre, il leur faudrait suspecter les trois quarts de la population !

Non, le danger ne viendra pas de là. De toute manière, il est probable que le vent du désert effacera les marques imprimées dans la poussière. La terre est excessivement sèche à cet endroit.

La menace viendra des occupants du bolide accidenté si le choc ne les a pas assommés. (Wittie s'oblige à penser *assommés* plutôt que *tués*)

Que fera-t-elle si le conducteur parvient à se dégager de l'épave et lui saute à la gorge ?

Elle préfère ne pas y penser.

MARKH

Depuis que Chavarria leur a annoncé que le premier saut aurait lieu cette nuit, Markh lutte pour conserver le contrôle de ses nerfs et donner de lui une image flegmatique. Il n'est pas certain d'y parvenir. Jessie, ce cinglé, ne tient plus en place. On dirait un gosse trépignant à l'entrée de Disneyland.

La voiture fantôme est là, au centre de l'atelier. Une dizaine de mécanos l'ont bichonnée tout l'après-midi, multipliant contrôles et mesures. Cette panoplie de tests (auxquels Markh n'a pas compris grand-chose) a nécessité le déploiement de nombreux ordinateurs, à croire que le but de l'expédition consiste à se poser sur la face cachée de la Lune.

Les barrières électrifiées ont été activées, ensuite de quoi une équipe a ratissé la piste d'un bout à l'autre pour s'assurer qu'aucune bestiole ne s'y promenait. Une balayeuse a nettoyé l'asphalte du sable et des graviers que le vent y avait accumulés. Ce soir, le tarmac brille comme un sou neuf.

«Le revêtement a été élaboré pour donner le maximum d'adhérence aux pneus, a expliqué Jeffie. Ici, pas de route en béton, rien que du bon asphalte. De toute manière la gomme des pneumatiques est d'un genre nouveau, ainsi on ne perdra rien de la poussée.»

Markh ne prend même plus la peine de feindre un quelconque intérêt, il a fini par comprendre que l'ingénieur monologue sans se soucier d'être écouté. C'est manifestement quelqu'un qui vit beaucoup dans sa tête, comme Jana.

Chavarria leur a fait servir un dîner auquel Markh n'a pas touché, contrairement à Jeffie qui s'est empressé d'engloutir trois hamburgers et un demi-kilo de frites. À se demander par quel prodige il réussit à demeurer aussi maigre.

Alors que la nuit s'installe, le jeune ingénieur entraîne Markh dans le vestiaire.

«Fais comme moi, ordonne-t-il, fous-toi à poil. On va s'enduire le corps avec une pommade spéciale. Un truc que les cascadeurs et les pilotes d'essais utilisent pour se protéger des flammes. Ça fonctionne comme un retardateur. En fait, pendant une minute, tu es aussi incombustible que La Torche des *Quatre Fantastiques*. Une minute, ça paraît court, mais en cas d'accident ça fait toute la différence.»

Il pousse en direction de Markh un saut empli d'une gelée rosâtre dont il entreprend de se badigeonner de la tête aux pieds.

«Bon, ricane-t-il, à l'usage il paraît que c'est cancérigène, mais quand on s'en sert épisodiquement, ça reste sans danger.»

Markh l'imite. Le produit sèche sur sa peau, formant une pellicule plastifiée.

«Faut laisser un carré nu dans le dos, précise Jeffie, pour que l'épiderme respire, sinon on s'asphyxie. Tu sais bien, on surnomme ça le *syndrome Goldfinger...* du nom de la nana qui, dans le film, meurt parce qu'on l'a peinte en or.»

Sitôt la pommade sèche, ils enfilent des sous-vêtements antithermiques. Markh se fait l'effet d'un pompier se préparant à plonger dans un brasier.

«Il va faire très chaud dans l'habitacle, commente Jeffie. C'est un inconvénient contre lequel on ne peut pas grand-chose. Au-delà d'une certaine température on risque le coup de bambou, voire un accident cardiaque ou un AVC. Si tu tombes dans les pommes au volant, on est morts. À cette vitesse une sortie de route ne pardonne pas.»

Il s'interrompt pour ouvrir un placard dont il sort des combinaisons de pilotes tissées dans une matière étrange.

«Antithermique, précise-t-il. Comme tout le reste, mais ne te fais pas d'illusions, si le moteur chauffe, ça nous accordera tout au plus un répit de cinq minutes. La température du poste de pilotage grimpera dans des proportions alarmantes.

— Jusqu'à combien ? demande Markh en essayant de conserver son calme.

— Deux cents, trois cents degrés... Ce sera comme si on nous plongeait dans une marmite d'huile bouillante. Au bout de cinq minutes, les combinaisons se désagrégeront. Pour éviter ça, il aurait fallu les faire plus épaisses... beaucoup plus épaisses, mais alors il nous aurait été impossible d'entrer dans le cockpit !

— On fera avec », lâche Markh en remontant la fermeture à glissière jusque sous son menton.

Jeffie explique que les gants, les casques, les chaussures, tout a été conçu pour les isoler de la chaleur et du feu le plus longtemps possible. Markh a l'impression que l'ingénieur pourrait discourir ainsi toute la nuit, énumérant à l'infini les caractéristiques chimiques de la moindre molécule.

Engoncés dans leurs scaphandres, ils émergent du vestiaire. Dans l'atelier, le silence règne. La voiture, avec son carénage mat, dépourvu de la moindre brillance, semble un énorme insecte surgi de la préhistoire. Le canopy est ouvert.

Chavarria s'approche du coffre, une mince mallette à la main.

C'est donc pour acheminer ce « cartable » de yuppie qu'on a déployé tant de prodiges ? Que contient-il ? Une puce informatique d'un modèle révolutionnaire ? Un logiciel permettant de craquer les sécurités de n'importe quelle banque ? Un virus létal que les organisations terroristes s'arracheront à prix d'or ?

« Allons, songe Markh, pourquoi te poser la question puisque tu n'as pas envie de le savoir. »

Chavarria pivote sur ses talons pour faire face aux deux « cosmonautes ».

« *Huevónes*, dit-il d'une voix sourde. Le moment est venu de montrer ce dont vous êtes capables. Vous n'aurez pas droit à l'erreur. Si tout se passe bien, demain vous serez riches. Très riches. À présent, prenez place ! »

Il frappe dans ses mains pour tirer l'équipe de l'étrange hébétude qui s'est emparée d'elle à l'approche de l'action.

Les mécanos doivent aider Markh et Jeffie à s'installer dans le poste de pilotage qui est d'une étroitesse confinant à la claustrophobie. Une fois de plus, Markh a l'horrible impression d'être devenu la momie d'un pharaon. En position semi-allongée, il ne pourra désormais bouger que les mains et les pieds. Une fois qu'il est couché sur le siège anatomique, un mécanicien se penche et installe le volant. Pas de volant pour Jeffie encerclé par une meute de claviers et d'écrans qui lui permettront de juguler les sautes d'humeur de la machine.

« Ah ! un dernier truc, lance l'ingénieur en désignant un bouton rouge du tableau de bord. Si tu sens que tu vas t'évanouir sous l'effet de la chaleur, appuie là-dessus ; ça libère une seringue emplie d'un produit qui provoque une hypothermie momentanée. Ta température interne s'effondrera, comme si on te plongeait dans une baignoire remplie de glaçons.

— Et ça marche ? s'inquiète Markh.

— Des fois oui, des fois non. En raison du choc thermique extrême, ça peut déclencher un phénomène d'hydrocution. Le cœur s'arrête. Tu sais, c'est le truc du type qu'on repêche nageant au milieu des icebergs, et qui tombe raide mort parce qu'on lui a fait boire une tasse de café chaud.

— Tu as bien fait de m'en parler, gouaille Markh. Je suis rassuré. »

Les mécanos viennent de refermer la carlingue, provoquant un curieux changement acoustique. Le moindre chuchotement acquiert soudain un relief surprenant.

« À présent, on est coupés du monde extérieur, commente Jeffie. On est totalement invisibles. Même les Awacs de la NSA ne peuvent pas nous repérer. On est devenus des fantômes. L'ennui, c'est qu'on ne peut plus communiquer avec les potes. Pas de radio, pas de téléphone, rien. On est livrés à nous-mêmes. J'adore ça ! C'est vraiment le pied ! Quand j'étais môme, les kamikazes me faisaient rêver ! »

Les mécanos battent en retraite – ainsi que Chavarria – comme s'ils s'attendaient à ce que le bolide explose à la première sollicitation !

Markh s'oblige à respirer lentement. À côté de lui, Jeffie entame la check-list. Puis c'est le compte à rebours, et Markh peut enfin mettre le contact. Il est toute suite surpris pas l'absence totale de bruit et de vibrations. Il a l'illusion de piloter un nuage. La voiture glisse au ras du sol tel un sous-marin en eau profonde. Cette sensation de fluidité – de liquidité ! – est irréelle.

« Banzaï ! Banzaï ! hurle Jeffie en contrefaisant un accent nippon de pacotille. Dix mille années de vie pour l'empereur ! »

Markh est à ce point concentré sur la manœuvre qu'il n'y prête pas garde. Le bolide fantôme émerge du hangar pour se positionner sur la ligne de départ de la route de Santa Anna. Markh devine que Chavarria leur braille des encouragements mais sa bouche s'agite sans qu'aucun son en sorte. L'isolation phonique est absolue.

« Okay, annonce Jeffie. Check terminé, c'est bon pour moi. Tu peux démarrer en poussée lente. Je te dirai quand mettre la gomme. Il faut se garder de provoquer une montée en combustion trop rapide. Si le noyau s'emballe, le moteur fondra. Et s'il fait trop chaud, les ordinateurs tomberont en rideau, ce qui implique que je ne commanderai plus rien. Tout repose sur le circuit de refroidissement. S'il tient le coup, on gagne. S'il pète, on sera cuits… à tous les sens du terme ! »

Markh reste muet. Il soupçonne Jeffie de s'être défoncé pour surmonter sa peur. Les éclats de rire suraigus qui ponctuent chacune de ses phrases confirment ce diagnostic.

Markh enfonce la pédale de l'accélérateur. La route, ou du moins ce qu'il en voit, lui saute au visage. C'est à peine s'il distingue de vagues reflets sur les barrières de barbelés encadrant la voie. De minuscules balises clignotantes, accrochées aux piquets, jalonnent la piste, toutefois, à cette vitesse, elles se changent en un ruban écarlate ininterrompu.

« On a passé le cinquième kilomètre, commente Jeffie, jusque-là tout va bien. »

Markh souffre de ne pas voir le paysage. Cette carence l'empêche de « sentir » la vitesse. Il en va de même pour l'absence de vibrations et de bruit. C'est comme si la voiture était dépourvue de moteur ! Il juge cela déstabilisant. En conducteur aguerri, il a l'habitude de faire corps avec son véhicule, à tel point que la machine finit par devenir le prolongement de ses muscles, de ses nerfs. Ici, une telle symbiose est impossible. Le bolide demeure étranger, extérieur. C'est une prothèse formidable, mais qui ne fera jamais partie de lui.

Cette constatation le désarçonne. Il n'y était pas préparé. Naïvement, il avait pensé que le monstre roulant ne serait guère différent des dragsters déments qu'il a pilotés dans sa jeunesse.

Une moiteur lui vient aux tempes, aux paumes, aux aisselles. Merde ! ce n'est pourtant pas le moment de paniquer !

Comme pour accroître son malaise, Jeffie s'agite soudain dans son alvéole et se met à pianoter frénétiquement sur ses claviers.

« Bordel ! marmonne-t-il, *ça chauffe...* C'est trop tôt, on est à peine au tiers de la puissance.

T'inquiète, j'envoie un coup de blizzard dans les tuyaux et tout va rentrer dans l'ordre. *Voici venu l'hiver de mon mécontentement...* »

Mais il se trompe. Dix secondes plus tard, la température grimpe toujours. Un signal d'alarme couine sur le tableau de bord.

« Fais taire ce truc ! s'emporte Markh, ça me rend dingue ! »

Des images terribles le harcèlent : il voit une navette spatiale que la fusion liquéfie lors de sa rentrée dans l'atmosphère terrestre, il voit des cosmonautes changés en torches vivantes, en torches hurlantes...

Il lui semble qu'il fait déjà beaucoup plus chaud dans le poste de pilotage. Du regard, il consulte le thermomètre : 60 °C !

« Calme-toi ! s'ordonne-t-il, c'est l'adrénaline. Ta combinaison te protège, il ne fait pas encore assez chaud pour que tu en souffres. »

Hélas, depuis une minute le moteur s'est mis à vibrer, et cela lui paraît mauvais signe. Un lion en cage grogne dans son dos, derrière son siège ; sa colère fait trembler le fuselage.

« Bon sang ! je suis en train de cuire ! hurle Markh dans le microphone incorporé à son casque. Fais quelque chose !

— Pas de panique, halète Jeffie, le circuit de réfrigération de ta combinaison va compenser. Plus tu t'énerveras, plus tu auras chaud ! »

Mais ses gesticulations frénétiques ne rassurent nullement Markh. Sous les gants, ses mains sont trempées. La sueur s'accumule sous ses cuisses, au creux de ses reins. Il n'a jamais eu aussi chaud, même dans le désert. Il a la certitude que tout autour de lui, les structures en PVC ont d'ores et déjà commencé à ramollir. Il scrute avec angoisse le tableau de bord, s'attendant à y voir éclore des boursouflures. Il guette le moment où le volant se déformera entre ses doigts, à la façon d'un beignet détrempé. Ses tempes bourdonnent ; il ose à peine jeter un coup d'œil au thermomètre. Le mercure doit déjà frôler les 70 °C. Une odeur de plastique fondu flotte dans l'habitacle.

Jeffie égrène des jurons à une cadence de mitrailleuse, insulte ses écrans, trépigne et bourre ses accoudoirs de coups de poing.

« Qu'est-ce qui se passe ? hurle Markh.

— L'azote liquide…, hoquète l'ingénieur. L'injecteur fonctionne au ralenti. Le refroidissement est trop lent. Si ça continue, les pièces du moteur vont se déformer.

— Il n'y a qu'à tout arrêter, lance Markh. Je freine et je coupe le contact…

— Non ! hurle Jeffie, ça shuntera aussitôt le circuit de refroidissement ; le moteur explosera avant que nous puissions sortir. Faut continuer. Aller jusqu'au bout. On n'a pas le choix. De l'autre côté du fleuve il y aura tout ce qu'il faut pour refroidir le moulin. J'ai prévu un poste d'assistance. Les mécanos nous aspergeront avec des lances réfrigérantes. Ça devrait fonctionner… »

Croit-il à ce qu'il dit ? Markh n'en est pas certain.

Sous le casque, la transpiration lui brûle les yeux mais il n'ose relever sa visière de peur d'avoir aussitôt le visage brûlé par la température trop élevée qui règne désormais dans le poste de pilotage.

Seule sa combinaison le protège encore, bien qu'il s'en dégage une odeur d'étoffe oubliée sous un fer à repasser.

Pour ne pas céder à la panique, il se concentre sur la route, le compteur kilométrique lui annonce qu'ils vont dans peu de temps atteindre le point où il devra écraser l'accélérateur et contraindre le moteur à libérer toute sa puissance.

« Je vais entamer le compte à rebours, annonce Jeffie. C'est le gros coup de poker, ça passe ou ça casse. Si ça pète, on aura au moins la consolation de ne pas se voir mourir ! »

Il éclate d'un rire hystérique qui fait mal aux oreilles.

Markh fixe la piste, guettant le moment où surgiront les lumières qui balisent la rampe du monument commémoratif.

« Allons, se répète-t-il, elle n'est pas si étroite après tout... et tu as fait cela des centaines de fois au cours des dix dernières années. Combien de bagnoles bricolées en dépit du bon sens as-tu enlevées dans les airs pour un saut de la mort ? Hein ? »

Il est incapable d'avancer un chiffre. Tant de prouesses pour récolter les maigres applaudissements d'un public blasé, déçu d'avoir été privé d'un bel accident. D'un seul coup se bousculent dans sa mémoire toutes les foires où il s'est exhibé. Au Mexique on n'est pas regardant sur les règles de sécurité, on peut se permettre des extravagances prohibées aux USA. Et il ne s'est pas gêné pour exploiter à fond ces failles du système...

Il s'ébroue quand la voix chevrotante de Jeffie commence à décliner les chiffres à son oreille :

« 8, 7, 6 , 5... »

À zéro il bloque sa respiration et écrase l'accélérateur en espérant secrètement que tout s'arrêtera là, que le néant va les avaler sans même qu'ils en aient conscience.

Jana, me voilà !

Cette fois, la secousse lui arrache une douleur dans les reins, comme si un animal venait de l'encorner. Le bolide se rue en avant dans un grondement apocalyptique, et Markh voit les loupiotes des balises se rapprocher comme par magie. Il ne pense plus qu'à corriger l'alignement en tapotant le volant. Ce n'est plus du pilotage, c'est de l'effleurement. Il ne serait pas plus doux s'il caressait le ventre d'une femme.

À ses côtés, Jeffie est livide, les traits raidis dans une grimace hideuse. Il a pissé dans sa combinaison et Markh, en dépit de ses années de pratique, n'est pas loin d'en faire autant.

Le bolide a quelque chose de démoniaque, ce n'est plus un simple assemblage de métal mais une créature qui crache des torrents de feu par tous ses orifices.

La rampe... ça y est! Le mufle du monstre attaque la rampe. Markh comprend qu'ils sont en train de s'envoler. L'accélération le cloue au fond de son siège, une masse invisible écrase ses poumons. Tout autour de lui les revêtements de plastique commencent à cloquer sous la chaleur atroce qui irradie à travers la cloison blindée qui les sépare du moteur. La gaine de caoutchouc antidérapante qui gaine le volant a pris la consistance du chocolat fondu.

Mais le saut... le saut est formidable. La voiture décrit une courbe parfaite dans les airs. Sa puissance de propulsion lui permet de se moquer des vents contraires. Arrivée à son apogée, elle amorce sa descente dans un grand froissement de soie déchirée.

« Nous survolons le fleuve... » se répète bêtement Markh. Sous le ventre du véhicule fantôme défile la muraille de fer hérissée de caméras infrarouges, de détecteurs volumétriques.

Déjà apparaissent les balises de la rampe de réception, sur la rive mexicaine. Markh, mécaniquement, manœuvre les ailerons latéraux conçus pour corriger une éventuelle dérive de la trajectoire d'atterrissage.

Jusqu'à l'ultime seconde il se dit qu'ils vont mourir, que l'une des roues va accrocher la rampe, que...

Mais non, tout se déroule comme dans un rêve. La voiture se pose exactement à l'endroit choisi et se rapproche du sol.

« Inverse le réacteur ! hurle Jeffie. Merde ! Inverse la poussée, sinon on ne s'arrêtera jamais ! »

Il a raison. Markh se secoue. Il a failli commettre une erreur d'inattention.

À travers le cockpit il distingue le comité de réception. Trois gros semi-remorques dont les phares tiennent lieu de projecteurs. Des types en combinaisons d'amiante se précipitent à leur rencontre en brandissant des lances pulsant un gaz refroidissant. Le bolide se retrouve tout à coup prisonnier d'un brouillard givrant qui couvre le pare-brise de cristaux.

« Ne bouge pas, lâche Jeffie. Faut attendre que ça s'arrête, si on sortait maintenant, on serait changés en statues de glace. »

La chaleur diminue rapidement à l'intérieur de l'habitacle. Markh s'aperçoit qu'il baigne littéralement dans sa sueur et se met à grelotter.

« Un truc avant qu'on sorte, lâche précipitamment Jeffie. Ne dis jamais à Chavarria qu'on a eu des ennuis mécaniques. Il mettrait fin au projet et nous liquiderait. Officiellement, tout s'est passé à merveille. Je ne déconne pas. Il y va de notre peau.

— D'accord, soupire Markh. Mais essaye tout de même de jeter un coup d'œil au moulin avant qu'on n'entame le voyage de retour.

— On a le temps. On ne repartira que demain soir. Avant de nous filer le fric, les Mex doivent s'assurer que notre livraison correspond à leur attente. C'est la règle. Il va y avoir une fiesta.

Chavarria débarquera à l'aube. D'ici là, j'aurai fait le nécessaire. Je crois que j'ai compris pourquoi ça a déconné. »

Markh abaisse tous les commutateurs sur « stop ». Derrière lui, le lion de métal qui vit à l'intérieur du moteur s'est rendormi. À présent il règne un froid hivernal dans le poste de pilotage. Pour un peu on claquerait des dents.

« Okay, fait Jeffie, tu peux débloquer les ouvertures. »

Markh obéit. Une série de chuintements lui annoncent que la carlingue se rétracte. Avec une seconde de retard les portières se libèrent tandis que le hayon du coffre se relève.

Il ôte son casque. À l'extérieur, quelqu'un aboie un ordre en espagnol.

« Ils veulent qu'on dégage, explique Jeffie. Maintenant qu'elle ne roule plus, la voiture est redevenue visible, ils vont la cacher à l'intérieur d'un camion dont la remorque a été traitée pour rester réfractaire aux rayons radar. »

Des mains robustes les empoignent sous les aisselles pour les extraire de leurs sarcophages. Quelqu'un lance une plaisanterie qui provoque de gros rires. Probablement un commentaire désobligeant. On leur glisse une bière entre les doigts, et l'un des gaillards dit, d'un ton appréciateur : « *Macho ! Muy macho !* » Ce qui, de ce côté de la frontière, équivaut à un sacré compliment. On leur tape dans le dos. Markh, ébahi, s'oblige à sourire. Il porte la bouteille de bière à ses lèvres mais sa gorge est si serrée qu'il ne parvient pas à déglutir.

On les escorte jusqu'à un mobile home énorme où ils sont accueillis par des filles en bikini. Des « masseuses » qui s'empressent de les déshabiller avant de les pousser dans une cabine de douche surdimensionnée. Markh, sonné, n'a pas le courage de protester. Et pourtant la seule chose qui lui ferait plaisir serait qu'on lui offre un lit moelleux où il pourrait dormir et tout oublier.

« C'est vrai, lui souffle une méchante petite voix au fond de son crâne, tu as encore réussi à t'en tirer, mais c'était la dernière fois… Tu as usé toute ta réserve de chance. Au prochain voyage, il n'y aura pas de miracle, tu mourras. Tu t'en doutes, n'est-ce pas ? »

Oui, Markh s'en doute, mais il ne renoncera pas pour autant.

La voix se tait. Trop tard, Markh a eu le temps de l'identifier, c'était celle de Jana.

Quand il se réveille il n'a aucun souvenir de la soirée qui a suivi « l'atterrissage ». Les filles en bikini ont-elles assaisonné sa bière aux roofies ? Possible. Une manière comme une autre de faire tenir les *gringos* tranquilles. Il est étendu sur une couchette, dans ce qui semble être l'une des chambres du mobile home où ils ont embarqué la veille. Il est nu. Des vêtements propres, soigneusement pliés, l'attendent sur une chaise. Une odeur de café cubain flotte dans l'air. Nul parfum n'imprègne les draps ou les oreillers, et cela signifie qu'aucune fille n'a partagé son lit. Sa première hypothèse était donc la bonne : sous couvert d'une fiesta intime, on les a neutralisés le temps de contrôler la livraison. S'ils sont encore en vie, c'est que le produit était conforme aux attentes de l'acheteur.

Il se lève, s'habille rapidement. Les vêtements sont de qualité. Il grimace, les crampes produites par la tension nerveuse se font encore sentir, lui donnant l'impression d'avoir été roué de coups.

Il pousse la porte, débouche dans un salon luxueux, meublé comme s'il s'agissait d'un véritable appartement. Rien à voir avec le camping-car de M. Tout-le-Monde !

Les filles sont là, vêtues – si l'on peut dire ! – de peignoirs courts. Elles font le service et l'accueillent avec des sourires dignes des meilleures publicités. Leurs pépiements d'oiseaux exotiques ne leurrent nullement Markh. Elles jouent un rôle. Leurs yeux restent froids, scrutateurs.

Il s'assied, avale coup sur coup trois tasses d'un café qui embaume. L'une des hôtesses entreprend de lui masser les trapèzes en riant plus fort que ses copines. Il se laisse faire. Il joue un rôle, lui aussi ; celui du *gringo* imbécile qui perd la boule dès qu'une femme le frôle.

Il grignote un beignet.

Le déjeuner achevé, il se lève et sort du Winnebago. Les semi-remorques ont formé le cercle, à la façon des pionniers de jadis, lorsqu'ils se préparaient à repousser une attaque indienne. Ils sont au milieu de nulle part, une sierra comme il en existe tant de ce côté de la frontière.

S'ils ont roulé toute la nuit à tombeau ouvert, il est possible que le Texas soit très loin derrière eux. Perdus au cœur du Mexique, ils sont désormais vulnérables, soumis aux caprices de leurs commanditaires.

Au même moment, Jeffie, enveloppé dans une combinaison de mécano maculée de cambouis, émerge de l'un des camions géants.

« Salut, fait-il à mi-voix. Je bosse sur la voiture depuis le lever du soleil. Je crois que j'ai réglé le problème, on devrait pouvoir rentrer à la maison en parfaite santé.

— Quand part-on ? s'impatiente Markh.

— Cette nuit, dès qu'ils auront déposé dans le coffre les dix millions de dollars prévus. J'espère que le poids des billets ne déséquilibrera pas trop la voiture. Faudra compter environ cent vingt kilos. J'ai écrit un algorithme qui devrait booster la poussée au moment du décollage.

— Des billets ? ricane amèrement Markh. Ils n'ont jamais entendu parler des virements internationaux dans les paradis fiscaux ?

— Bien sûr que si, mais aujourd'hui la NSA est partout, elle espionne systématiquement le moindre réseau. Tout ce qui relève de l'informatique, d'Internet a cessé d'être fiable. Nos mails sont scannés par des programmes quantiques conçus pour détecter les allusions suspectes. Les terroristes l'ont compris, ils sont revenus aux anciennes méthodes : plus d'ordinateurs ni de téléphones portables, non, ils utilisent du papier, des crayons, et les messages transmis de bouche à oreille. Dans ces conditions, tu comprendras sans peine que nos employeurs préfèrent les vrais billets à la monnaie dématérialisée qu'on vire de compte à compte en appuyant sur une touche. »

Markh hausse les épaules. Il s'en fout. Il espère simplement que le poids des liasses n'affligera pas le bolide d'un cul de plomb qui le tirera en arrière au moment de l'envol. S'il perd ne serait-ce que dix centimètres d'altitude, il peut rater sa réception sur la rampe américaine.

« Cool ! *pendejo*, plaisante Jeffie, ça va bien se passer. Sitôt revenu au bercail, on empochera la part qui nous revient et on retournera à la vie civile.

— Pour combien de temps ?

— Jusqu'au prochain passage. Ce n'est pas moi qui décide. Un mois, deux, six... On n'est pas des mules ordinaires. Chavarria ne sortira le bolide de son hangar que pour des livraisons super-importantes. Des trucs dont il est préférable que toi et moi ne sachions rien. Biotechnologie, ingénierie militaire... ce genre de merde. Si on se faisait piquer, on tomberait sous le coup du *Patriot Act*. Haute trahison, complot contre l'État. Faut te mettre dans la tête qu'on n'est pas des simples dealers de brune mexicaine ou de crystalmeth. C'est pas la prison qui nous attend, c'est la balle dans la nuque. Les services secrets ne nous feront pas de cadeaux.

— Ton fric, t'en feras quoi ?

— Je créerai ma propre société d'innovation automobile. Et toi ?

— Aucune idée. Je n'ai pas été habitué à me projeter dans l'avenir. »

La journée s'écoule avec une lenteur insupportable. Les gardes du corps ont installé une piscine gonflable où Jeffie et les naïades s'ébattent à grands cris, sans maillot bien entendu.

Markh, qui s'est installé sous un parasol, un pichet de citronnade glacée à portée de main, essaye désespérément d'imaginer comment il utilisera sa part du trésor. En dépit de ses efforts, il s'avère incapable d'élaborer un projet crédible.

« *No future !* » ricane la voix de Jana au fond de son crâne.

WICHITA

Wittie a repris l'entraînement et s'efforce de redevenir la *Wichita girl* de l'époque des rodéos. Elle court jusqu'à ce que des papillons noirs volètent devant ses yeux, lui annonçant qu'elle est au bord de l'hypoxie. Parfois elle doit s'arrêter pour vomir. Merde ! elle n'a plus l'âge de ces conneries, c'était bon pour la gamine de vingt-cinq ans qui tournoyait en jupette sexy sous le nez des taureaux furieux.

La sueur imbibe ses vêtements de jogging, à croire qu'elle a pissé dedans !

En quatre jours elle a perdu trois kilos, elle ne s'en plaint pas, elle en avait besoin. Le plus terrible, c'est le matin, quand elle doit sortir du lit et que les crampes lui arrachent des gémissements. Tous ses muscles et tendons protestent, lui hurlant qu'elle n'est qu'une mémère de bientôt quarante balais et qu'elle a l'air d'une vraie conne à jouer ainsi les émules de Jane Fonda. « Laisse ça aux gamines ! » vocifère son corps en révolte. Elle a décidé de faire la sourde oreille et de continuer.

Quand elle ne court pas, elle chevauche la moto de Sue et s'applique à réveiller ses vieux réflexes en dévalant les crêtes pour sauter par-dessus les crevasses. Avec le casque intégral et le blouson, on ne risque pas de la reconnaître. D'ailleurs personne à Maxon Bull n'aurait l'idée de venir traîner ses guêtres dans le désert qui est, d'après la légende, infesté de crotales appartenant à l'espèce *terrificus* dont le venin saturé en crotoxines provoque des paralysies respiratoires potentiellement mortelles. On ne rigole pas avec ces bestiaux-là.

Afin de déjouer la méfiance dont Julius fait preuve à son égard, elle a décidé de jouer les bons petits soldats. Elle feint de partager l'excitation des enfants, mais sa décision est d'ores et déjà arrêtée. *Pas question d'abandonner le magot au grand-père !* Si elle accepte de se lancer dans cette folie, ce n'est pas non plus pour permettre à Sue de claquer une fortune chez des charlatans qui la mèneront par le bout du nez !

Il n'est pas dans ses intentions d'abandonner la gestion du butin à sa famille, il n'en sortirait rien de bon. Il est capital pour leur survie que le trésor soit géré par une personne responsable qui ne cédera nullement au vertige de la richesse. En l'occurrence, elle, Wittie, la bonne ménagère qui, depuis dix ans, déploie des prodiges d'astuce pour réaliser des économies et préserver le clan d'une banqueroute qui amènerait les huissiers à saisir le mobile home et, par voie de conséquence, ferait d'eux des vagabonds.

Elle a donc décidé, si le *car-jacking* se déroule comme prévu, de s'emparer du butin et de courir le dissimuler dans la célèbre fosse aux serpents qui s'ouvre non loin de là. Un sac ou deux suffiront. Il ne s'agit pas d'avoir les yeux plus gros que le ventre.

Ensuite seulement elle roulera à la rencontre de Julius et lui expliquera que l'opération a échoué. Elle jouera les femelles hystériques, balbutiera que le conducteur n'était pas mort, qu'il a brandi une arme... Ou bien que la voiture a pris feu, l'empêchant d'accéder au coffre. Elle improvisera en fonction de ce qui se produira réellement.

Aucune de ces éventualités n'est à écarter, au demeurant. Il n'est pas interdit d'imaginer que la voiture explose en quittant la route, ou au contraire que ses occupants en émergent indemnes, furieux et armés jusqu'aux dents.

Il est également envisageable que le bolide poursuive sa course en dépit de la herse déployée en travers de la piste. Surtout si elle est équipée de pneus spéciaux anticrevaison, l'équivalent d'un gilet pare-balles pour voiture !

Bref, tout est possible, le meilleur comme le pire.

Wittie a passé chaque éventualité en revue, dans sa petite tête. Julius, avec ce mépris de la femme qui le caractérise, sera tout de suite convaincu qu'elle s'est dégonflée. Jamais il n'ira imaginer qu'elle s'est payé sa fiole. Depuis toujours, il ne voit en Wittie qu'un assemblage appétissant de fesses et de nichons. Le repos du guerrier, quoi… Elle n'a jamais essayé de le détromper, sachant la cause perdue par avance. C'est là-dessus qu'elle mise.

Elle a procédé à de nombreux chronométrages. Elle estime qu'elle disposera d'une marge suffisante pour, une fois les sacs récupérés, foncer vers la crevasse, puis faire volte-face et se précipiter à la rencontre de Julius… De nuit, sur terrain accidenté, le vieux devra rouler au pas s'il veut éviter de planter la Pinto dans une ornière.

Ensuite, Wittie laissera passer du temps.

Pas mal de temps.

Elle n'est pas pressée, contrairement à Sue. Plus elle attendra, plus ce qui suivra gagnera en crédibilité. Finalement, elle inventera qu'une voyageuse de commerce, rencontrée au drugstore, lui a proposé de passer un entretien d'embauche pour une grande marque de cosmétiques à… San Antonio, Austin ou Houston par exemple. Wittie prendra le bus et ira s'enterrer une semaine dans un bled quelconque. Une fois de retour à Maxon, elle annoncera qu'elle a été sélectionnée et qu'on lui offre une place de démonstratrice bien payée, mais que ce boulot implique de fréquents déplacements.

À chaque retour, elle glissera à Sue une liasse de billets censée lui permettre d'assurer les dépenses familiales. Au fil du scénario, Wittie prenant du galon au sein de la firme, les liasses deviendront plus épaisses.

« Je commence à bien gagner ma vie, dira-t-elle. On pourrait envisager de quitter ce trou à rats et de s'installer dans une vraie ville, non ? J'ai loué un appartement à… El Paso. »

Sue ne se le fera pas dire deux fois car c'est dans les grandes villes qu'on trouve les médecins susceptibles de greffer un cerveau neuf à Timmy.

Le problème viendra plutôt de Julius. Si Wittie « gagne » bien sa vie, il se sentira châtré et risque d'en concevoir de la rancœur. Mais, avec un peu de chance, d'ici là il aura fait une attaque et, d'un commun accord, on l'aura placé dans une chouette maison de retraite.

Bon, voilà, c'est en gros de cette manière que Wittie imagine le déroulement des choses. Le fric, elle ira le récupérer peu à peu dans la crevasse. Jamais trop d'un coup.

Là aussi, elle a tout prévu. Il y a ce Français, Jean-Pierre, qui tient une ferme à serpents sur la route 91. Un truc où les touristes et les étudiants viennent se faire peur. Jean-Pierre a jadis été porno-star dans son pays. Il y a, punaisé au-dessus de son bureau, une vieille affiche décolorée qui le représente déguisé en gladiateur, les pectoraux avantageux. Le texte proclame :

SPARTA…CUL, un pé(nis)plum enculeur… correction : en couleurs !

Jean-Pierre lui a expliqué qu'il s'agissait d'une suite de jeux de mots très subtils, appréciés de ses compatriotes, mais Wittie n'y a rien compris. Jean-Pierre a été victime d'un accident du travail, une thrombose d'une veine irrigatrice du pénis, si bien qu'il ne peut plus avoir d'érection. Sa carrière s'en est trouvée compromise. À plusieurs reprises il a voulu montrer à Wittie la cicatrice de l'opération, mais elle l'a prié de n'en rien faire.

Bref, Jean-Pierre achète des serpents à ceux qui acceptent de les capturer à sa place. Il fournit le matériel, la tenue protectrice, les pinces, les boîtes.

Wittie ira le trouver sous prétexte qu'elle a besoin d'arrondir ses fins de mois et qu'elle n'a pas peur des crotales (ce qui est un gros mensonge). Grâce à la combinaison antimorsures, elle descendra dans la crevasse pour récupérer l'argent, progressivement. Ainsi, chaque fois qu'elle s'en retournera à… El Paso, elle emportera une fraction du magot.

Wittie est plutôt satisfaite de son plan. De cette manière, elle pourra offrir aux gosses de recommencer une nouvelle vie, ailleurs, loin de Julius et de Maxon Bull City.

Une fois Sue et Timmy installés dans un bel appartement, elle devra se montrer prudente, ne pas commettre d'impair. Peut-être lui faudra-t-il monter une petite société fictive dont elle feindra d'être l'employée ? Elle avisera le moment venu.

Pour l'heure, rien n'est joué puisque le casse n'a pas encore eu lieu.

« Ce sera probablement pour cette nuit ! a annoncé Julius ce matin, au petit déjeuner. J'espère que vous avez bien compris ce que vous devrez faire ? »

Il était de mauvaise humeur. Le froid glacial du désert avait réveillé ses douleurs articulaires et c'est à peine s'il parvenait à fermer les doigts sur sa tasse de café. Toute la matinée, il n'a cessé de proférer des jurons, et Timmy, en vrai gosse, s'empressait de les répéter comme s'il s'agissait d'une comptine.

« Un peu de retenue, a grondé Wittie. Vous donnez le mauvais exemple au garçon.

— Putain ! j'ai mal ! a hurlé le vieux. Je n'arrive plus à me servir de mes mains... Comment je vais faire, cette nuit, pour conduire la voiture ? Hein ?

— Prenez vos médicaments, la douleur s'apaisera.

— Ils m'endorment ! Tu veux que je me mette à pioncer pendant le braquage ? Peut-être que ça t'arrangerait, hein ? Trouillarde ! »

Wittie s'est retenue de sourire. Julius venait de lui fournir une superbe idée : dissoudre une poignée d'analgésiques dans la thermos de café noir qu'il ne manquera pas d'emporter. S'il s'endormait, elle pourrait l'accuser d'avoir bousillé l'opération.

La nuit précédente, ils l'ont passée dans le désert, en observateurs embusqués. Sue et son frère près du monument, Wittie et Julius aux abords du grillage électrifié, blottis dans la Pinto, tous feux éteints.

Julius avait emporté tout un bazar de chronomètres et de règles à calcul avec lesquels il prétendait déterminer la vitesse du bolide. Wittie n'a rien compris à ses explications. Comme d'habitude il compliquait tout en parlant de *dropping zone*, de bombardement, et autres facéties guerrières qui restent chères à son cœur. Wittie a vite cessé de l'écouter.

La voiture fantôme lui a fait peur, elle ne cherche pas à le cacher.

La vitesse d'abord, puis le silence total qui accompagnait sa course... Un engin spectral qui semblait à peine toucher le sol. Davantage un projectile qu'un moyen de locomotion. Un obus, un missile. Terrifiant.

« Le *top* ! hurlait Julius dans son téléphone portable, putain ! Sue, donne-moi le *top* ! »

Wittie n'a pu se retenir de frissonner en songeant aux deux gosses tapis dans les buissons de genévriers, non loin de la rampe. Elle n'aimait pas que Timmy ait accompagné sa sœur, elle le savait capable d'une extravagance, comme de sortir soudain de sa cachette et de courir après le bolide en hurlant : « Emmenez-moi ! Emmenez-moi sur votre planète ! » Il est parfois si imprévisible.

À côté d'elle, Julius se livrait à des calculs compliqués en soufflant fort par le nez. Dès qu'il s'énerve, ses difficultés respiratoires s'aggravent et son visage devient cyanosé.

«Merde, a-t-il fini par lâcher, ils se déplacent à près de trois cents à l'heure. Un vrai dragster. S'ils percutaient un obstacle à cette vitesse, il ne resterait pas grand-chose de la caisse.»

Le spectacle terminé, ils ont regagné le mobile home en grelottant. La tension nerveuse qui les habitait depuis le matin était enfin retombée. C'est Sue qui avait donné le coup d'envoi en déclarant :

«Je pense que c'est pour ce soir. J'ai vu que Molosse, le gardien de nuit, avait installé des balises lumineuses tout au long de la rampe. Des petites loupiotes de rien du tout mais qui éclairent grave. Quand je lui ai demandé pourquoi, il a inventé que c'était pour être en règle avec la signalisation aéronautique des monuments. Mon œil! C'est pour la voiture, oui! Ils vont tenter le saut cette nuit.»

Une fois revenus au camp de trailing, ils se sont assis en silence autour de la table. Seul Timmy continuait à s'agiter. «La bagnole! répétait-il, un vrai vaisseau spatial, vlouf! on l'a a peine vu passer, et une fois en l'air il a disparu dans la nuit. Peut-être qu'il est passé dans une autre dimension! J'aimerais bien aller faire un tour dans une autre dimension...

— La ferme, Timmy!» a aboyé Julius d'un ton las.

Wittie l'a senti désorienté. Lui aussi, le bolide fantôme l'avait impressionné, même s'il essayait de le cacher.

«Bon, a-t-il enfin grommelé. Ce sera plus difficile que je le pensais. La vitesse à laquelle ils se déplacent va nous obliger à être très réactifs, surtout toi, Wittie. Quand je te donnerai le top, tu devras cisailler le grillage et déployer la herse. Si tu traînes, tu risques de te faire écrabouiller par la voiture qui t'arrivera droit dessus.

— Pourquoi attendre le dernier moment? a objecté Wittie. Je pourrais préparer ça tranquillement, une heure avant.

— Non, parce qu'on ignore si les barrières sont équipées de détecteurs. Si tu déclenches une alarme en coupant le fil de fer, une patrouille te tombera sur le dos.»

La discussion s'est éternisée jusqu'à trois heures du matin; seul Timmy s'est endormi dès qu'il a compris que, ce soir, on ne jouerait pas avec les petites voitures de Noël dernier.

Wittie se demande comment il réagira lorsqu'ils seront riches. S'en apercevra-t-il seulement? Rien n'est moins sûr. Peut-être même regrettera-t-il le désert, le mobile home pourri, qui sait?

Sera-t-il possible de le laisser sortir seul à El Paso? Sans doute pas. Ici, à Maxon Bull, on le connaît, s'il chaparde quelque chose, les commerçants n'appellent pas la police, ils se contentent de présenter la note à Julius. *Toujours à Julius,* car ce pensionné de l'Armée de l'air leur inspire davantage confiance que la mère du gosse, cette femme aux cuisses interminables et aux yeux bridés d'Indienne.

Non, une fois installée dans une grande ville, Wittie devra dénicher une institution qui s'occupe des garçons comme lui. Des gens qui ne lui passeront pas tous ses caprices – comme Sue ! – et sauront lui inculquer les rudiments d'un savoir basique, car Timmy est plus ignorant qu'un âne. Il a même en grande partie oublié le B.A.BA de la lecture, et l'entendre déchiffrer les bulles d'une BD est une torture. Si encore il se rappelait la langue klingon qu'il s'est donné tant de mal à apprendre quand il avait six ans...

Oui, le butin lui donnera une chance de s'insérer dans la société. Il en ira de même pour Sue, qui s'imagine plus futée que tout le monde, mais dont la culture se résume aux potins *people* véhiculés par les magazines féminins dont elle fait une consommation effrénée.

Wittie ralentit le rythme de ses foulées. Elle ruisselle. Au sommet d'un rocher, un gros lézard la fixe de ses yeux globuleux, comme pour lui signifier que les humains n'ont rien à faire ici. La jeune femme se lance dans une série d'étirements. À une centaine de mètres, le grillage métallique qui borde la piste accroche des éclats de lumière.

« C'est pour ce soir... » se répète-t-elle.

Julius, au terme de calculs abscons – et probablement approximatifs – a déterminé l'endroit précis où l'embuscade aura lieu.

« Quand je te donnerai le top, a-t-il expliqué, tu disposeras de trois minutes maxi pour couper le grillage, déployer la herse en travers de la route et balancer quelques poignées de clous à trois pointes. Le bolide sera tout de suite sur toi. Si tu le peux, essaye d'utiliser le pistolet de paint-ball pour bombarder le pare-brise. Garde bien en mémoire que la voiture fera du 3 km/minute, en moyenne.

— Vous avez bien conscience que ça peut foirer ? a souligné Wittie. On travaille dans l'amateurisme absolu. Si ça se trouve, les pneus de ce foutu monstre vont écraser la herse aussi facilement qu'une merde de coyote, et les types poursuivront leur route sans s'être rendu compte une seule seconde qu'on leur a tendu un piège.

— Je sais, a soupiré le vieux. Mais l'occasion ne se représentera pas, il faut tenter notre chance. Bordel ! Je ne veux pas finir mes jours dans ce camp pourri, entouré de minables. Tu imagines ce qui arrivera quand je mourrai et que toi et les gosses devrez survivre sans ma pension ? Tu n'as jamais été foutue de conserver un boulot plus de quinze jours, Sue prend le même chemin. Les services sociaux ne tarderont pas à vous tomber sur le poil. Ils embarqueront Timmy pour le parquer dans un asile de fous où il se fera enculer par tous les débiles de son dortoir. On n'a pas le choix, ma chérie, on est aux abois, il te faut penser à l'avenir, et l'avenir il se jouera cette nuit, sur la piste du désert. »

Son laïus terminé, il a ouvert un grand sac noir dont il a sorti une cisaille à barbelés, des gants, l'accordéon de la herse repliée, un gros bocal empli de clous à trois pointes, un pied-de-biche, un pistolet de paint-ball chargé... et deux grenades.

« La jaune est fumigène, a-t-il expliqué. Utilise-la pour créer la confusion, couvrir ta fuite... à toi de voir selon les circonstances. La rouge est incendiaire. À dégoupiller au cas où les types te menaceraient. Lance-la sous la voiture, ça fera tout péter. Comme tu l'as si bien souligné, on va faire dans le bricolage, et les gens auxquels on s'attaque sont des professionnels sans pitié. N'hésite pas. S'ils sortent de la bagnole en brandissant des flingues, grille-les.

— C'est votre copain Billy Boy Fatty qui vous a procuré ça ? a demandé Wittie. Vous ne craignez pas qu'il bavarde ?

— Non, Fatty est mouillé dans trop de trafics pour se payer le luxe d'ouvrir son clapet. Et puis il a passé l'âge de chercher les ennuis. »

Wittie a regardé la grenade rouge, sur la table, en se demandant si elle oserait s'en servir le moment venu.

Le soleil du désert lui cuit le dos. Elle achève ses étirements et retourne vers la moto qu'elle a garée à l'ombre d'un gros rocher. D'une sacoche elle tire une bouteille d'eau, en boit la moitié puis s'asperge le visage et le torse avec le reste du liquide.

« Concours de tee-shirts mouillés ! » ricane-t-elle intérieurement. Mais le lézard aux yeux globuleux est son seul public, et ce n'est certes pas lui qui s'excitera sur ses tétons.

Une heure plus tôt, elle a enterré la sacoche à la lisière du grillage électrifié, à l'endroit déterminé par Julius ; ainsi elle n'aura pas à s'en encombrer ce soir. La moto sera plus légère, mieux équilibrée, ce qui ne sera pas un luxe étant donné l'état du terrain.

Elle essaye de tenir la bride courte à son imagination. Surtout ne pas penser à ce qui pourrait arriver. *Le pire est toujours certain,* vieil adage de la marine militaire. Elle essaye de retrouver l'état d'esprit qui était le sien lorsque la *Wichita girl* se préparait à exhiber sa petite culotte sous le mufle des taureaux furibonds. Le vide. Le vide absolu, n'être qu'un corps aux réflexes bien rodés... oui, mais c'était il y a longtemps.

Elle enfourche la moto et prend le chemin du camp de mobile homes. Dans une quinzaine d'heures, tout sera joué.

La journée tire en longueur. Pour passer le temps sans se ronger les ongles, Wittie et Sue entreprennent un interminable contrôle technique des véhicules. L'huile, l'eau, les pneus, tout y passe. C'est sale mais ça occupe.

« Est-ce qu'il ne faudrait pas dévisser les plaques d'immatriculation ? s'inquiète Sue.

— Non, ça paraîtrait bizarre, répond Wittie. »

La mère et la fille échangent un regard; plus le temps passe, plus les failles du plan élaboré par Julius s'élargissent au point de devenir des crevasses infranchissables. Sue est pâle. L'excitation dont elle faisait preuve ces jours derniers s'est évaporée. « Le réel est en train de la rattraper, songe Wittie. Le réveil est difficile. »

Pourtant la gosse, butée comme à l'ordinaire, n'osera jamais bredouiller : « Et si on arrêtait tout ? On s'apprête à faire une grosse connerie, non ? »

Timmy, lui, s'en fout. Il peaufine des figures de skate en zigzaguant entre les mobile homes. Il a probablement déjà oublié les conversations tenues soir après soir autour de la table familiale.

« Et Timmy ? murmure Sue. Il ne peut pas venir avec nous. On le laisse tout seul dans le mobile home ?

— Tu lui donneras du sirop qui fait dormir, répond Wittie. Double la dose. Il s'écroulera et roupillera douze heures d'affilée.

— Ouais, grogne l'adolescente, et il va encore pisser au lit.

— Pas grave, soupire sa mère. Je préfère le savoir endormi que gambadant sur les routes en compagnie de Julius. On ignore comment ça peut tourner et je ne suis pas certaine que Grand-Pop ait encore assez de sang-froid pour gérer la situation. S'il s'affole, tout est à craindre. »

Elle se demande comment le vieux – qui ne se prive pas de jouer au tyran avec « ses » femmes – se comportera s'il doit affronter des tueurs professionnels. La confrontation serait sûrement intéressante.

Quand vient le crépuscule, personne n'a faim, sauf Timmy qui s'étonne que le repas ne soit pas encore prêt et s'impatiente à grands cris. Pour le faire taire, Sue lui colle un pot de beurre de cacahuètes entre les mains.

« Je peux y couper des rondelles de banane ? s'enquiert le garçon, l'œil luisant de convoitise.

— Tout ce que tu veux ! siffle nerveusement sa sœur, même du saucisson si ça te chante ! »

Julius, raidi entre les accoudoirs de son fauteuil, semble avoir été frappé par la foudre. Wittie résiste à l'envie de lui demander : « Vous étiez aussi blême quand vous sautiez en parachute d'une altitude de 12 000 pieds ? »

Dieu ! il lui fait presque peur, on dirait le cadavre d'un alpiniste statufié par le gel. En cette seconde, elle donnerait sa main gauche pour qu'il déclare tout à trac : « Bon, écoutez les enfants, j'ai bien réfléchi, on laisse tomber, on n'est pas de taille. »

Mais il ne le fera pas. D'eux tous, c'est lui qui a le moins à perdre. Il est prêt à risquer leurs vies pour finir son existence dans le luxe, en vieux nabab tyrannique servi par une armée de jolies infirmières – nues sous leur blouse, comme il se doit !

« Je sens que je suis en train de devenir folle ! » chuinte Sue entre ses dents.

Wittie espère de toutes ses forces que Julius ne va pas se mettre à radoter sur le stress du parachutiste quand s'allume la lumière rouge annonçant que la zone de largage est atteinte. S'il fait cela, Sue risque de péter les plombs.

Timmy, assoiffé, boit le soda additionné de somnifère sans tiquer. Très vite, il bâille. Wittie le regarde s'abattre sur sa couchette. « C'est peut-être la dernière fois que je le vois... » se dit-elle, la gorge serrée. Elle se raidit car elle a toujours eu une sainte horreur de la tendance naturelle des mères au mélodrame.

« Allons, se dit-elle, il est à peu près certain que le bolide va nous filer devant le nez sans nous laisser le temps de lever le petit doigt ! Tout ça n'aura été qu'un rêve idiot, un coup de folie dont nous nous réveillerons honteux. »

Elle est ramenée à la réalité par la voix rauque de Julius qui réclame ses médicaments.

« J'ai trop mal, grogne-t-il. Si je ne prends rien je ne pourrai même pas tourner le volant, mes mains me torturent.

— Je m'en occupe... » décrète Wittie en ouvrant le placard où sont alignées les fioles étiquetées par le pharmacien.

Elle hésite, c'est le moment ou jamais de forcer la dose. L'idéal serait qu'il s'endorme pendant qu'il fait le guet, mais elle ignore quelle posologie appliquer pour parvenir à ce résultat. Par ailleurs, ne risque-t-il pas de juger cet assoupissement suspect ? Finalement, elle décide de diminuer de moitié le nombre de gouttes. S'il a mal, il éprouvera de la difficulté à piloter la voiture.

« Il sera en retard au point de rendez-vous, estime-t-elle, cela augmentera ma marge de manœuvre pour aller jusqu'à la fosse aux serpents et en revenir. »

Elle lui tend le verre dont il avale goulûment le contenu.

Le silence s'installe, tendu. Dehors, la nuit gomme le paysage. Du côté du désert elle est totale, angoissante en diable. Un abîme.

« Bon, grommelle Julius, il est temps de synchroniser nos montres. »

La réplique semble à ce point extraite d'un mauvais film que Sue et Wittie pouffent d'un rire nerveux. Le vieux roule des yeux furibonds. Tant bien que mal, ils parviennent à synchroniser les montres bas de gamme qu'ils portent tous au poignet.

« Là, songe Wittie, on fait vraiment dans l'amateurisme. »

Grand-Pop s'arrache à son fauteuil en grimaçant.

« On y va, décide-t-il en distribuant les téléphones jetables que lui a procurés Billy Boy Fatty. Ils sont tous réglés sur vibreur, pour plus de discrétion, alors rangez-le dans un endroit sensible, votre soutien-gorge par exemple. Quand les nichons vous titilleront, ça voudra dire que vous recevez un appel, c'est pigé les filles ? »

Ils quittent le mobile home le plus silencieusement possible. Ce ne serait pas le moment que Timmy se mette à brailler : « Où vous allez ? Où vous allez ? »

Le camp est désert; des caravanes environnantes s'élèvent les lueurs tressautantes des téléviseurs qu'accompagnent les inévitables rires enregistrés.

Sue grimpe avec Julius qui la déposera non loin du monument, Wittie, elle, enfourche la moto. Il est prévu qu'elle filera directement dans le désert car, en l'absence d'éclairage public, elle devra rouler lentement.

Personne n'ose lancer une plaisanterie ni même dire «À tout à l'heure...» On n'est pas dans un film où les héros multiplient les *one-line* humoristiques dans les situations les plus désespérées.

Wittie fait le vide dans sa tête et tourne la poignée d'accélération. La moto fait un bond, passe sous le portique du camp et pique droit dans la nuit. Là, elle allume le phare «black-out» à faisceau réduit. De cette façon, ses déplacements seront moins repérables, du moins l'espère-t-elle. Elle roule prudemment jusqu'à ce qu'apparaisse la ligne lumineuse des balises rouges bordant la piste qu'empruntera tout à l'heure le bolide fantôme. À partir de là, il lui suffira de longer le grillage. Elle a pris des repères, disposé des pierres d'une certaine manière. Ces jalons lui indiqueront l'endroit où elle doit prendre l'affût.

Hélas, elle découvre que l'obscurité complique tout. Le phare éclaire mal et elle roule encore trop vite pour avoir le temps de visualiser les marques. Dans la journée, le truc semblait plus simple. Si cela continue, elle va devoir continuer à pied en poussant sa bécane, c'est inenvisageable si elle veut respecter le timing de Julius. Une bouffée de panique la submerge. Elle craint d'avoir dépassé l'endroit où, ce matin, elle a enterré le sac contenant sa panoplie de saboteuse.

Elle s'arrête, tente de s'orienter. Le moteur de la moto tousse, ne manquerait plus qu'il tombe en panne !

Elle finit par recouvrer son sang-froid et redémarre. Au terme de multiples tâtonnements, elle localise enfin les jalons. Elle consulte sa montre. Elle a perdu une vingtaine de minutes. Pas grave, elle a encore de la marge.

Elle cale la lourde machine sur sa béquille, et, à la lueur de sa lampe torche, creuse pour dégager le sac. Elle est nerveuse, obsédée tout à coup à l'idée qu'elle pourrait déranger un serpent ! Bon sang ! Elle n'avait pas envisagé cela. Les reptiles ont tendance à s'enfouir dans la poussière pour échapper au froid.

Elle chasse cette pensée parasite et ouvre enfin le sac, dont elle dispose le contenu autour d'elle en éventail, à portée de main. D'abord elle a très chaud, puis elle se met à claquer des dents. Une terrible envie d'uriner lui taraude la vessie. Elle prend conscience qu'elle est morte de peur.

Elle se demande ce qu'elle fiche ici... A-t-elle perdu la boule ?

Tout à coup, le téléphone vibre contre son sein gauche, lui arrachant un cri de terreur. L'espace d'une seconde, elle a cru qu'il s'agissait de la célèbre « sonnette » du crotale en colère !

Ce n'est que Julius. « On est en place, nasille-t-il. Et toi ? Tu es prête ?

— Oui, bredouille Wittie. Tout est sous contrôle.

— Bien, fait le vieux, reste aux aguets. Et ne touche pas au grillage tant que je ne t'ai pas donné le top. Compris ? »

La jeune femme coince le portable entre ses seins. Elle grelotte. Le vent s'est levé. Elle se décide à éteindre la lampe torche ; il faut l'économiser car elle en aura besoin pour localiser la fosse aux serpents, tout à l'heure... *si elle survit à l'embuscade.*

L'envie de pisser la torture. Tant pis, elle doit se soulager coûte que coûte. À présent que ses yeux se sont accoutumés aux ténèbres, la lueur des balises lui suffit.

Une fois son pantalon remonté, elle s'entraîne à mémoriser la position des outils. Cisailler le grillage ne lui prendra qu'une minute car le fil de fer est mince. Ensuite, il lui faudra ramper pour atteindre la route. Disons... trente secondes. Saupoudrer l'asphalte de clous, déployer la herse... Une autre minute... revenir se cacher... Elle serre les dents, ce sera serré, très serré. Elle essaye de ne pas penser à ce qui arrivera si les calculs de Julius sont faux et si la voiture surgit plus tôt que prévu, la percutant de plein fouet... *la réduisant en bouillie.*

Pour se rassurer, elle empoigne la cisaille et répète les mouvements qu'elle devra exécuter. Merde ! Pourquoi ne pas tout couper maintenant, elle gagnerait du temps !

Julius s'y est opposé, à cause d'un éventuel signal d'alarme que déclencherait une rupture du circuit. Foutaises ? Peut-être pas. Va savoir !

Un bruit dans les cailloux, sur sa gauche, la fait sursauter. Ce n'est qu'un coyote hypnotisé par la lueur des balises. Le grillage qui borde la piste doit lui rappeler celui qui protège les basses-cours où il a coutume de perpétrer des carnages. Wittie se rappelle que lorsqu'elle vivait à Los Angeles, les coyotes descendaient chaque nuit dans la ville pour bouffer les chats et les petits chiens errants. Certains, même, poussaient la témérité jusqu'à visiter les riches demeures de Bel Air et dévorer les toutous primés assoupis au bord des piscines.

Elle déraille ! C'est bien le moment de se préoccuper des coyotes ! Elle se reprend.

Le vent lui glace les os. Le coyote l'observe une minute, puis s'en va, en quête d'une proie plus facile.

Enfin, au bout d'un siècle d'attente, le téléphone vibre de nouveau. Elle s'en saisit, manque de le lâcher…

« Top ! hurle Julius contre sa tempe. Ils viennent de sauter la rivière. Tu as trois minutes ! »

Wittie rejette le cellulaire pour empoigner la cisaille, ses mains tremblent. Elle coupe, coupe, coupe… puis, poussant l'accordéon de la herse devant elle, entreprend de ramper dans l'ouverture.

Elle essaye d'égrener mentalement les secondes, sans pouvoir déterminer si elle compte trop vite ou trop lentement.

Les clous... ! Sitôt le couvercle du bocal dévissé, elle les sème à la volée. Puis elle déploie la herse en travers de la piste. Les pointes, hautes de dix centimètres, devraient normalement transpercer n'importe quel type de pneus.

Son cœur bat si vite qu'un voile noir lui passe fugitivement devant les yeux. Ce n'est pas le moment de tomber en syncope !

Elle se rue vers le trou ouvert dans le grillage, accrochant ses vêtements et sa peau aux tronçons de fil de fer. Elle saigne.

À genoux, elle empoigne le pistolet de paint-ball, en coince le canon dans une maille du grillage car elle tremble trop pour le brandir à bout de bras.

Les pupilles dilatées par la terreur, elle scrute la nuit. Des terreurs enfantines s'emparent d'elle. Pour un peu, elle s'enfuirait à toutes jambes sans demander son reste.

Elle n'a pas à attendre longtemps. Une sorte de souffle furieux se rue à sa rencontre. Pas un bruit de moteur, non, un sifflement de lame fendant l'air. Elle entraperçoit une masse qui grossit, un capot, une sorte de cockpit. Tout va trop vite pour qu'elle puisse distinguer des détails. Frénétiquement, elle presse la détente du pistolet à air comprimé, propulsant les billes de peinture. Elle arrose au petit bonheur. Elle pense soudain que le bolide, en dérapant, pourrait l'écraser…

Il lui semble que le pare-brise de la voiture devient multicolore. Ce qui suit est confus.

Le véhicule sort de la route, crève la barrière de barbelés et effectue deux tonneaux avant de s'immobiliser, l'avant à demi enfoui dans le sable. Des sifflements inquiétants s'en échappent, comme d'une chaudière sous pression.

Le choc a tordu la carrosserie de manière atroce, transformant le capot en une étrange sculpture moderne dont on raffolerait probablement à New York.

Wittie s'élance, brandissant le pied-de-biche. Elle est persuadée que l'engin va exploser d'une seconde à l'autre. Elle ne peut s'empêcher de penser au conducteur. Est-il mort, est-il blessé ?

« Ne t'embarrasse pas de scrupules, lui a seriné Julius, ce type est un criminel endurci. S'il t'attrape il te massacrera sans l'ombre d'une hésitation. »

Non, penser à Timmy, à Sue, à la nouvelle existence qu'elle pourra leur offrir.

Arrivée au pied de l'épave, elle localise le coffre, introduit le levier dans une rainure…

Une chaleur atroce s'échappe de la voiture, comme si une fournaise la dévorait de l'intérieur. Tout cela gronde, fuse et cliquète telle une bombe à retardement.

La jeune femme pèse de tout son poids sur le levier. Le coffre s'ouvre, laissant choir trois sacs noirs, bourrés à craquer. Elle se saisit de l'un d'eux, tente de le soulever. Il est bien trop lourd pour elle ! Elle doit se contenter de le traîner. Jamais elle ne pourra charger la totalité du butin sur la moto ! Combien contient-il ? Trente-cinq kilos de billets de cent dollars, soit, selon les calculs de Julius, plus de trois millions. N'est-ce pas suffisant ?

Les tendons à la limite de l'arrachement, elle tire le sac jusqu'à la moto et le hisse sur le porte-bagages. Les trois premiers essais se soldent par un échec. Pleurant des larmes de rage, elle mobilise ses dernières réserves d'énergie et réussit enfin à assujettir la masse sur le plateau, à la sangler correctement. Inutile cependant d'espérer embarquer un deuxième sac, le porte-bagages est plein.

Elle a l'impression de se mouvoir au ralenti. Elle enfourche la machine et s'élance dans la nuit du désert en essayant de se souvenir des repères pris les jours précédents.

Normalement, dans une minute, elle devrait voir surgir dans le faisceau du phare un bouquet de cactus candélabres. Il lui faudra alors bifurquer sur la droite et rouler pendant deux autres minutes pour atteindre la fosse aux serpents.

La déflagration lui arrache un cri et illumine le désert sur plus d'un kilomètre. L'onde de choc la percute sur le flanc droit, et elle manque de perdre l'équilibre. La voiture vient d'exploser.

Wittie serre le guidon de toutes ses forces car le sac ballotte à l'arrière. Elle ne doit surtout pas tomber ! Si la Norton se renverse, elle n'aura pas la force de la relever. Sans trop savoir comment, elle parvient à conserver son assiette. Ce n'est qu'une fois atteint la crevasse aux crotales, qu'elle découvre que du sang lui poisse le visage. Une coupure au front. Le casque l'a sauvée.

Elle pêche la lampe torche au fond de sa poche, libère le sac qui roule pesamment dans la poussière. Elle l'empoigne et le traîne jusqu'à la crevasse qui dessine un zigzag noir sur le sol. Elle doit le frapper du pied pour qu'il se décide enfin à basculer dans le vide.

Là-bas, sur la route, l'incendie fait rage. On dirait un puits de pétrole en feu. Bon sang ! À quoi carburait cette bagnole ?

L'avantage, c'est que la lueur dansante des flammes illumine le désert et que Wittie sait désormais quelle direction prendre.

Elle ausculte la moto qui n'a pas trop souffert. Des shrapnells sont néanmoins fichés ici et là. Il faudra les arracher. C'est un véritable miracle qu'aucun de ces débris acérés ne se soit planté entre ses omoplates. Le sang l'aveugle et lui coule dans la bouche. Elle espère qu'elle ne va pas tomber dans les pommes avant de s'être éloignée de la crevasse. Il ne faudrait pas que Julius la trouve ici.

Elle lance le moteur d'un coup de kick et reprend le droit chemin. Dans la confusion, elle a perdu le téléphone portable, ça n'a pas grande importance à présent que tout est fini.

Elle zigzague un moment avant d'apercevoir les phares de la Pinto. Sue est la première à jaillir du véhicule.

« Maman ! hurle-t-elle. Maman, ça va ? »

Wittie freine. Alors qu'elle essaye de caler la moto sur sa béquille, un vertige l'assaille. Elle comprend qu'elle est en train de perdre connaissance.

Sue la rattrape.

« Maman ! souffle-t-elle, tu es pleine de sang !

— C'est raté, balbutie Wittie. C'est raté... la bagnole a explosé en sortant de la route. Pas pu m'en approcher... »

Avant de sombrer dans l'inconscience, elle entend, au loin, Julius s'exclamer :

« Merde ! Merde ! Merde ! Foutue bonne à rien ! J'aurais dû m'en charger moi-même ! »

Elle se réveille dans le mobile home, avec un mal de tête effroyable. Elle est nue sous le drap. Sue se tient à son chevet.

« Ne bouge pas, murmure l'adolescente. Tu as des coupures sur tout le corps, je t'ai fait des pansements. Tu t'es entaillée sur les cailloux en tombant. J'ai posé des strips sur ton entaille au front, ça devrait suffire. »

Wittie essaye de sourire, elle se sent plus faible qu'un nourrisson. Le contrecoup de la tension nerveuse.

Julius apparaît dans l'encadrement de la porte, bougon, le visage gris.

« Qu'est-ce qui s'est passé ? grogne-t-il. Pourquoi ça a foiré ?

— La... la voiture, balbutie Wittie accentuant son malaise à dessein. Je crois que ses pneus ont éclaté en passant sur la herse. Elle a quitté la route et heurté un rocher... Je ne me rappelle plus très bien, c'est arrivé si vite. Elle a explosé. Le souffle m'a projetée en arrière... La chaleur était horrible. Pas moyen de s'approcher. Le goudron de la chaussée s'est mis à bouillonner... Je suis désolée.

— Tais-toi, tu te fatigues, intervient Sue. Tu as peut-être un traumatisme crânien.

— Pas question d'aller chez le toubib ! gronde Julius. Après ce qui vient de se passer, ça semblerait suspect. »

Il transpire la colère et la frustration par tous les pores de sa peau ridée.

« Qu'est-ce qu'on raconte en ville ? s'inquiète Wittie. L'explosion a dû se voir à dix kilomètres à la ronde.

— Officiellement, répond Julius, un camion remorquant une citerne de carburant se serait renversé. C'est la version des types de la voirie, ceux qui ont construit la piste. Ils se sont dépêchés de tout nettoyer. Ce matin il n'y avait déjà plus trace de l'épave. De sacrés petits malins. Ils ont fait ça à leurs frais, si bien que les gens de la mairie sont très contents. Affaire classée, comme on dit.

— Et officieusement, insiste Wittie, Billy Boy Fatty a entendu quelque chose ? »

Julius hausse les épaules, avouant son ignorance.

« Billy Boy ne joue pas dans cette catégorie, bougonne-t-il. Il traficote, c'est tout. L'emmerdant c'est que tu as laissé les outils sur place, la herse, les clous. Les types vont vite piger qu'il ne s'agit pas d'un simple accident. Tu n'aurais pas dû paniquer et prendre le temps d'effacer nos traces. Ces mecs-là sont coriaces et rancuniers, ils vont fouiner, essayer de savoir qui a tenté de les pirater. Dix millions de dollars qui partent en fumée, ça vous échauffe la bile.

— Ce n'est pas certain, objecte Wittie. Je veux dire… pour les traces, les outils. L'explosion était si forte qu'elle a dû tout réduire en miettes. On aurait dit une bombe atomique miniature. L'éclair, le champignon, tout ça… Je ne sais pas à quoi carburait leur bolide, mais j'espère qu'on n'aura pas de retombées radioactives.

— On verra bien, abrège Julius. En attendant ne te montre pas. J'ai planqué la moto sous une bâche, elle a pris un sacré gadin et ça se voit un peu trop à mon goût. J'ai également passé au broyeur les téléphones portables. À ce propos, j'ai vu que tu avais perdu le tien… Ce n'est pas dramatique, c'était du prépayé, on ne peut pas le tracer en consultant les ordinateurs de la Southern Bell. Il n'y a qu'à attendre que l'orage s'éloigne.

— J'espère qu'ils ne me soupçonneront pas, souffle Sue. Je bosse au monument, ils pourraient se dire que je les ai espionnés, que j'ai surpris des choses… Ce qui est vrai, dans un sens.»

Wittie se raidit sous le drap. Elle n'avait pas pensé à ça.

CHAVARRIA

Chinga tu madre !

L'angoisse déverse ses flots acides dans l'estomac de Chavarria. Insensible au soleil du désert qui lui cuit la peau et décolore l'étoffe de son coûteux costume, il contemple le désastre qu'il va devoir gérer. Autour de lui, ses hommes s'affairent, récupérant les débris de l'épave que l'explosion a dispersés dans un rayon d'une centaine de mètres. Un vrai crash aérien. Il lui a fallu promettre un bonus aux gars qui refusaient de s'approcher du lieu de l'accident par crainte d'être irradiés.

Ça se comprend, ils étaient tous rassemblés devant le hangar, à attendre l'arrivée du bolide, quand le bazar a pété. L'éclair et le champignon iridescent qui a moutonné dans le ciel évoquaient il est vrai une explosion atomique. Chavarria a eu beaucoup de mal à les persuader qu'il n'y avait nul danger. Au vrai, il n'en est pas certain, mais il a moins peur de la contamination que de la colère de l'Abuela qui dirige le cartel.

De la pointe de sa chaussure, il retourne un morceau de métal tordu fiché sur le pourtour du cratère. Car l'explosion a creusé un entonnoir au milieu de la route, volatilisant les barrières et même certains rochers.

Au début, Chavarria a cru à un problème mécanique. Une surchauffe du moteur. Le bolide n'était après tout qu'un dragster amélioré, or il est fréquent que ce type de véhicule parte en fumée en raison des carburants à base de nitrométhane hautement inflammable qui les alimentent.

Et puis...

Et puis le doute s'est insinué en lui, notamment lorsque les gars ont découvert un cadavre carbonisé que le souffle de la déflagration a projeté dans un bouquet de cactus. Une momie goudronneuse, réduite de moitié. « On dirait un chimpanzé crevé », a songé Chavarria en se penchant sur le corps.

Par chance, le casque intégral avait protégé le visage du mort, et ils n'ont eu aucun mal à identifier Jeffie, le petit génie aux cheveux platine.

« Trouvez-moi l'autre, a aussitôt ordonné Chavarria. Le conducteur, Markh. Il est forcément quelque part. »

C'est là que les choses se sont compliquées, car le corps de Markh semble s'être évanoui, comme s'il s'était changé en poussière dispersée par le vent.

« Il a peut-être été atomisé ? a suggéré Ernesto, l'un des porte-flingues dépêchés par l'Abuela, un ex-catcheur qui a connu jadis la notoriété.

— Atomisé, mon cul ! a grondé Chavarria. On n'est pas dans un film de super-héros à la con ! Il devrait être dans le même état que Jeffie. S'il avait été réduit en morceaux, on en trouverait des bouts : une main, la tête... Surtout la tête que le casque a dû protéger. S'il n'est pas là, c'est que... »

Il s'est interrompu, glacé par la théorie qui commence à se profiler dans son esprit.

Et si Markh les avait bernés ?

Depuis, Chavarria arpente le désert en tous sens, à la recherche d'un indice. C'est un travail difficile car le souffle a éparpillé les débris au petit bonheur. On a même dégotté un coyote décapité par un fragment de carrosserie.

Bien évidemment, il ne reste rien des dix millions de dollars. L'effroyable chaleur des gaz et des carburants en fusion a réduit les sacs en cendre.

« C'est du moins ce qu'on veut nous faire croire ! » s'entête Chavarria qui subodore LA grosse arnaque. Markh ne lui a jamais plu. Un type bizarre, lointain, déconnecté du réel. Le genre de mec qui n'a plus rien à perdre ; tout à fait capable de se lancer dans une opération suicidaire... comme d'essayer de niquer un cartel, ce qui, dans le classement des conneries à éviter, vient immédiatement après le déclenchement de la Troisième Guerre mondiale.

Dès le départ, Chavarria s'est montré réticent, mais Waldo a insisté, répétant que jamais, au grand jamais, ils ne dénicheraient un pilote aussi doué.

L'ennui, c'est que Chavarria n'aime pas davantage Waldo, ce yuppie loueur de limousines, qui culbute les starlettes à toute heure du jour et de la nuit, tandis que, dans ses ateliers, des mécanos surdiplômés traficotent des moteurs de dragsters, ces jouets pour cinglés qui peuvent rouler à 600 km/h, mais jamais au-delà de trois cents mètres !

Et là, une question se pose : Waldo est-il dans le coup lui aussi ?

S'il s'agit d'une arnaque, les dix millions de dollars ne sont pas partis en fumée, loin de là ! On les a retirés du coffre avant de faire exploser le bolide. L'autopsie du cadavre de Jeffie montrerait probablement qu'il était déjà mort quand il a brûlé... ou bien Markh s'est arrangé pour le droguer.

Ensuite... Ensuite il s'est contenté d'arrêter le bolide à mi-chemin, là où Waldo l'attendait. Ils ont transbordé les sacs dans le pick-up du loueur de limos avant de faire sauter la voiture fantôme au moyen d'une charge de C4.

« Markh se disait sans doute que Jeffie serait réduit en miettes, songe Chavarria. Il s'est imaginé qu'on ne serait pas en mesure de déterminer à qui appartenaient les morceaux, et qu'on le croirait mort, lui aussi, éparpillé dans le paysage... »

Chavarria crispe les mâchoires. Pour un peu il s'en ferait péter les molaires. La rage l'électrise.

Ernesto s'approche, haletant, la face ruisselante.

« *Guía*, halète-t-il, on a trouvé le deuxième casque. Cabossé, la visière fendue. Il y a du sang dedans.

— Mais pas de tête ?

— Non, pas de tête. »

Mise en scène ! estime Chavarria.

« Il y a autre chose, reprend Ernesto. Regardez un peu ça… »

Dans ses mains, il tient un petit téléphone portable jetable et… une grenade !

« C'est une incendiaire, au phosphore, insiste-t-il. Le souffle de l'explosion l'avait enfouie dans le sable. »

Chavarria exulte. Désormais le complot est évident. Markh et Waldo, à n'en pas douter. Ces deux connards se sont crus malins. Plus malins que l'Abuela qui a fait découper à la scie circulaire des dizaines de crétins pour moins que ça.

Il examine le téléphone. De la camelote prépayée, rien à en tirer. Aucun nom d'abonné. Mais la grenade pue son professionnel à cent pas.

« Le gars a dû la perdre dans la confusion, hasarde Ernesto. Probable qu'il a été surpris par la puissance de l'explosion. Peut-être même que le souffle l'a envoyé sur le cul, et que c'est là qu'il a laissé échapper le téléphone… »

Sans doute, admet Chavarria.

À présent qu'il peut mettre un nom sur les coupables, il se sent mieux. Dix millions en billets, ça représente un sacré poids et ça ne se trimbale pas aussi facilement qu'on l'imagine.

« Okay, soupire-t-il. Dis aux gars de nettoyer ce merdier. Officiellement, un camion-citerne s'est renversé et a pris feu. On s'occupe de tout. Il n'y a qu'à glisser quelques enveloppes supplémentaires aux conseillers municipaux. Toi et moi on file chez Waldo. Emporte des combinaisons plastifiées, ce sera salissant. »

Le temps de faire son rapport au premier conseiller de l'Abuela, Chavarria – Ernesto sur ses talons – prend le chemin de l'aéroport où l'attend un avion-taxi qui les ramènera en Californie. Ancien ingénieur, spécialisé dans la revente en pièces détachées d'avions de luxe volés, il déteste jouer les chiens de guerre. Par ailleurs, il ne nourrit aucune illusion, même s'il parvient à récupérer l'argent, ce malheureux épisode laissera une tache indélébile dans son dossier. Plus jamais l'Abuela ne lui confiera une mission de confiance, il sera relégué au second plan. Quant à ce qui se passera s'il ne retrouve pas le fric, il n'ose l'envisager. Sa survie est en jeu, et la peur alimente en lui une férocité qui lui sera bien utile tout à l'heure, lorsqu'il faudra faire dire à Waldo ce qu'il sait.

Sitôt l'avion posé sur l'aérodrome privé d'un complexe industriel qui appartient au cartel, il saute dans un Humvee et prend la route de Dry

City, la bourgade plantée à la frontière du désert où Waldo a installé son atelier clandestin.

Ernesto, flairant la nervosité croissante de son chef, garde le silence. Il a conscience qu'ils sont tous deux en mauvaise posture. Si l'Abuela décide d'une purge, il en fera lui aussi les frais. Dans leur partie, l'échec n'est pas toléré. Surtout quand il s'agit de sommes importantes.

Deux heures plus tard, ils arrivent en vue du bâtiment. Ernesto, brandissant un fusil d'assaut, fait irruption dans l'atelier et ordonne aux mécaniciens de déguerpir, ce qu'ils font sans demander leur reste.

Waldo, livide, émerge de son bureau vitré, les mains tendues.

« Hé ! balbutie-t-il, c'est quoi ce délire, *compadres* ? »

Ernesto le frappe au menton avec la crosse du M-16 A1. L'os génien se fragmente avec un craquement nettement audible. Waldo s'écroule.

Quand il revient à lui, un peu plus tard, l'ex-avocat diplômé de Harvard découvre qu'il est allongé, nu, dans une baignoire vide, et qu'on l'a si étroitement garrotté qu'il peut à peine remuer les doigts.

Il commence par vomir, manque de s'étouffer, puis se met à balbutier des protestations d'amitiés si puériles qu'elles en deviennent gênantes.

Assis sur un tabouret, à l'écart, Chavarria fume un cigarillo, les traits crispés par l'impatience.

D'un ton glacial, il énonce l'acte d'accusation et exige la restitution immédiate de l'argent dérobé.

Waldo, anéanti de terreur, bredouille des choses incohérentes destinées à prouver sa loyauté. Ernesto le fait taire d'une gifle qui lui fend la lèvre supérieure.

« Écoute, souffle Chavarria d'un ton las. Je suis très pressé, et si, ce soir, je n'ai pas ramené le fric à ma patronne, je me retrouverai dans la même position que toi en ce moment. Je vais t'expliquer comment les choses vont se passer. Je déteste les hurlements, et je ne crois pas à la douleur, car elle amène les gens à avouer n'importe quoi. Je suis quelqu'un de civilisé, alors voilà comment Ernesto va procéder. On va commencer par t'injecter un anesthésique local très puissant dans le pied gauche, puis on te tranchera les orteils un par un à la cisaille. Comme tu n'éprouveras aucune souffrance, tu pourras jouir du spectacle sans en perdre une miette. Si tu refuses toujours de parler, on fera de même avec le pied droit... puis ce sera au tour de la main gauche, de la main droite... On peut aller loin comme ça. On a plein de garrots, des produits coagulants, et des anesthésiques à gogo. Alors on peut même te châtrer en douceur. Tu as compris ? Plus vite tu parleras, moins tu dépenseras d'argent en chirurgie esthétique par la suite. »

Tandis qu'il parle, Ernesto ouvre la trousse médicale, pose un garrot sur le mollet gauche de Waldo, et lui fait une injection de kétamine dans la plante du pied. L'avocat, de terreur, perd le contrôle de ses fonctions naturelles et se souille, mais les deux autres ne bronchent pas.

« Dis-moi où tu as caché l'argent, lance Chavarria. Et par la même occasion, dis-moi où se planque ton copain Markh, parce que je vais devoir ramener sa tête à ma patronne. »

Waldo se met à appeler au secours, puis il hurle d'une voix de fausset comme si on l'écorchait vif.

« Imbécile, soupire Chavarria, tu sais bien que personne ne viendra à ton secours. Tes potes se sont débinés à notre arrivée. À l'heure qu'il est, ils doivent faire du surf à Malibu, et ils ont oublié jusqu'à ton nom ! »

Sur un geste de son chef, Ernesto bâillonne l'avocat au moyen d'une balle de caoutchouc fixée sur une lanière de cuir, un gadget sadomaso très utile dans sa profession, et qu'il achète par douzaines.

Puis, empoignant la cisaille, il coupe le premier orteil de Waldo qui pousse des grognements de goret.

« Chochotte ! ricane Chavarria. T'as même pas mal ! »

Il a raison, l'anesthésique est incroyablement puissant, il provient des réserves de l'armée. On l'utilise sur les champs de bataille pour les interventions à chaud.

Au bout du troisième orteil, Waldo cesse de hurler. Ses yeux sont exorbités, fixés sur les moignons sanglants de son pied gauche.

C'est une torture psychologique qui, d'habitude, donne de bons résultats, surtout sur les yuppies soucieux de leur personne, comme Waldo.

La souffrance, Chavarria s'en méfie. Elle génère des infarctus, des syncopes interminables, voire des cas de catalepsie improductifs en matière de collecte d'informations. Mieux vaut s'en passer.

À présent, Waldo pleure toutes les larmes de son corps. Ernesto lui ôte le bâillon, puis en termine avec le pied gauche dont il fait sauter le pouce d'un dernier coup de cisaille expert.

« Bon, fait Chavarria. Je pense que tu as compris le principe. Dépêche-toi de parler avant que mon ami ne s'attaque à ton pied droit.

— Je ne sais rien, hoquète Waldo. De toute manière vous allez me tuer...

— Si tu ne sais rien, c'est que Markh a agi à ton insu. Dis-moi tout ce que tu sais sur lui. Adresses, habitudes, nanas...

— Vous ne comprenez pas, bégaie l'avocat. C'est un taré. Sorti des cascades en bagnole, il n'a aucune vie personnelle. Sa nana s'est tuée il y a une dizaine d'années, je crois. Depuis il vit comme un zombie. Je ne vois pas ce qu'un mec dans son genre ferait de dix millions de dollars ! Il a longtemps vécu au Mexique, passant d'un cirque à un autre, pour ses cascades débiles... Vous trouverez son dossier dans mon bureau. »

Waldo radote ainsi pendant trois longues minutes. Chavarria est embêté car il commence à penser que l'interrogatoire ne débouchera sur rien. L'avocat est un abruti que Markh a manipulé à merveille en se donnant des allures de mec désintéressé. Chavarria n'y croit pas une seconde. Le désintéressement ça n'existe pas. Et même en admettant que Markh ait été touché par la grâce divine, il a pu s'estimer en mission pour le Seigneur et piquer le fric avec l'intention de l'investir dans une noble cause de mes couilles…

Tout ça ne sent pas bon.

Une cavale solitaire ça s'organise, surtout lorsqu'on traîne trois sacs bourrés à craquer, soit un total d'environ cent trente kilos. Il a eu besoin d'une voiture, d'une nouvelle identité… Et surtout d'une planque.

Pendant qu'Ernesto s'emploie à mutiler le pied droit de Waldo, Chavarria essaye d'imaginer ce qui a suivi l'incendie du bolide. Il voit Markh balancer son casque au milieu des décombres, puis grimper dans le pick-up sur le plateau duquel il a jeté, pêle-mêle, les trois sacs. Ensuite quoi ? Sans doute file-t-il à travers le désert, vers un point de chute qu'il a préparé à cet effet.

Chavarria croit se rappeler qu'il existe, quelque part au cœur de la fournaise, une ville fantôme ou une ancienne mine d'argent, que même les touristes ne visitent plus car la route qui y conduit est impraticable… Impraticable pour les blaireaux, certes, mais sûrement pas pour un conducteur émérite ! C'est là qu'il faudra chercher.

Un détail le titille cependant. *Le téléphone portable…* Pourquoi un téléphone si Markh a agi seul ? Non, il a forcément eu un complice… ou UNE complice. C'est elle qui est venue l'attendre avec le pick-up et les grenades. Une nana, oui. Une nana aux dents longues qui tire les ficelles de ce crétin de champion raté. Chavarria connaît ce genre de fille. Où sont-ils allés ?

Une nouvelle protestation d'innocence bredouillée par Waldo le ramène à la réalité. Ernesto lui adresse un coup d'œil interrogatif. *Faut-il continuer ?*

Chavarria décide de jouer le tout pour le tout.

« Châtre-le, ordonne-t-il d'une voix forte, s'il ne parle pas, c'est qu'il ne sait rien. Je ne connais aucun homme digne de ce nom qui soit prêt à vivre sans sa bite. »

Tandis qu'Ernesto prépare une troisième injection et que l'avocat pousse des gémissements de fillette, Chavarria sort de la salle de bains et rallume son cigarillo.

En fait, il déteste les effusions de sang.

Une demi-heure plus tard, la fouille des archives de Waldo achevée, ils quittent le hangar. L'avocat, la gorge tranchée, achève de se vider dans la bonde d'évacuation de sa baignoire.

« *Guía*, s'enquiert Ernesto d'une voix mal assurée, est-ce que c'est mauvais pour nous, tout ça ?

— Pas si on agit rapidement, répond Chavarria en grimpant dans le Humvee. Mais il va falloir se bouger les fesses. »

Tandis qu'Ernesto se glisse derrière le volant, Chavarria s'installe sur le siège passager. Il compte profiter du voyage pour étudier le dossier de Markh récupéré dans les papiers de l'avocat. Ce mec a peut-être des parents en vie, non ?

MARKH

Il a beau avoir repris conscience, il ne parvient pas à déterminer où il se trouve. Son environnement immédiat lui apparaît sous l'aspect d'une matrice qu'éclaire la faible lumière coulant d'une fissure verticale de la voûte. Il a mal, très mal, sans pouvoir localiser la source de cette souffrance. Il lui semble que ses os sont en miettes ; que ses organes, ses muscles, privés de supports, reposent en vrac au fond de sa cage thoracique.

Il conserve un souvenir confus de l'accident. Souvenir que la fièvre peuple de fantasmes absurdes. Ainsi, il croit se rappeler que Jana a soudain surgi au bord de la route, toute vêtue de cuir noir. À cause du casque intégral, il n'a pu voir son visage mais il a su que c'était elle. Jana revenue d'entre les morts pour lui signifier que son heure avait sonné.

Elle a pointé une baguette magique, un sceptre dans sa direction, puis le pare-brise s'est couvert d'un sang épais...

Non, ce n'est pas cela.

Réfléchir est au-dessus de ses forces ; il est tenté de s'abandonner au sommeil mais une voix lointaine lui chuchote qu'il mourra s'il s'endort, car il souffre d'un grave traumatisme crânien.

Il croit se rappeler que le saut de retour s'est effectué de manière impeccable, alors même qu'il s'attendait au pire. Le bolide a dévalé la rampe érigée sur la rive texane sans la moindre anicroche. Un sans faute qui lui aurait valu une médaille d'or aux Jeux olympiques des contrebandiers.

C'est ensuite que les choses ont cafouillé. *La chaleur...* oui, l'horrible chaleur est revenue, transformant l'habitacle en fournaise, et Jeffie a recommencé à pianoter sur ses claviers en marmonnant des injures entre ses dents. La voiture fantôme était de nouveau en train de payer le prix de son invisibilité. Certes, les Awacs de la NSA ne pouvaient la repérer, mais elle était en train de rôtir ses occupants !

« C'est pas grave, s'obstinait l'ingénieur, ça va se calmer. Le circuit de réfrigération va compenser. Dans trois minutes tout sera redevenu normal. »

Mais le destin ne leur a pas accordé ce répit.

Des éclats lumineux ont attiré l'attention de Markh au ras du sol, droit devant. Des reflets. Tout d'abord il a cru à des éclats de verre, une bouteille brisée... puis, il ne sait pourquoi, à des clous. La vitesse était trop élevée pour lui laisser le temps de réagir. À peine entrevue, la menace se ruait déjà à sa rencontre. Il n'a pas entendu l'explosion des pneus mais il a perçu une forte secousse en provenance de l'aile avant droite. Secousse qui a déporté le cul de la voiture sur la gauche. Selon la règle en vigueur, il a essayé d'exploiter au mieux le transfert de masse qui augmentait le pouvoir d'adhérence des pneus lisses[1] pour reprendre le contrôle de l'engin. Accompagnant la dérive du bloc moteur, il a accéléré en tournant le volant sur babord. Alors qu'il redevenait maître du véhicule, une flaque visqueuse a dégouliné sur le pare-brise, et il a cru qu'il venait de percuter quelqu'un... Il a pensé « sang, viscères... ». Il a imaginé qu'un gosse s'était glissé sous les barbelés, par sottise, par défi, pour le simple plaisir de pédaler sur cette belle route noire, lisse et propre, si différente des voies bétonnées fréquentes dans cette région.

Il ne sait plus ce qu'il a cru... Qu'importe, la peur l'a privé de ses réflexes.

Oui, oui... l'espace d'une seconde, il a réellement eu l'illusion que le pare-brise et le capot étaient maculés de matières organiques. Dès lors, la situation lui a échappé.

Le dérapage... oui, le bolide est parti en vrille, deux tonneaux, avant de s'immobiliser au terme d'un choc à vous éparpiller les vertèbres...

---

1. Les pneus des voitures de course sont toujours lisses, à la différence des véhicules ordinaires.

Le fuselage s'est fendu, une fissure s'est ouverte dans la paroi plombée les isolant du moteur et, immédiatement, la vapeur sous pression a fusé droit sur Jeffie qui s'est tortillé comme une grenouille plongée dans de l'huile bouillante. Ses hurlements saturaient les écouteurs incorporés dans le casque de Markh, générant une musique stridente, désincarnée.

La tête en bas, sonné, Markh a tout de même eu le réflexe d'enfoncer le bouton de détresse commandant l'ouverture des portières. Il conserve l'image d'une silhouette féminine traversant la route, non pas pour leur porter secours mais pour s'emparer des sacs de billets. Il croit avoir appelé, supplié, mais il n'en mettrait pas sa tête à couper.

À ses côtés, Jeffie avait cessé de se débattre, une puanteur de viande rôtie envahissait déjà les narines de Markh.

«Tire-toi ! lui hurlait la voix de Jana, tire-toi, connard, ça va péter d'une seconde à l'autre ! »

Il a dû obéir car, un peu plus tard, il rampait dans les rochers pour s'éloigner de l'épave d'où s'élevaient des sifflements inquiétants.

Enfin, une lumière fulgurante a illuminé la nuit. Comme si Dieu, du haut du ciel, photographiait la Terre au moyen d'un flash atomique. Une pluie de fer a crépité aux alentours. Une averse de météorites en fusion qui foraient des trous dans le sable.

Markh n'y a pas prêté attention car il avait trop sommeil. C'est alors qu'on l'a secoué et qu'une voix lui a soufflé à l'oreille :

« Faut pas t'endormir petit gars ! Si tu dors tu vas crever, et si tu crèves tu ne me seras d'aucune utilité. Si tu veux que je te sauve, tu dois accepter d'entrer à mon service… Acceptes-tu ? Décide-toi vite, j'ai pas toute la nuit. »

Ce monologue dément a persuadé Markh qu'il rêvait, aussi n'a-t-il pas hésité à donner son accord. Les contrats conclus en rêve n'ont aucune valeur juridique, n'est-ce pas ?

Il a tourné de l'œil quand on l'a saisi sous les aisselles ; la douleur était trop vive.

À partir de cet instant, il a plongé dans le néant ; néant dont il vient d'émerger, dévoré par la fièvre.

Il ne sait pas où il est, il ignore qui l'a sauvé. Il a mal.

Il voudrait avoir la force d'appeler, mais sa bouche est trop sèche. On a découpé sa combinaison de pilotage, et il repose nu sur une paillasse, au ras du sol. D'étranges symboles géométriques dansent la sarabande sur les parois de sa geôle.

Quand il tente de se redresser sur un coude, la souffrance le foudroie, et il s'évanouit de nouveau.

Plus tard (quand ?) il revient à lui. La douleur est moins forte mais il est terrifié à l'idée d'avoir perdu l'usage de ses jambes… ou d'avoir été amputé. Maladroitement, il essaye d'explorer son corps avec ses mains, hélas, seule la droite lui obéit. Son bras gauche est immobilisé par une sorte d'emplâtre en terre cuite…

La fièvre l'a quitté. Il se demande si Chavarria et ses hommes le cherchent... Puis il mesure à quel point sa disparition a dû leur paraître suspecte.

Bon sang ! il n'avait pas encore envisagé la situation sous cet angle. Et pourtant il connaît la façon de penser des types du cartel. Il ne leur faudra pas longtemps pour écarter la thèse de l'accident et lui préférer celle du coup monté.

À Jeffie, carbonisé, on accordera le bénéfice du doute, cela va sans dire; il n'en ira pas de même pour le conducteur dont le grand défaut sera de rester introuvable.

Les absents ont toujours tort, c'est bien connu.

Cette fois, il reste conscient suffisamment longtemps pour voir qui s'occupe de lui. Tout d'abord il croit avoir affaire à un vieil Indien, une espèce d'Apache sorti des westerns de la grande époque. Une caricature inspirée par les célèbres photographies de Cochise et de Geronimo.

Le personnage, enveloppé de loques crasseuses, porte un bandeau incrusté de perles autour du front, ses longs cheveux gris, graisseux, pendent sur ses épaules. Le visage maigre est très ridé, la bouche édentée. La créature marmonne des choses indistinctes tandis que ses mains vont et viennent sur le corps nu de Markh, recouvrant les brûlures d'une pommade puante. Elle ignore les questions que lui pose le blessé, le force à boire une décoction amère, puis s'en va.

Ce rituel se reproduit une demi-douzaine de fois avant que Markh ne recouvre ses esprits. Il constate alors que sa jambe droite est bloquée par une attelle de fortune. On lui a rasé le crâne afin d'avoir accès aux diverses plaies qui lui fendent le cuir chevelu.

Quand « Cochise » réapparaît, il s'agenouille au chevet de Markh et s'enquiert d'une voix distinguée :

« Alors, jeune homme, comment se sent-on aujourd'hui ? »

Markh comprend alors que « l'Indien » est une femme. Et qu'elle s'exprime avec un accent bostonien des plus distingués.

« Qui êtes-vous ? bredouille-t-il bêtement sous l'effet de la surprise.

— Alienor Standway-Faversham, répond la vieille qui a adopté le maintien d'une lady présidant à la cérémonie du thé dans le boudoir de sa riche demeure victorienne. Dans une autre vie, j'ai été professeur émérite d'ethnologie à Harvard. J'ai consacré ma vie à l'étude des tribus apaches, qui vivaient jadis sur ces terres... Mais je suppose que vous vous en fichez éperdument. »

Pris de court, Markh reste muet. Il juge plus prudent de ne pas contrarier la vieille femme qui lui fait l'effet d'être dérangée.

« Vous m'avez sauvé, fait-il platement, merci. »

Alienor Standway-Faversham plisse la bouche, sévère.

« Ce n'était pas un acte désintéressé, siffle-t-elle. J'ai pour principe de ne point me mêler des affaires des autres, mais il se trouve que j'ai besoin d'un serviteur. Je me fais vieille, et il y a des choses que je n'ai plus la force d'accomplir. Dès que vous serez à peu près rétabli, je vous communiquerai une liste de tâches à expédier au plus vite.

— Où sommes-nous ?

— À l'intérieur d'une montagne creuse, une très ancienne église troglodyte occupée jadis par des moines pénitents espagnols. Les frères de la *Santificada Purificación della aflicción de la Virgen que suspira*. Il s'agit en fait de ce qu'on appelait un *pueblo*, un village indien suspendu et taillé dans la roche. Quand les Apaches en ont été chassés, les prêtres l'ont réquisitionné pour murer toutes les ouvertures. Tant et si bien que le *pueblo* d'origine est devenu indiscernable de l'extérieur, parfaitement camouflé. Cela se passait à l'époque où le Texas appartenait encore au Mexique, bien avant les guerres d'Indépendance. Cet endroit tenait lieu de purgatoire pour les pécheurs qui souhaitaient faire pénitence. On s'y mortifiait à l'extrême. Ne craignez rien... l'église est invisible du dehors. Ceux qui vous traquent ne vous trouveront pas. Du moins si vous suivez mes conseils.

— Comment savez-vous qu'on me poursuit ?

— J'ai des yeux pour voir. Et d'excellentes jumelles militaires qui me permettent de surveiller les alentours. En outre, je ne suis pas totalement idiote. Je sais que vous appartenez à un gang de trafiquants. J'ai suivi vos exploits nocturnes avec un certain amusement... Bref, depuis trois jours, un groupe d'hommes armés fouillent le désert, à votre recherche. En ce moment, ils campent à proximité de Silver Junction, une cité fantôme où l'on exploitait jadis un filon argentifère. Ils semblent penser que vous vous terrez là-bas.

— Combien sont-ils ?

— Quatre. Un chef et trois hommes de main. Tous équipés d'armes automatiques. Ils circulent à bord d'une espèce de véhicule militaire. Une jeep aplatie.

— Un Humvee.

— Peut-être. Cela ne m'intéresse pas. Si vous ne commettez aucune imprudence, ils nous frôleront sans avoir conscience de notre présence. Il suffit pour cela de rester silencieux et ne pas faire de feu. Ne pas fumer, ne pas cuire de nourriture. Le sanctuaire troglodyte s'enfonce au cœur de la montagne en une sorte de labyrinthe, mais il faut faire attention, la chapelle a été installée dans une caverne centrale dont l'acoustique est excellente. Le moindre chuchotement y est amplifié de façon étonnante. C'est là que les moines priaient et chantaient. Cette montagne creuse est une incroyable caisse de résonance, si vous laissez tomber un gobelet, il sonnera telle une cloche d'église ! »

Un peu étourdi, Markh assure qu'il se conformera aux règles de l'ermitage. La vieille femme lui décoche un coup d'œil acéré signifiant qu'elle n'en croit rien.

« Nous verrons bien, soupire-t-elle. L'expérience m'a appris que les gens de votre âge sont incapables de se contraindre. J'espère que je n'aurai pas à me repentir de vous avoir sauvé.

— Mais que faites-vous ici ? s'étonne Markh.

— J'essaye d'achever la thèse à laquelle je travaille depuis vingt-cinq ans, et qui m'a valu d'être la risée des milieux universitaires. Je suis ici pour faire triompher mes idées, des idées pour lesquelles on m'a traitée de folle. »

Markh se crispe ; il n'aime pas la lueur inquiétante qui vient de s'allumer dans les yeux d'Alienor. Quand elle s'excite, son fumet s'avive, et Dieu sait qu'elle pue comme l'enfer !

— Ne craignez rien, reprend-elle. On pourrait soutenir un siège ici. Il n'existe qu'une seule ouverture sur l'extérieur. Les moines qui vivaient en ces lieux avaient choisi la réclusion perpétuelle. Quand on entrait au monastère de Sainte-Purification, c'était pour n'en jamais ressortir. D'ailleurs leurs dépouilles sont toujours en bas, dans le cimetière souterrain. Leur vision de la religion était très... *espagnole.* Assez proche de l'hystérie. Inquisition et flagellation, vous voyez le genre ? »

Markh imagine, bien qu'il ne connaisse pas grand-chose à ces histoires de passion christique.

Très vite, il perd la notion du temps, si bien qu'il finit par soupçonner Alienor de le droguer. Elle le rassure en lui apprenant qu'il ne souffre d'aucune fracture. Elle sait de quoi elle parle puisqu'elle a fait trois ans d'études médicales « pour s'amuser ».

«Juste une élongation des tendons, diagnostique-t-elle. Mais des brûlures nombreuses, qu'il ne faut pas laisser s'infecter. Et peut-être une commotion cérébrale, qui se traduira par des pertes de mémoire, des assoupissements, voire des épisodes confusionnels.»

Elle énonce cela d'une voix guillerette et aide son malade à prendre place dans une antique chaise roulante en bois qui lui permettra de se déplacer au long des couloirs.

«C'était celle d'Ignacio Pedregon, explique-t-elle, le père prieur de ce refuge.

— Il était paralysé? s'enquiert Markh, histoire de meubler la conversation.

— Pas à son arrivée, lâche Alienor, mais il s'est lui-même fracassé les rotules à coups de marteau pour faire pénitence et résister à la tentation de s'enfuir. Un bel exemple de sincère repentir. En ce temps-là, on ne lésinait pas avec les preuves de piété. On ne faisait aucun compromis.»

Légèrement inquiet, Markh se demande si la vieille dame se paie sa tête. Probablement pas.

Les roues du fauteuil sont garnies de bourrelets de feutre, ce qui permet de circuler silencieusement à travers l'étrange géographie du monastère.

Il y fait sombre car l'unique source de lumière provient des fissures de la paroi qui laissent filtrer les rayons du soleil. Les zones d'obscurité sont nombreuses et certains couloirs condamnés pour cause d'éboulements. Creuser la montagne l'a bien sûr fragilisée.

« Personne ne voulait croire à l'existence de cette église, radote Alienor. Pour mes collègues universitaires, ce n'était qu'un mythe absurde. Une chimère d'aventurier, dans le style du fameux El Dorado. Je me suis entêtée. Cela m'a valu de faire l'objet d'une cabale. Certains sont même allés jusqu'à prétendre que la ménopause m'avait rendue cinglée... *comme la plupart de mes semblables,* ajoutaient-ils. Je me suis enfuie avant que ma famille ne soit tentée de me faire enfermer. Les électrochocs, la lobotomie, très peu pour moi. Pas envie de devenir une seconde Frances Farmer ! »

Tout en monologuant, elle pousse le fauteuil d'une main ferme, zigzaguant du réfectoire au scriptorium, visitant dortoirs et bibliothèques au pas de charge. Il est très surprenant de voir ces cavernes mal équarries meublées d'armoires et de dressoirs anciens qui feraient s'envoler les enchères chez Sotheby's.

« La pénombre et l'humidité ont préservé les manuscrits, exulte Alienor, c'est important. J'ai ainsi pu avoir accès à des archives en parfait état. On a parfois l'impression que certains parchemins ont été enluminés il y a six mois tant les encres sont restées brillantes ! »

Markh est loin de partager son excitation. Les salles désertes l'angoissent. Il y règne un parfum de fin du monde. De lézards galopent au long des rayonnages de la bibliothèque. Des lézards dépigmentés, livides, aux allures de petits fantômes.

« Vous savez que les moines creusaient sans cesse de nouveaux tunnels ? interroge la vieille femme du ton qu'elle emploierait pour s'adresser à des étudiants de première année. Cela faisait partie du processus d'expiation. Ils utilisaient des outils rudimentaires. Mais comme ils procédaient de manière plus ou moins anarchique, ils ont fragilisé la montagne qui s'est, au fil des décennies, transformée en une monstrueuse taupinière. Voilà pourquoi je dois terminer ma thèse au plus vite. Un jour, tout s'écroulera, et le monastère troglodyte disparaîtra dans l'effondrement. Seul mon travail témoignera qu'il a bel et bien existé. »

La plupart du temps elle monologue, le regard perdu. Si, parfois, il lui arrive de poser une question personnelle à Markh, elle n'écoute jamais la réponse et reprend son exposé comme si, quelque part dans l'obscurité, se tenait caché un auditoire de contradicteurs féroces qu'elle doit à tout prix convaincre.

Markh prend son mal en patience. Il a toutefois noté que l'ethnologue s'est bien gardée de lui indiquer où se trouve l'unique accès qui permet d'entrer et de sortir de la taupinière. Comme il ne veut pas l'indisposer, il évite d'aborder le sujet. De toute manière il est encore trop faible pour envisager de fuir… où irait-il à présent que Chavarria et ses sbires le traquent ? Pour échapper au cartel, il faut disposer de beaucoup d'argent, et même ainsi la partie n'est pas gagnée d'avance, car il existe toujours un maillon faible dans la chaîne de l'évasion; maillon qui s'empressera par peur ou cupidité de trahir le fuyard. Parfois il s'agit du faussaire qui a fabriqué la nouvelle identité, parfois du passeur…

À l'heure présente, Markh est démuni, sans argent ni moyen de locomotion. Passer au Mexique ne lui sera d'aucune utilité puisque le cartel y est tout-puissant. Pour avoir une chance de survivre, il faudrait gagner l'Europe, l'Afrique, l'Asie… se perdre aux confins d'un territoire inhabité. Il n'en a nullement les moyens.

Le soir, quand les fissures qui éclairent les cavernes «s'éteignent», Alienor allume une lampe à huile dont le faible halo n'excède pas la surface de la table où ils prennent leur repas.

«Mes provisions de lait concentré, de sel et de sucre s'épuisent, marmonne-t-elle rituellement. Avant, je me rendais à Maxon Bull une fois par mois pour les renouveler. C'était comme une promenade de santé, mais j'avoue qu'aujourd'hui, c'est au-dessus de mes forces. Je me suis résignée à vivre en autarcie, avec les moyens du bord.»

Ils mangent du poisson ou de la viande séchée. La viande, c'est du coyote… *Mais d'où sort le poisson?*

Quand Markh a posé la question, Alienor a répondu :

«La plupart des gens l'ignorent, mais il existe un réseau de rivières et de lacs souterrains au Mexique, et plus généralement en Amérique latine.

Au Yucatan par exemple. C'est le cas ici. C'est ainsi que les moines ont survécu pendant des décennies. Ils descendaient dans le sous-sol pour pêcher leur subsistance. Des poissons albinos, souvent aveugles. Ce sera ton travail dès que tu iras mieux. Tu relèveras les lignes, tu remonteras les seaux d'eau. Je suis trop vieille pour ça. Il était temps que je trouve un serviteur car mes provisions s'épuisent. Mon arthrite a empiré. Je te montrerai le passage. Je deviens faible et je dois économiser mes forces pour mener mon travail à terme. Je ne veux pas crever avant d'avoir pu le faire publier, mes ennemis seraient trop contents ! »

Markh essaye d'imaginer les adversaires d'Alienor. Sans doute s'agit-il de ses professeurs, de ses maîtres… ce qui signifie qu'ils sont plus âgés qu'elle.

« Si elle a soixante-quinze ans, songe-t-il, ses détracteurs doivent être au moins centenaires ! Et probablement gâteux, bavochant au fond d'un hospice pour enseignants. Peut-être ne savent-ils même plus lire… »

Il éprouve de la pitié pour cette femme qui, ayant renoncé à toute vie personnelle, a finalement rejoint ses chers moines dans leur claustration fanatique.

Avait-elle, comme eux, un crime à expier ?

Il ne connaît pas grand-chose aux motivations mystérieuses qui poussent les universitaires à s'enterrer vivants au cœur de bibliothèques poussiéreuses et, à vrai dire, Alienor lui fait peur.

Parfois, la nuit, elle surgit de son bureau comme un diable de sa boîte, les mains crispées sur une antique Winchester – le fusil de la Conquête de l'Ouest, si l'on en croit la devise du fabricant – et arpente les couloirs, aux aguets, les yeux fous. Elle semble traquer un ennemi imaginaire… probablement un maître conférencier venu tout spécialement de Harvard lui voler son manuscrit.

Quand cela se produit, Markh s'applique à jouer les gisants de pierre sur sa paillasse. S'il commettait l'erreur de bouger, Alienor le criblerait de plomb, il en mettrait sa main au feu.

SUE

Dans les jours qui ont suivi le braquage raté, Sue a été en proie à une vive inquiétude. Chaque fois qu'elle prenait son poste au monument commémoratif, elle s'attendait à ce que des tueurs du cartel envahissent la baraque pour lui trancher la gorge.

Depuis le grand foirage, l'atmosphère à l'intérieur du mobile home est pourrie. Julius tire la tronche du matin au soir et décoche à Wittie des regards chargés de haine. Il lui en veut à mort d'avoir planté la combine, c'est sûr.

Sue, elle, n'arrive pas bien à démêler ce qu'elle éprouve. De la déception, bien sûr, mais aussi un intense soulagement. Elle doit s'avouer aujourd'hui qu'elle avait peur de cette fortune mal acquise. Trop de fric ça change les gens, ça fait ressortir la part sombre de leur personnalité.

Que serait devenu Julius, une fois les poches pleines ? Et Wittie ? *Et elle-même, Sue ?* Seul Timmy aurait été épargné par cette maladie sournoise, parce que Timmy s'en fout du fric. Ce concept n'existe pas dans son univers.

Floyd, le jeune milicien, vient lui rendre visite au monument de plus en plus souvent. Au début, Sue trouvait cela exaspérant, mais maintenant, avec la menace qui rôde, la présence du garçon la rassure. Elle aime bien voir la vieille jeep Willis de la milice garée devant la rampe de béton. Elle se dit que ce symbole d'autorité ferait peut-être hésiter les tueurs du cartel.

Et puis Floyd la tient au courant de l'évolution des événements ; ce n'est pas négligeable. Dans l'ensemble, il n'est pas satisfait de la tournure des choses.

« On a reçu pour consigne de fermer les yeux, enrage-t-il. Ce truc pue davantage qu'un coyote crevé depuis une semaine. Le problème, nous répète le chef, c'est les dos-mouillés qui s'obstinent à traverser clandestinement la frontière pour nous envahir. On doit se concentrer là-dessus. »

En l'écoutant, Sue s'est rendu compte qu'en dépit de leur déploiement technologique, ni Floyd ni ses collègues n'ont détecté les sauts de la voiture fantôme. Pas de doute, les types étaient très forts. Leur bolide aurait pu tenir la vedette dans un film de James Bond. De temps en temps, la nuit, Sue revoit en rêve le véhicule au profil de squale qui décolle de la rampe pour s'élancer dans les airs et survoler le fleuve. *C'était beau.* Fluide et parfaitement silencieux. Oui, la voiture noire creusant sa trajectoire dans les ténèbres, puis retombant de l'autre côté de la frontière, sur la rampe réceptrice. Tout cela réglé au millimètre et donnant une incroyable illusion de facilité...

« De toute manière, grogne Floyd. Je ne suis qu'un garçon de course, tout juste bon à porter le ravitaillement aux snipers enterrés au sommet des crêtes. Jamais on ne me confiera un fusil, c'est trop con. Autant travailler dans une saloperie de pizzéria, au moins si j'étais livreur on me filerait des pourboires ! »

Et puis, rituellement, il se met à délirer sur le flingue qui le fait saliver :

L'Accuracy International Arctic Warfare.

Un fusil de sniper qui tire de la .300 Winchester magnum et qui peut faire exploser le crâne d'un ennemi à 1200 mètres.

Quand il parle comme ça, Sue se dit qu'il est vraiment taré... et elle a honte d'avoir besoin de sa présence.

« Pour que mes chefs acceptent de me confier un poste de tireur, insiste Floyd, faudrait que je fasse un gros coup, que je prouve ma valeur. L'histoire de l'explosion, sur la nouvelle route, c'est pas net. Je suis allé jeté un coup d'œil. Ils disent que c'est un camion-citerne qui a cramé, j'y crois pas. Les traces correspondent pas. C'est louche. Faudrait fouiner un peu. Je vais m'y coller pendant mon temps libre. Il se peut que je lève un sacré lièvre, et si c'est le cas, le fusil de sniper, ils seront bien forcés de me le donner ! *Yep !* »

CHAVARRIA

Silver Junction flanquerait la déprime à n'importe qui. Une poignée de maisons décolorées qui tiennent debout par miracle. Un antique saloon où il est recommandé de ne pas poser le pied si l'on ne veut pas recevoir le toit sur la tête... Les baraques sont de vrais nids à serpents. Et comme si ce n'était pas assez, les coyotes ont chié partout pour marquer leur territoire.

Chavarria ne décolère pas. Il campe avec ses hommes à l'entrée de l'ancienne mine d'argent, persuadé que Markh s'y cache. La chaleur est atroce. Le soleil tape sur la *mesa* comme sur une enclume.

« On devrait donner l'assaut, insiste Ernesto. Notre réserve d'eau s'épuise.

— Celle de ce salopard aussi, réplique Chavarria. Il finira par sortir. Je ne veux pas que vous le canardiez là-dedans. Des coups de feu dans les tunnels, on sait ce que ça donne. Les ondes de choc élargissent les fissures. Si la galerie s'effondre, on ne récupérera jamais le fric. Et l'Abuelita nous les coupera. Tu veux finir comme Waldo ? »

En réalité, Chavarria a peur de descendre sous terre. Enfant, il a travaillé dans une mine, au Mexique. Il y poussait les wagonnets dix-huit heures par jour. Un coup de grisou a secoué les tunnels. Il est resté quatre jours enterré, dans une poche d'air, avant que les secours ne parviennent à le ramener à la surface. Depuis, il souffre de claustrophobie. À New York, dans le métro, il a failli succomber à une crise d'angoisse. Les urgentistes l'ont conduit droit en ICU, persuadés qu'il faisait un infarctus.

Il maudit Markh de raviver en lui ces vieilles terreurs. Il se promet de le faire souffrir jusqu'à ce que la douleur le rende fou.

Les hommes commencent à marmonner dans son dos. Le jour ils crèvent de chaud, la nuit ils claquent des dents. La climatisation embarquée a rendu l'âme. Les panneaux solaires surajoutés ont cessé de fonctionner. Chavarria se reproche d'avoir choisi un M998 comme voiture d'intervention. Contrairement à l'idée induite par le cinéma hollywoodien – et bien qu'il pèse près de trois tonnes – le Humvee n'a rien d'un char d'assaut. En dépit de son utilisation militaire, il n'est nullement conçu pour encaisser les tirs d'armes lourdes, et encore moins les missiles. D'aucuns considèrent que ce n'est somme toute qu'une jeep améliorée. Personnellement, Chavarria aurait préféré un OshKosh M-ATV, bien caparaçonné. Ne pas oublier que Markh est probablement en possession d'un lot de grenades, et qu'il risque de les utiliser pour se frayer un passage lors de sa sortie.

Et puis il faut constamment se méfier des crotales et des scorpions qui se glissent partout. Hier, Ernesto a trouvé dans son sac de couchage un *centruroide* dont la piqûre est réputée mortelle.

Chavarria se console en se répétant que la colère de l'Abuelita est cent fois plus dangereuse que la morsure d'un serpent à sonnettes.

C'est décidé, il fera le siège de la mine, jusqu'à ce que Markh, mort de soif, émerge de sa cachette.

« En ce qui concerne l'eau, a-t-il ordonné à Ernesto, tu iras en faire provision dans ce bled, Maxon Bull, ce n'est qu'à quinze kilomètres. Profites-en pour faire réviser le Humvee. Et surtout, n'oublie pas de revenir ! »

Il a lancé cela comme une plaisanterie, mais il lui déplairait souverainement d'être contraint de revenir à pied, sous un pareil soleil. Le jour, on est facilement victime d'un coup de chaleur ; la nuit les scorpions pullulent. Avec un frisson, il s'imagine, écrasant sous ses semelles des centaines de carapaces tandis que les horribles bestioles se glissent dans les jambes de son pantalon…

MARKH

Son état s'étant amélioré, il peut désormais se déplacer avec des béquilles de fortune. Seules les brûlures, étendues, refusent de cicatriser. Il en gardera des marques peu ragoûtantes. Elles le font souffrir et l'empêchent de dormir. Les drogues concoctées par la vieille femme apaisent la douleur, certes, mais le plongent dans un état de somnambulisme qu'il accueille avec volupté ; ce qui commence à l'inquiéter.

Sa geôlière aurait-elle le projet de le rendre dépendant ?

Ses velléités de révolte s'émoussent. Il est capable de rester une journée entière, dans la pénombre du scriptorium, à contempler la course des lézards albinos sur les étagères.

Alienor lui a fait visiter la salle d'expiation, où les moines se flagellaient mutuellement en vociférant des cantiques. En dépit des années, le plancher a conservé la traces des gouttes de sang projetées par les lanières. Elles ont imprimé dans le bois un semis de pointillés noirâtres.

Ouvrant les battants d'une énorme armoire, Alienor lui a ensuite montré la collection de cilices dont les pénitents usaient pour se mortifier. Markh a dénombré une centaine de brassards hérissés de pointes ou d'aiguilles.

« Ils se nouaient ça autour des bras, des cuisses, du ventre, a commenté l'ethnologue. Les pointes tournées vers la peau, cela va sans dire. Ainsi, dès qu'ils bougeaient, leur chair se déchirait. À d'autres moments, ils se faisaient crucifier.

— Quelles fautes essayaient-ils d'expier ? » a demandé Markh.

Un ricanement amer a fusé d'entre les lèvres de la vieille femme.

« Oh ! a-t-elle caqueté, ils n'avaient que l'embarras du choix. Il s'est passé de bien vilaines choses ici. Notamment le massacre systématique des tribus apaches. N'oublions pas qu'à la fin du XVIIIe siècle, Mexico a ordonné l'extermination préventive des enfants mâles susceptibles de devenir des guerriers, et donc de constituer une menace à brève échéance.

» Afin d'encourager aventuriers et canailles à participer à ce carnage, le gouvernement offrait d'acheter sans discuter tous les scalps d'Indiens qu'on lui présenterait. Précisons que les Apaches étaient considérés comme d'irréductibles démons par la Très Sainte Église catholique qui avait échoué à les évangéliser, et en avait conçu beaucoup de dépit. Elle voyait en eux des suppôts de Satan, la légion noire montée de la Géhenne. Il s'est hélas trouvé des prêtres fanatiques pour pardonner – voire encourager – les pires exactions. Ils distribuaient l'absolution aux assassins pourvu que les victimes soient d'essence démoniaque, c'est-à-dire indiennes. Peu à peu, le plus infâme des chasseurs de scalps a été promu soldat de Dieu. On a vu se développer un esprit de croisade, dont, plus tard, certains religieux, revenus à la raison, se sont amèrement repentis.

— C'est alors qu'ils emménageaient ici, je suppose ?

— Oui. Quelques-uns avaient la conscience lourde et souhaitaient expier les crimes auxquels les avait conduits leur aveuglement.

— Mais, à ce que je sais, les Apaches n'étaient pas des tendres, non ? objecte Markh.

— C'est exact, hélas, soupire Alienor. Leur culture guerrière incluait des pratiques que nous qualifierions aujourd'hui de barbares ; la manière dont ils traitaient leurs prisonniers n'avait rien de chrétien. Il était fréquent que la tribu tout entière participe à des rites de torture dont leurs ennemis faisaient les frais. La chose était vécue de manière festive, et même les enfants et les femmes y prenaient part sans rechigner. Par ailleurs, en dépit des avertissements qu'on leur prodiguait, ils s'obstinaient à voler le bétail, activité que les colons espagnols ne pouvaient tolérer puisque c'était leur unique source de subsistance. Ceci a entraîné cela. La spirale de la haine, avec ses excès de part et d'autre. Rien de nouveau, en vérité.»

Constatant qu'il se déplaçait sans trop de peine, Alienor l'a conduit aux étages inférieurs par une enfilade de boyaux plus ou moins bien taillés.

«Il s'agit de ne pas s'égarer, a-t-elle insisté. Regarde, il y a des marques sur la pierre. Là... Elles indiquent la direction des tunnels, et leurs fonctions. Un seul nous importe encore aujourd'hui, celui qui mène au lac souterrain. En fait, à présent c'est plutôt une mare. Il finira par s'assécher complètement. C'est là que tu devras faire preuve d'habileté car, comme tu l'as remarqué, le poisson constitue notre unique source de nourriture. De temps à autre, j'essaye de chasser le coyote, mais je ne puis sortir que la nuit, et comme ma vue baisse, j'ai de plus en plus de mal à faire mouche... De toute manière leur chair a mauvais goût. Ce n'est pas pour rien que les chamans indiens voyaient en lui une créature malfaisante.»

Cette lente descente au cœur de la montagne creuse n'est pas sans provoquer chez Markh une sensation d'étouffement. La lumière vacillante de la lampe-tempête n'arrange rien. Les parois sont couvertes d'inscriptions latines et de crucifix. De place en place surgit une statue grossièrement taillée : un ange, un saint.

Enfin, ils débouchent sur la rive du «lac», une grande mare, corrige Markh. L'eau se révèle d'une incroyable limpidité. Des poissons blancs s'y ébattent.

«Il faudra faire attention, précise Alienor. C'est terriblement profond. Sans doute une ancienne cheminée volcanique. L'eau est glacée. Si tu y tombes, tu seras vite saisi par l'hypothermie. Les lignes et les filets sont rangés dans cette petite cabane. Il y a aussi une barque, mais elle est vétuste et je te déconseille de l'utiliser. Les seaux sont alignés contre ce mur. Tu devras en remonter au moins quatre par jour, pour la boisson et la cuisine. Tu verras, ce sera si pénible que tu renonceras très vite à te laver. Essaye d'en renverser le moins possible en chemin, sinon il te faudra recommencer.»

Elle lève la lampe, afin que Markh puisse jouir d'une vue d'ensemble des lieux, mais la caverne est trop grande pour le faible halo.

«C'est alimenté par un réseau de rivières souterraines dont le débit s'est peu à peu raréfié. Un jour ce ne sera plus qu'un trou à sec, mais d'ici là j'aurai terminé mon livre, il aura été publié et je pourrai mourir en paix puisqu'on m'aura réhabilitée.

— Qu'essayez-vous de prouver? demande Markh que cette idée fixe agace un peu.

— Je veux publier une somme des confessions qui ont été consignées par écrit, ici même, souffle la vieille femme. La preuve de tous les crimes perpétrés au nom de la foi par des hommes d'Église fanatisés. J'ai réussi à retrouver les textes, à les traduire, car ils étaient codés! Les persécutions dont a été victime le peuple apache y sont consignées avec une minutie effrayante. J'ai mis la main sur des documents comptables détaillant le nombre de scalps de femmes et d'enfants que le gouvernement mexicain a achetés aux aventuriers qui traquaient sans relâche les tribus. Tout cela sera rendu public... Mais c'est également la raison pour laquelle on essaye de me faire taire.

— Vos collègues, oui, vous m'en avez parlé, se hâte de préciser Markh qui veut éviter une nouvelle diatribe.

— Pas seulement, murmure Alienor. Mes travaux alarment certains milieux religieux fanatiques qui se proclament « soldats de Dieu ». Ces gens-là rêvent de se débarrasser de moi et de détruire mes écrits. »

Devinant l'incrédulité de Markh, elle hausse le ton et siffle :

« J'ai déjà échappé à deux attentats, mon garçon ! Une inexplicable fuite de gaz et un accident de voiture dû à un sabotage. Voilà pourquoi je me suis réfugiée ici. L'emplacement de ce monastère est un secret enfoui dans l'enfer des archives papales, mais je ne me fais aucune illusion, tôt ou tard quelqu'un exhumera un parchemin, un plan qui permettra de me retrouver... Ils viendront, c'est inévitable, pour détruire tous les documents compromettants, tout ce qui pourrait étayer mes travaux... Je les attends de pied ferme. Ils l'ignorent, mais j'ai récupéré dans la mine de Silver Junction trois pleines caisses de dynamite. J'ai disposé les charges à certains endroits stratégiques, aux confluents de lignes de force qui décupleront l'impact... Si je me retrouve encerclée, je ferai s'écrouler la montagne creuse. Ils mourront avec moi. »

Markh serre les dents. Voilà autre chose ! Si cette vieille folle dit la vérité, il est en ce moment même assis sur un baril de poudre.

« Bien, soupire Alienor, assez bavardé pour aujourd'hui, le travail m'attend. Demain, histoire de vous distraire, je vous ferai visiter le sépulcre des moines. C'est très intéressant. On se contentait de fourrer leurs cadavres dans des niches superposées, après les avoir enveloppés d'un unique linceul. Bien évidemment, les rongeurs s'en délectaient ! »

FLOYD

Floyd est d'une humeur de chien. Il n'arrive à rien avec Sue. Il commence à douter de réussir un jour à lui ôter sa culotte. Pourtant c'est une chouette fille qui, à la différence de sa mère, ne fait pas du tout métèque. Peut-être que cette espèce de squaw qui se fait appeler Wichita l'a kidnappée quand elle était bébé ? C'est pas impossible. Avec les Indiens, faut s'attendre à tout.

En attendant, avec Sue, c'est le râteau complet.

Il doit s'avouer qu'il n'est pas vraiment à son avantage. L'uniforme qu'on lui a refilé est trop grand, décoloré par les lessives. Dedans, il a l'air d'un vrai sous-fifre, et les filles ne s'excitent pas sur les larbins, c'est bien connu.

Pour essayer de remédier à ce handicap, il vient de passer à la boutique de fringues du vieux Cap' Wilson, dans l'espoir de se dégotter une tenue de ville qui en jetterait. Il en est ressorti anéanti.

Pour un beau chapeau Stetson modèle *Bar none* ou *Carson*, il faut compter 250 dollars ! Même le *Boss of the plain*, qui le branche moins, va chercher dans les 150 balles !

Quant aux bottes, n'en parlons pas ! les Nash et les Laredo coûtent 350 dollars. Et les vraiment chouettes, comme les Welton ou les Glendale, valent carrément 650 billets !

À se taper la tête contre les murs. Floyd soupçonne Cap' Wilson de se sucrer au passage ; on pourrait considérer que c'est antipatriotique car ainsi, il empêche les jeunes Texans pur jus de se fringuer correctement.

Floyd réalise qu'il en revient toujours au même point : tant qu'il ne prendra pas de galon, sa solde restera minable. Et s'il veut grimper dans l'organigramme de la milice, il n'a d'autre solution que de se faire remarquer en accomplissant une action d'éclat.

Plongé dans ses réflexions, il ne se rend pas compte qu'une expression de méchanceté déforme son visage, et que les gens s'écartent instinctivement de lui.

Tout à coup il se fige, en alerte.

Un Humvee couvert de poussière stationne devant le drugstore, et un grand et gros mec au faciès hispanique y entasse une foultitude de bidons d'eau potable. Floyd juge cela bizarre. D'abord il n'aime pas les Mexicains, ensuite le bonhomme est en costume de ville. Un costume qui coûte un max de thunes, mais à présent poussiéreux, froissé, comme si on avait dormi dedans.

Et puis toute cette eau ! De quoi abreuver un régiment ! Le mec n'a pas le profil du randonneur classique, le taré qui croit avoir renoué avec son être profond parce qu'il a crevé de soif deux jours dans le désert… Non, cette espèce d'armoire à glace empeste l'homme de main à cent pas. Le *cuchillero*…

Mine de rien, Floyd s'approche. Il connaît cette poussière grisâtre qui colle à la tôle du Humvee ; on ne la trouve qu'aux abords de la vieille mine d'argent de Silver Junction. Elle provient des forges où l'on fondait le minerai en lingots. C'est en fait de la cendre centenaire qui a fini par s'incruster dans le bois des baraques.

« La mine, songe-t-il, les passeurs pourraient bien l'utiliser pour y planquer une légion de dos-mouillés ! Personne ne va jamais là-bas. Toute cette flotte, c'est pour les immigrants, bien sûr ! »

L'excitation lui fait vibrer les nerfs. Soudain il entrevoit le moyen d'épater ses chefs et de gagner enfin du galon. Il lui suffira de prendre en flagrant délit un gang de passeurs ! Pas plus compliqué !

Il va falloir qu'il s'occupe de ça, et sans tarder.

Il retient son souffle, le Mexicain vient de sortir de la boîte à gants du véhicule l'un de ces téléphones spéciaux qui permettent de communiquer de n'importe quel point du globe. Il en déploie l'antenne protubérante.

« *Guía ?* grogne-t-il. C'est Ernesto. J'ai l'eau. Je rentre. »

ALIENOR

Alienor s'ébroue, reprenant soudain conscience avec la réalité. Il y a plus d'une heure qu'elle est ainsi, figée entre les bras du fauteuil, le stylo en suspens au-dessus de la page qu'elle a couverte de signes indéchiffrables. Ces moments d'absence deviennent de plus en plus fréquents, et elle commence à s'en inquiéter.

Elle sait que sa lucidité s'amenuise, et avec elle son intelligence. Quand elle s'est installée ici, il y a dix ans, la formidable excitation dont elle débordait la dispensait de dormir, et c'est à peine si elle prenait le temps de manger. Aujourd'hui il en va autrement. Ses forces l'abandonnent alors même qu'elle touche au but.

Ses ennemis vont en profiter. Elle flaire leur présence. Ils se rapprochent de jour en jour après l'avoir traquée de ville en ville. Elle se rappelle comment elle a dû fuir les sbires que le doyen avait lancés à sa poursuite, une ordonnance d'internement en poche. Si elle n'avait pas couru plus vite qu'eux, elle serait aujourd'hui bouclée dans un asile, lobotomisée, réduite à l'état de légume. Oh ! Elle l'a bien compris, ses collègues masculins ne pouvaient tolérer qu'une femme les dépasse en intelligence, qu'elle ose avancer des théories avant-gardistes. Ah ! les beaux intellectuels ! Des ronds-de-cuir jaloux de leurs pauvres privilèges ! Des rats installés dans le gros fromage de l'Université pour y grappiller honneurs et subventions. Et sauter les petites étudiantes, à l'occasion. Elle se rappelle encore comment le doyen lui a proposé de la titulariser séance tenante en échange d'un passage dans son lit. Le porc ! Elle les déteste tous, ces gros cerveaux qui vivent sur l'acquis de leur gloire passée, et dont la moitié des articles est carrément pompée sur les travaux de leurs thésards.

Ils se sont tous ligués contre elle, la déclarant folle à lier et dangereuse pour son entourage. Tout cela parce qu'un soir, absorbée par ses études, elle a oublié sa fille de deux ans, Jenny, dans son bain, et que la gosse se serait noyée si sa belle-mère, l'affreuse Dame Mornington, n'avait pas entendu ses cris.

Cet incident reste assez flou dans l'esprit d'Alienor. Aujourd'hui, elle a bien du mal à s'imaginer mariée et mère d'une fillette. Ces faits lui semblent inconsistants, empruntés à une série télévisée. Et pourtant, cette erreur a mis en branle l'engrenage de la répression, apportant de l'eau au moulin du doyen. Alienor rêve parfois de Jenny, mais au fil du temps, ses traits se sont effacés pour être remplacés par ceux de Shirley Temple, dont Alienor était fan quand elle avait dix ans. Tout cela se perd dans les brumes de la mémoire. Les destins personnels sont de peu de poids face aux exigences de l'Histoire.

La vieille femme se lève, nerveuse. Son instinct lui souffle que la menace se rapproche. Les hommes qui campent à Silver Junction l'inquiètent. Elle est certaine qu'ils sont venus pour elle. Encore des sbires à la solde du doyen. Ils savent désormais qu'elle se cache à l'intérieur de la montagne, mais ils ignorent comment y entrer. Sans doute croient-ils que la vieille mine d'argent y conduit. Les imbéciles ! Alienor ricane. S'ils s'avisent d'explorer les tunnels, ils finiront aplatis sous les éboulements, car l'ancienne exploitation est dans un état de délabrement avancé. C'est du reste pour cette raison qu'on ne la fait plus visiter aux touristes.

N'empêche, leur présence constitue un réel danger. À force de fouiner, ils pourraient découvrir le passage secret menant au monastère.

Alienor s'agite, la respiration courte. Il lui faut agir au plus vite. Les convaincre de ficher le camp. Certes, elle pourrait les tuer pendant leur sommeil, mais ce serait avouer sa présence. Non, il faut trouver autre chose.

Elle quitte le bureau dont elle verrouille la porte. Éclairée par un simple rat-de-cave, elle s'enfonce dans les galeries. Une idée vient d'éclore dans son esprit. Une idée facile à réaliser pour quelqu'un qui a l'habitude du désert.

Avant de sortir de la montagne, elle s'équipe d'un sac et d'un bâton fourchu ; une fois dehors, elle explore les rochers environnants. Au bout d'une demi-heure elle déniche un crotale qu'elle capture d'une main experte et enfourne dans le sac en toile de jute. Lentement, elle s'approche du véhicule garé à l'entrée de la mine. Comme elle le prévoyait, les hommes s'y sont entassés pour échapper au vent glacial de la nuit. Ils ronflent, enveloppés dans des sacs de couchage. Des armes à portée de main.

Celui qu'on avait posté en sentinelle, à la place du conducteur, a fini lui aussi par piquer du nez. Il dort, le menton sur la poitrine.

L'une des vitres latérales a été entrebâillée, afin d'assurer une ventilation minimum et d'empêcher ces porcs de mourir asphyxiés par le méthane de leurs flatulences.

Plus silencieuse qu'une ombre, Alienor prend le temps de les examiner. Le froid n'a pas de prise sur son corps décharné.

Toutefois la surprise la fait tressaillir. Dieu ! Elle a failli s'y laisser prendre ! Au premier abord elle a cru avoir affaire à de quelconques bandits mexicains, mais en y regardant de plus près elle a décelé, sous les déguisements grossiers, les traits des adjoints du doyen ! Oui ! Ils sont bien là : Mickelson, La Butte, O'Shaughnessy... Une flambée de haine la saisit. Ah ! les sales petits scribouillards, ils espéraient donc la duper en s'affublant ainsi ? Ils l'ont sous-estimée, car elle reconnaîtrait leurs faces de fouines sous n'importe quel déguisement. Elle les regarde dormir, médiocres valets grappillant les miettes tombées de la table du doyen. Des chiens couchants. Ils vont payer !

Levant le sac à la hauteur de la vitre entrouverte, elle le secoue doucement pour en expulser le reptile qui finit par se faufiler dans le véhicule.

Elle se retient de pouffer de rire. Voilà qui va les distraire un moment. Quel dommage de ne pouvoir assister à leur réveil !

WICHITA

Les dix derniers jours ont été épuisants. Wittie a senti peser sur elle le regard suspicieux de Julius, comme s'il était capable de lire dans ses pensées les plus secrètes. Terrifiée à l'idée de parler dans son sommeil, elle n'a presque pas dormi. Ingurgitant de maxi doses de café noir, elle a systématiquement cultivé ses insomnies.

« Quand on a subi un traumatisme crânien, a-t-elle expliqué à Sue, qu'un tel comportement étonnait, il faut éviter de dormir.

— Tu as mal ? a demandé l'adolescente.

— J'ai des migraines, oui. Et je peine à trouver mes mots. Hier, pendant deux heures, j'ai été incapable de me rappeler ma date de naissance. »

Elle en rajoute, avec l'espoir de couper court aux interrogatoires de Julius qui ne cesse de la questionner sur les circonstances de l'explosion. Elle joue la carte de l'amnésie transitoire. Elle a beau répéter : *Je n'ai pas eu le temps de m'approcher de la voiture, le réservoir a tout de suite pris feu, le souffle m'a soulevée de terre comme un ouragan...* Julius revient toujours à la charge, comme un flic tarabustant un suspect.

Les trois premiers jours, elle a vécu dans la terreur de voir les tueurs du cartel envahir le camp de *trailing*. Mais rien de semblable ne s'est produit. Ils ont manifestement suivi une autre piste, ou bien accepté la thèse de l'accident. Elle espère de toutes ses forces que le souffle a balayé les indices qu'elle a sottement semés derrière elle : le téléphone, les outils, les grenades, la herse... bref, tout ce qui pourrait confirmer que le conducteur a bel et bien été victime d'une embuscade.

« Puisqu'on ne deviendra pas riches, a-t-elle annoncé dans un pauvre essai d'humour, je vais chercher du travail. Le Français qui tient la ferme aux serpents embauche des ramasseurs. Il fournit le matériel. Ce n'est pas trop mal payé, et si on s'y prend bien on ne court aucun danger.

— Si ça te chante ! a ricané Julius, j'espère seulement que, cette fois, tu te montreras un peu plus dégourdie. Je n'ai pas les moyens de t'offrir un bel enterrement. »

La jeune femme n'a pas relevé. À présent ces petites méchancetés ne l'atteignent plus. À chaque fois elle pense : « Radote donc, vieux crabe ! En attendant je t'ai bel et bien niqué ! »

Jean-Pierre, l'ex-porno star, lui a montré comment boucler la combinaison en toile épaisse.

« L'important, a-t-il insisté, ce sont les gants et les bottes. Les serpents attaquent surtout aux pieds et aux mollets, mais leurs crocs ne peuvent pas transpercer de bonnes jambières en cuir épais. Même chose pour les mains, les bras. Ne jamais ôter les gants à crispin. Toujours maintenir la distance de sécurité. Avec la pince, les choper derrière la tête. Les crotales ne sont pas des cracheurs, mais garde la visière de ton casque baissée, on ne sait jamais. Le vent pourrait t'expédier une goutte de venin dans l'œil. Je connais un gars qui s'est fait avoir comme ça. Tu seras surprise par leur force. Dès que tu les auras coincés, ils vont se débattre, fouetter en tous sens. Tiens bon. Le plus compliqué, c'est d'attraper le tour de main pour les fourrer dans le sac. Ne me ramène que de gros spécimens, des bestioles susceptibles d'impressionner les touristes. Et ne pars jamais sans ta trousse de secours. On raconte des tas de trucs contradictoires sur leur venin. Pour certains, il est quasiment inoffensif, pour d'autres c'est un poison mortel... Je crois que ça dépend des individus.

— Tu as déjà été mordu ? a demandé Wittie.

— Ouais, trois fois, a admis le Français. J'ai eu une sacrée fièvre et le bras qui a doublé de volume, mais je m'en suis remis, comme tu vois. Il y des légendes qui prétendent que plus on est mordu moins on est sensible au venin, d'autres disent exactement le contraire, et qu'à partir de la septième morsure on tombe raide, foudroyé. Des conneries. »

Wittie a entassé l'équipement sur la banquette arrière de la Pinto, l'estomac noué, puis elle a pris la direction du désert.

Alors qu'elle s'habillait, elle a été contrôlée par des miliciens. Elle a alors constaté avec amusement que le mot « crotales » a quelque chose de magique. Dès qu'on le prononce, vos interlocuteurs se dépêchent d'abréger la discussion et remontent en voiture vite fait. C'est bien pratique. Une fois enfilés la combinaison, les leggings, le masque, les gants à crispin, c'est comme si on devenait un extraterrestre. Les gens prennent le large.

Alors qu'elle s'approchait de la crevasse aux serpents, un gros Latino au volant d'un Humvee est venu lui demander ce qu'elle foutait là. Wittie a fait claquer la pince sous son nez et prononcé une fois de plus la formule magique : « Je capture des serpents à sonnettes, vous voulez voir ? »

Le mec n'a pas insisté et s'est dépêché de faire rugir le moteur de sa bagnole couverte de poussière grise. La jeune femme a eu le temps de voir qu'il transportait une douzaine de bidons d'eau de dix litres. Elle n'a pas eu le temps de lui conseiller d'être prudent. Dans le désert, la ration moyenne pour un Blanc est de sept litres par jour, faute de quoi on se déshydrate de manière alarmante.

C'est la gorge nouée qu'elle s'est lentement engagée dans la crevasse. Une pente douce lui a permis d'atteindre le fond sans trop de difficulté. Comme elle n'y voyait pas grand-chose, elle a allumé sa lampe torche. Cette fois, elle a sursauté. Des dizaines de reptiles allaient et venaient entre les cailloux, glissant paresseusement les uns sur les autres, s'entremêlant comme s'ils jouaient à faire des nœuds marins. Tant qu'elle est demeurée immobile, il ne lui ont pas prêté attention. Ce n'est que lorsqu'elle s'est mise en mouvement que les cascabelles ont fait entendre leurs crépitements.

« Les crotales sont assez cons, lui a expliqué Jean-Pierre. Le fait d'agiter leurs sonnettes fait fuir les proies. S'ils étaient malins, ils resteraient silencieux. En signalant leur présence, ils se compliquent la vie. C'est comme si un tueur, s'approchant de sa victime, se mettait à crier : *Hé ! c'est moi que v'la, je viens vous zigouiller !* »

Wittie s'est appliquée à écarter du bout de la longue pince les serpents qui lui barraient la route. Ils n'ont pas aimé ça, et se sont mis à mordre le métal. Chaque attaque secouait durement la hampe de l'outil, témoignant de la puissance de ces corps longilignes.

Le souffle court, la jeune femme a cherché à localiser le sac. Une peur la hantait, qu'il ait explosé en heurtant les rochers et que les liasses se soient éparpillées au hasard… *au milieu des reptiles*.

Elle a eu la désagréable surprise de découvrir que la faille est beaucoup plus étendue dans son trajet souterrain que ne le laisse présager la lézarde qui signale sa présence à l'extérieur.

Très vite, des chocs répétés ont assailli ses leggings. Baissant les yeux, elle a vu les crotales se jeter tête en avant pour mordre le cuir. *Tonc ! Tonc !* À se demander comment ils faisaient pour ne pas s'assommer. Des ressorts vivants, vite détendus vite repliés. *Tonc ! Tonc !*

Le venin laiteux coulait sur la croûte épaisse des jambières.

Elle a fini par localiser le sac, le cul en l'air, mais intact. Pour accéder à la fermeture à glissière, il fallait le retourner. Tremblante, elle a dû s'agenouiller, utiliser ses mains. Impossible de manipuler une masse de trente-cinq kilos avec une pince à serpents ! Bien évidemment, ce qui devait arriver s'est produit. Un crotale se tenait lové dessous. Quand Wittie à bougé le sac, il a jailli pour la mordre au visage. Ses crocs ont cogné la vitre de protection du casque, y déposant un crachat visqueux hautement toxique. Puis il s'est coulé entre les pierres, hors de portée.

Cette fois, la jeune femme a bien failli perdre son sang-froid. Le cœur battant, elle s'est redressée en essayant de discipliner sa respiration. Puis, elle a fait glisser la fermeture qui s'est mise à bâiller sur une masse de liasses à peine mélangées.

Le côtoiement des serpents ne lui a pas laissé le temps de s'extasier sur cette fortune. Elle n'avait qu'une envie, fuir ce cloaque.

Elle a saisi cinq liasses, très vite, pour les jeter dans le container sur le flanc duquel Jean-Pierre a fait imprimer la mention *DANGER ! SERPENTS VENIMEUX VIVANTS ! NE PAS TOUCHER !* Puis elle a refermé le sac au trésor, l'a recouvert de cailloux, et a battu en retraite en se répétant : « ça suffit pour une première fois ! »

Sous la combinaison de toile renforcée, elle ruisselait de sueur. Juste avant d'émerger du gouffre, elle s'est rappelé qu'elle devait éviter de rentrer les mains vides si elle voulait rester crédible, aussi a-t-elle passé les trente minutes suivantes à essayer de capturer un crotale. Après bien des ratages, elle est parvenue à refermer les mâchoires de la pince sur un spécimen d'une taille appréciable. Ensuite, elle a beaucoup galéré lorsqu'il a fallu convaincre la bestiole de rentrer dans le sac prévu à cet effet.

Cette mésaventure l'a laissée tremblante, vidée de toute énergie.

« Je m'habituerai, a-t-elle marmonné. Ce n'était qu'une prise de contact. Je m'endurcirai. »

Elle a concentré ses pensées sur le bilan de sa cueillette. Cinq liasses, probablement mille dollars chacune. Cinq mille dollars au total. Pas le Pérou mais déjà de quoi démarrer.

Le fric caché dans sa culotte, elle a ramené son prisonnier à écailles chez Jean-Pierre qui a feint de s'extasier.

« La chance du débutant ! a-t-il clamé, une belle prise. Tu as de l'avenir ma jolie ! »

Elle est certaine qu'il l'a payée plus cher que les autres rabatteurs, parce qu'il l'aime bien. D'ailleurs, ne lui a-t-il pas souvent répété :

«Tu me plais, t'es une sacrée belle garce, si ma bite fonctionnait encore, il y longtemps que je t'aurais remplie par tous les trous.»

Comme tous les Français, Jean-Pierre est un peu poète.

Le soir même, alors que Julius et les enfants prennent place à table, elle pose la première pierre du formidable mensonge qu'elle va bâtir au fil des semaines à venir.

«J'ai rencontré quelqu'un, chez Jean-Pierre, lance-t-elle. Une femme qui collecte le venin des serpents pour les laboratoires qui fabriquent du sérum. Elle m'a dit qu'ils cherchaient à recruter mais qu'ils avaient du mal à trouver des candidats. C'est assez bien payé, mais il faudrait que j'aille à El Paso passer un entretien d'embauche. Le voyage et le séjour sont payés par la boîte. J'ai envie de tenter ma chance, on ne sait jamais.»

Voilà ! La machine est en marche.

«Tu vas passer ton temps sur les routes, grogne Julius. C'est du boulot de VRP, rien d'autre. Qui s'occupera de nous ? Qui fera la cuisine ?

— En tout cas sûrement pas moi ! clame Sue.

— Si je gagne bien, on pourra déménager, se dépêche de déclarer Wittie pour calmer le jeu.

— Tu parles ! s'esclaffe méchamment le vieux. Avec la chance que tu as, tu vas te faire mordre et tu finiras à l'hôpital, paralysée, ouais ! Et ce sera encore à nous de te torcher ! Bonjour la qualité de vie ! »

Wittie laisse filer, ça n'a plus d'importance. À partir d'aujourd'hui c'est elle qui tient les rênes.

Dès le lendemain, elle repart à la chasse aux serpents en faisant un crochet par Maxon Bull, car elle tient à s'exhiber dans sa tenue de trompe-la-mort. Sur la portière de la Pinto, elle a appliqué un autocollant : *Attention ! Ce véhicule transporte des serpents venimeux vivants ! Pour votre sécurité, vous êtes priés de ne pas y pénétrer en l'absence d'un accompagnateur compétent.*

Elle ne craint rien, elle est en règle, Jean-Pierre lui a signé une licence téléchargée sur Internet qui est, affirme-t-il, valable dans tout l'État.

Quand elle se gare quelque part, les gens changent de trottoir, c'est exactement ce qu'elle voulait. Ainsi, la voiture se change en une espèce de coffre-fort où elle pourra cacher l'argent.

Sur la banquette arrière, elle a entassé les containers frappés à l'emblème de la tête de mort qui produisent leur effet dissuasif.

Elle est parée.

Elle met le cap vers le désert après avoir fait provision d'eau. Bientôt on ne prêtera plus attention à ses va-et-vient, on la surnommera « la fille aux serpents », ou plus simplement *Rattle-snake girl*.

Il faudra, pour parfaire son personnage, qu'elle demande à Jean-Pierre de lui donner l'un des colliers de cascabelles qu'il vend aux touristes. Elle le portera ostensiblement, la « sonnette » entre les seins... même si, en vérité, ce truc la dégoûte un peu.

Elle longe la route empruntée par la voiture fantôme, que le vent de sable commence déjà à recouvrir. Elle va jusqu'au cratère puis bifurque vers la fosse aux serpents. Elle n'a repéré aucune sentinelle. La piste ne semble plus surveillée. Au cas où quelqu'un l'observerait à la jumelle depuis une crête, elle joue son rôle un quart d'heure durant en prospectant sous les pierres, aux alentours. Elle déloge ainsi trois scorpions dont elle n'a que faire. Lentement, après avoir décrit un cercle, elle revient vers la crevasse et y descend.

Elle tape des pieds pour mettre les crotales en fuite. Ils sont sourds mais perçoivent fort bien les vibrations. Quand le chemin est dégagé, elle va droit au sac et y prélève une dizaine de liasses.

Sur le chemin du retour, elle capture un crotale et émerge de la crevasse en le brandissant devant elle, au bout de la pince. Cette petite comédie est destinée à désamorcer la méfiance d'un éventuel espion.

Le reptile emballé, elle va le livrer à Jean-Pierre.

Il est bien sûr preneur. Wittie a l'impression qu'il lui achèterait tout aussi bien un coyote crevé ou une carapace de tatou. Il apprécie sa présence, il lui offre un sandwich, du café... et paye le serpent à un tarif trop élevé. Il n'y a pas à dire, les

Français sont de sacrés charmeurs, et cela même quand leur queue est en hibernation prolongée. Wittie aime bien Jean-Pierre, en dépit de son prénom imprononçable.

Il lui raconte qu'il doit renouveler son cheptel, car tous ses serpents sont en train de crever. L'aide de Wittie est donc la bienvenue. La jeune femme n'est pas dupe mais elle fait semblant. Échange de bons procédés.

Elle est maintenant en possession de quinze mille dollars. C'est suffisant pour financer le démarrage de sa nouvelle existence. Elle doit passer à la phase deux du plan.

Rongeant son frein, elle attend encore trois jours, puis annonce à Julius et aux gosses qu'elle a obtenu un rendez-vous d'embauche à El Paso, aux ressources humaines de la boîte qui fabrique les sérums antivenimeux. On va lui envoyer les billets par Fedex, à la ferme aux serpents. Elle prendra le bus dès qu'elle se sera acheté une robe correcte et une paire d'escarpins. Elle ne peut pas débarquer en ville déguisée en *cow-girl*.

Timmy applaudit et lui demande si elle lui rapportera un cadeau. Sue darde sur sa mère des yeux luisants de jalousie. Julius fait la sourde oreille.

«Te monte pas la tête, grogne-t-il enfin. Encore un truc qui va foirer. Comme d'habitude.»

Wittie ne se laisse pas démonter. Elle va chez le coiffeur, achète une robe présentable, un sac à main, des chaussures. Rien de coûteux, mais elle se sent transformée. À force de vivre au milieu des *roast skins,* elle avait commencé à se clochardiser. Elle en prend tardivement conscience avec une bouffée de honte.

Le plus difficile ce sera de cacher les billets jusqu'au dernier moment. Pour ce faire – au grand étonnement de la vendeuse qui scrute son ventre plat – elle fait l'emplette d'une gaine de maintien, genre mammy. Elle répartira les liasses à l'intérieur de cet instrument de torture. Le tissu élastique les empêchera de glisser. Enfin, elle se rend à la gare routière pour prendre connaissance des horaires des bus.

Dans un petit sac de voyage pas trop moche, elle entasse des vêtements de rechange. Sue, à deux ou trois reprises, la supplie de l'emmener avec elle.

« Ce ne serait pas sérieux, lance Wittie. Tu perdrais ton boulot. Je ne suis pas du tout sûre d'être embauchée. Si ça se trouve, je ne ferai pas l'affaire.

— Mon cul ! siffle l'adolescente. Ils seront bien trop contents d'engager une pin-up dans ton genre pour donner une image glamour de leurs sales tripatouillages. »

Wittie serre les dents en espérant que sa fille ne va pas la prendre en filature, ou une ânerie du même genre. Avec les ados, tout est à craindre.

Elle a hâte de partir, de fuir le camp de trailers, les odeurs de graillon, la promiscuité, les voisins en caleçon, les femmes en bigoudis…

Des nostalgies enfouies se réveillent, lui emplissant la tête de souvenirs qu'elle croyait oubliés : l'école de danse, les maîtres de ballet, les bars où elle traînait avec les copines, les discussions passionnées. Dieu ! c'est si loin !

Si on lui avait dit, à l'époque, qu'elle descendrait un jour dans le ventre de la terre disputer un trésor à une colonie de serpents venimeux !

Arrive enfin le jour du départ. Elle prend la fuite dès l'aurore, par le premier Greyhound, pour ne pas avoir à affronter les regards des gosses... et celui de Julius. Elle a l'impression qu'ils ont tout deviné car elle n'a jamais été bonne comédienne. Jusqu'au moment où elle grimpe dans le car, elle s'attend à ce qu'ils surgissent pour l'empoigner, la secouer. Elle entend presque Julius lui crier au visage : « Salope ! Tu te tires avec le fric ! Tu croyais nous doubler ! »

Elle se reprend. Va s'asseoir. Ils ne sont qu'une demi-douzaine de voyageurs. Elle ferme les yeux. À cause des liasses, la gaine lui comprime douloureusement les hanches et l'abdomen.

Une fois le véhicule en marche, elle se détend, et même s'abandonne à une bouffée d'euphorie. Elle se surprend à pouffer comme une collégienne en fugue.

Tout d'abord elle avait prévu de s'arrêter à mi-chemin d'El Paso et de louer une chambre d'hôtel, dans une quelconque ville de moyenne importance. Elle y serait restée trois jours, avant de prendre le chemin du retour. Aujourd'hui, elle juge cela stupide, timoré. Pourquoi ne pas aller jusqu'au bout du voyage ? Voir les choses en grand ? Il y a si longtemps qu'elle n'a pas arpenté les rues d'une cité bruyante et colorée. Des rues où s'alignent des vitrines géantes, et non les minuscules échoppes vieillottes de Maxon Bull. Elle a envie de se mêler à de vrais citadins, de côtoyer des femmes élégantes. Elle ne supporte plus les *red necks* de Maxon, leurs barbecues du dimanche, leurs chorales, leur esprit étroit.

Elle décide de s'inventer une identité, de prendre un coffre dans une banque et d'y déposer l'argent. Puis elle louera un petit appartement dans un bon quartier propre et agréable.

Pendant une heure, elle regarde par la vitre sans rien voir des derricks ni des champs d'éoliennes qui défilent tant elle est absorbée par ses projets chimériques. Elle finit par fermer les yeux et se laisse bercer par le vrombissement des éoliennes en folie.

Elle s'organise une vie… la vie qu'elle aurait eue si elle avait fait carrière dans la danse. Une double vie, secrète, qu'elle n'est nullement pressée de partager avec les gosses et Julius. Oh ! Elle les fera venir, bien sûr… *mais pas tout de suite.*

Elle a besoin d'une pause. Elle a bien mérité de s'offrir une parenthèse de quelques jours… voire de quelques semaines ?

Quand elle rentrera à Maxon Bull, elle leur annoncera qu'elle est engagée et doit entamer sans plus attendre ses tournées en compagnie d'une collègue qui lui apprendra le métier. Elle restera absente... une semaine ? Oui, une semaine ce n'est pas exagéré. Quand elle rentrera, des billets plein son sac, ils sauteront de joie.

Enfin, bon, il lui faudra tout de même rester crédible. Une collecteuse de venin ne gagne pas une fortune à peine embauchée.

Tirant un agenda de son sac, elle se gribouille un programme. Pourquoi ne serait-elle pas « en mission » une semaine sur deux ? Chaque fois qu'elle rentrera à Maxon, elle effectuera une nouvelle ponction monétaire dans la fosse aux serpents. Elle s'achètera une voiture neuve – qu'elle prétendra prêtée par ses employeurs – et y aménagera une cachette sous la banquette arrière. Cachette qui lui permettra d'emporter beaucoup plus que quelques liasses. Ainsi, en l'espace de deux mois, parviendra-t-elle à transporter la totalité du butin à El Paso.

Une fois tout l'argent récupéré, elle louera un appartement plus grand, et demandera aux enfants – et à Julius, hélas ! – de la rejoindre. Oui, cela devrait fonctionner.

Pour l'heure, cette nouvelle existence n'est encore qu'un brouillon. Elle devra y réfléchir, bétonner ses mensonges, ne pas commettre d'impair. Avec un peu d'entraînement, elle y parviendra. Tout ira mieux lorsqu'ils auront définitivement quitté Maxon. À El Paso, personne ne les connaîtra, personne ne s'étonnera de leur soudaine aisance. Perdus dans la foule, ils pourront enfin être heureux.

MARKH

Markh est inquiet. La paranoïa d'Alienor s'est désagréablement aggravée depuis que les sbires de Chavarria rôdent autour de l'ancienne mine d'argent. Hier, dardant sur son pensionnaire un regard soupçonneux, elle a déclaré :

« Tout ça n'est peut-être qu'un coup monté. Une opération d'infiltration. Après tout, qui peut m'assurer que tu ne marches pas avec eux, hein ? Et si tu t'étais volontairement blessé pour que je te recueille ? Une ruse pour t'introduire dans la montagne creuse. Si ça se trouve, tu es là pour mettre la main sur mon manuscrit et le détruire !

— J'ai été salement brûlé, a objecté Markh. Vous le savez bien puisque vous m'avez soigné. »

Mais la vieille femme a balayé l'objection d'un haussement d'épaules.

« Cela ne prouve rien, a-t-elle laissé tomber. Un agent bien entraîné est prêt à tout pour tromper l'adversaire. »

Voilà qu'elle s'imagine dans un film d'espionnage, c'est le bouquet.

Markh déteste quand elle se met à dérailler et voit des complots partout. Jadis, il a connu un pilote de formule 1 qui, ayant pété les plombs, était obsédé à l'idée que ses concurrents viennent saboter sa voiture. Peu de temps avant d'être interné, il en était arrivé à dormir dans le garage, à côté de sa foutue bagnole, un flingue à portée de main.

Aujourd'hui, Markh détecte chez Alienor les mêmes signes annonçant la montée en puissance de la crise : le regard scrutateur, la bouche amère... et surtout cette façon de regarder par-dessus son épaule toutes les trente secondes.

Pour le convaincre, elle l'a conduit dans une salle fermée à clef ; là, elle a soulevé le couvercle d'un coffre assez grand pour contenir un homme. Markh a reculé de trois pas. Une énorme bête poilue s'y tenait couchée, endormie ou morte. Un truc informe, vaguement monstrueux... Quand Alienor a plongé les mains dans cette fourrure exhalant une odeur fauve, il a failli hurler. Puis il a compris son erreur.

« Regarde ! a ordonné la vieille. Des centaines et des centaines de scalps prélevés sur des Indiens apaches par les *cuchilleros* appointés par le gouvernement mexicain. Il ne faut pas croire que les victimes de ces mutilations survivaient. Tu imagines un peu ? La calotte crânienne à vif, la tête écorchée jusqu'à l'os. On est au XVIIIe siècle, les antibiotiques n'existent pas, c'est la gangrène assurée. Les victimes tombent comme des mouches. Les scalps, eux, sont revendus. Certains notables en font même collection. Ils les exhibent lors des soirées mondaines, et s'amusent des cris effarouchés que poussent les belles dames de la haute société. »

Markh ne l'a pas contredite. Il sait que de telles aberrations ont également eu lieu sur le territoire des États-Unis, lors des guerres Indiennes, quand l'homme à peau rouge cristallisait la haine des bons Américains blancs. Là aussi, le commerce des scalps est allé bon train, donnant naissance au pire fétichisme. Rien de nouveau sous le soleil.

Il se rappelle aussi qu'on a créé une armée de chiens féroces pour traquer les Séminoles, et qu'on a nommé un colonel à la tête de cette meute de cauchemar. Enfant, lorsqu'il entendait cette histoire, Markh se demandait toujours si les molosses ayant égorgé beaucoup d'Indiens étaient récompensés par des grades ou des médailles. Existait-il des chiens sergents, capitaines ? Leur accrochait-on des insignes au collier ?

Alienor a refermé le coffre. Une odeur de pourriture imprégnait ses mains maigres.

« Parmi les pénitents qui se retiraient ici, a-t-elle continué, il y avait d'anciens militaires, mais aussi des *cuchilleros,* des scalpeurs, si tu préfères... Ils se repentaient de leurs crimes en s'infligeant des souffrances quotidiennes, des tortures librement consenties. L'un d'eux, frère Chrysostome, dont j'ai décodé l'histoire, s'est arraché les deux oreilles avec une tenaille. Certains ordres religieux veulent à tout prix éviter que de tels excès soient rendus publics. Cela ajouterait aux rumeurs de pédophilie qui déshonorent déjà le clergé.»

Markh ne parvient pas à déterminer si tout cela est vrai ou s'il s'agit d'un délire psychotique qui n'a fait que s'aggraver au fil du temps. Il ne croit guère à l'existence de ces «soldats de Dieu» qui traquent Alienor, en revanche il a la conviction que la vieille femme a bel et bien piégé le monastère. Dans une galerie, il a trouvé des caisses vides estampillées d'une tête de mort et de la mention EXPLOSIFS peinte au pochoir. Il tremble à l'idée qu'au cours d'une crise de paranoïa, Alienor actionne le détonateur relié aux charges.

Quand il ne rumine pas de sombres pensées, il accomplit ses corvées avec autant d'efficacité que le lui permettent ses tendons douloureux.

Il relève les lignes, remonte les poissons et les seaux d'eau. Ces besognes, il ne peut les effectuer qu'au ralenti, en s'arrêtant fréquemment, mais ils les accueille avec joie, car c'est la seule distraction dont il dispose.

Il a tenté, mine de rien, de localiser la sortie, mais n'a réussi qu'à se perdre dans le labyrinthe des galeries, et Alienor a dû venir le récupérer, ce qui n'a fait qu'aviver la méfiance de la vieille à son égard. Il ne doit pas recommencer. Si elle voit en lui un agent infiltré, elle n'hésitera pas à le supprimer.

Elle est assez folle pour cela.

C'est la raison pour laquelle Markh se tient éloigné du bureau où elle se cadenasse pour travailler, même s'il est persuadé qu'elle y cache le détonateur relié aux bâtons de dynamite.

Il a pris le parti de bâiller ostensiblement dès qu'Alienor lui parle de ses travaux, ainsi espère-t-il désarmer la méfiance de sa geôlière.

Peut-être en fait-il trop ? Avec les fous, on ne sait jamais.

Au reste, n'est-il pas lui-même en train de sombrer dans la démence ? Il rêve de plus en plus souvent de Jana. Il ne la voit pas, non, elle lui parle du fond de la voiture où elle a brûlé. Sa voix sort des tôles noircies, métallique comme celle des robots au cinéma. Elle dit :

« C'est de ta faute si je suis morte. Tu sais pourquoi j'ai agi ainsi ce jour-là ? *Pour que tu m'en empêches.* J'espérais que tu allais te décider à me dire que tu m'aimais. Je voulais te forcer la main. Jusqu'au dernier moment j'ai cru que tu allais te jeter sur moi, m'interdire de prendre le volant… J'ai prié de toutes mes forces pour que tu te décides, mais tu n'as pas bougé. Tu m'as laissée faire.

Tu n'en avais rien à foutre, pas vrai ? Peut-être même que tu as vu là l'occasion de te débarrasser de moi ? »

Chaque fois que Markh tente de protester, il se réveille, et Jana, comme jadis, a le dernier mot.

Markh sait qu'Alienor sort la nuit pour relever ses pièges à coyotes. Probablement en profite-t-elle pour espionner Chavarria et ses hommes qui campent dans la ville fantôme. Chaque fois qu'elle entreprend l'une des ces escapades, elle drogue son prisonnier pour lui ôter toute tentation de la suivre. Markh, à force de se réveiller la bouche pâteuse et la tête en vrac, a fini par piger la combine. Sacrée vieille garce !

Il n'a aucune idée de la façon dont tout cela finira, mais il ne prévoit rien de bon.

Cette nuit, Alienor a eu une nouvelle crise de somnambulisme. La Winchester au poing, elle a patrouillé dans les galeries et pris Markh pour cible. Alors qu'il s'aplatissait contre un mur, les balles lui ont sifflé aux oreilles. Il se répète qu'elle finira par l'assassiner, sans même s'en rendre compte.

« Et lorsqu'elle découvrira mon cadavre, le lendemain, songe-t-il, elle accusera ses ennemis de ce crime ! »

FLOYD

Floyd est perplexe. Il se passe des choses vraiment bizarres dans le coin. Depuis la veille il a l'impression désagréable d'être prisonnier d'un épisode des *X-Files*, cette série débile qu'adorent les nerds, les geeks et les nolifes ; bref, ces tarés branchouilles qui déshonorent l'Amérique.

Tout a commencé quand il a repéré ce Latino suspect au drugstore, avec ses douze bidons d'eau et son Humvee trafiqué.

À cause de la poussière grise, Floyd a tout de suite pigé que le gros mec campait du côté de la mine d'argent abandonnée. « Des passeurs ! » a-t-il pensé, et il a décidé, tout seul comme un grand, de procéder à leur arrestation.

Comme il est loin d'être bête – quoi que prétendent ses chefs – il a prétexté un dérangement intestinal pour prendre sa journée. Mais au lieu d'aller chez le toubib, il a emprunté la vieille jeep

Willis qui lui sert à ravitailler les snipers, et a fait un crochet pour récupérer chez lui de l'eau, de la bouffe, un sac de couchage, des jumelles, et surtout le fusil à lunette que lui a offert son paternel pour son sixième anniversaire.

L'astuce, c'était de s'approcher de la mine sans se faire repérer, et pour ça il n'y a qu'un moyen : passer par la montagne hantée. Ce sont les vieux qui l'appellent comme ça, parce qu'ils prétendent que des gémissements s'en élèvent, et des cris de souffrance qui font froid dans le dos. Floyd n'en a rien à battre de ces conneries de garçons vachers à la retraite. Les plaintes résultent probablement d'un courant d'air qui siffle dans une faille, le truc classique, quoi.

Arrivé au pied de la colline, il a garé la Willis derrière un gros bloc de granit et s'est lancé à l'assaut de la paroi, son barda sur le dos.

Il a fini par dénicher un point d'observation parfait. Une niche naturelle d'où il peut tout à son aise surveiller la mine.

Il s'est couché là, jumelles au poing, après s'être recouvert d'une bâche de camouflage, à la manière des snipers. Les Latinos étaient encore là, attendant on ne sait quoi. Ils avaient l'air de surveiller l'entrée du tunnel comme s'ils craignaient que les dos-mouillés ne s'en échappent. Floyd a trouvé cela bizarre.

« Bon sang ! a-t-il soudain pensé. Ce ne sont pas des dos-mouillés, bien sûr que non ! C'est un contingent de filles qu'on va vendre aux bordels. »

C'est courant sur la frontière. Les maquereaux font des razzias dans les campagnes mexicaines, y achètent toutes les nanas présentables puis les font passer en fraude sur le territoire américains pour les fourguer aux maisons de passe, ou aux peep-shows zoophiles clandestins, ces trucs dégueulasses où les femmes se font grimper par des ânes en rut.

Légèrement hésitant, il s'est demandé si cela risquait de diminuer l'importance de sa prise. Son chef insiste beaucoup sur le fait que les dos-mouillés volent le travail des ouvriers américains honnêtes, mais peut-on en dire autant des filles ? Une pute américaine peut-elle être considérée comme une honnête travailleuse ? Floyd n'y a jamais réfléchi.

Il a continué à surveiller les types, en bas. Il a vu qu'ils étaient armés. Du lourd. Avec lequel sa carabine de chasse à l'oppossum aura du mal à rivaliser.

Et puis, comme il avait chaud sous la bâche de camouflage, il a fini par s'endormir. C'est bête, hein ?

Il s'est réveillé en claquant des dents. La nuit était tombée, des coyotes jappaient dans le lointain.

C'est alors que le truc s'est produit.

Des coups de feu. Floyd, qui a grandi une arme à la main, a tout de suite identifié l'aboiement d'une

Winchester. Une belle carabine à levier de sous-garde qu'on peut réarmer d'une seule main en un chouette mouvement de bascule que John Wayne réussissait à merveille avec la version 1894 à percussion centrale.

L'ennui, c'est que les détonations provenaient de l'intérieur de la montagne.

Yep ! Comme si cet énorme tas de rochers était aussi creux qu'une cloche d'église.

Collant son oreille contre la paroi, Floyd a très nettement entendu l'écho bourdonner comme un énorme frelon qui chercherait à s'évader d'un bol retourné.

« Une caverne, a-t-il diagnostiqué. La montagne cache une caverne géante, et il s'y passe des trucs pas nets ! »

Cela l'a surpris car, lorsqu'il était gosse, il a plus d'une fois escaladé ce pic sans jamais repérer la moindre entrée.

Jusqu'à l'aube il est resté sur ses gardes, résistant le plus longtemps possible à l'envie de dormir. Il n'a pas tout à fait réussi.

Un bruit de moteur l'a réveillé. Le Humvee des Latinos s'éloignait dans un nuage de poussière. Ils fichaient le camp, abandonnant leur surveillance de la mine. Pourquoi ?

Tous ces mystères commençaient à lui flanquer la migraine.

La carabine en bandoulière, il a décidé d'aller jeter un coup d'œil. Il ne savait pas trop à quoi s'attendre. Une exécution collective? Vingt filles abattues au fond d'une galerie? Cela s'est vu. Peut-être un tournage de *snuff movie*? Une partouze qui s'achève en carnage. Une fois la pellicule impressionnée, le réalisateur se tire avec les bobines et la caméra, abandonnant les actrices sur place pour cause de décapitation ou de démembrement.

Il est entré dans le tunnel, pas faraud mais la carabine bien emmanchée au creux du coude. Il a eu beau promener le faisceau de sa torche dans tous les coins, *nada*, rien de suspect à l'horizon.

Dépité, il a regagné son perchoir. Pour se consoler, il a repensé aux détonations nocturnes, à cette montagne creuse qui semble abriter un mystère. Il a décidé d'attendre un jour de plus.

Ayant amélioré son campement, il a disposé un lasso autour du sac de couchage pour éloigner les serpents – un vieux truc de buckaroo que lui a appris son grand-père – puis s'est endormi. Une manière comme une autre de passer le temps.

Le chef ne cesse de leur répéter qu'« un soldat doit manger et dormir chaque fois qu'il en a l'occasion, même s'il n'en a pas envie, car il ne sait jamais ce qui l'attend au tournant ».

Ayant marqué une pause, il ajoute : « Consigne identique en ce qui concerne la baise, sauf que là il y a rarement à se forcer ! » Alors tous les mecs se marrent virilement, Floyd encore plus fort que ses voisins.

Les crampes le réveillent à la tombée du jour. Comme il crève de faim, il se force à mâcher du pemmican, qu'il déteste. De la bouffe d'Indien !

Il descend une demi-gourde d'eau tiède. D'avoir dormi par terre, il a mal partout. Sa médiocre résistance le déprime. Il s'imaginait plus coriace. Les scorpions sortant la nuit, il a les boules et jette de fréquents coups d'œil à ses pieds ; hélas, il ne distingue plus grand-chose. Quand les coyotes se taisent, le silence devient effrayant.

Tout à coup il sursaute. Un bruit dans les cailloux, tout en bas au ras du sol. De la pierre raclant la pierre, comme si on déplaçait un rocher. *Un passage secret*... Une entrée dissimulée. Il n'en revient pas, on se croirait dans une aventure des *Hardy Boys* !

Quelqu'un est en train de sortir de la montagne. Floyd s'empare des jumelles et commute la vision nocturne, celle où tout apparaît en vert. Il retient son souffle. Dans son champ de vision vient de se matérialiser le fantôme de Cochise ou de Geronimo ! À peine croyable ! Un vieil Indien aux longs cheveux gris, maigre comme un clou, qui berce au creux de ses bras une Winchester 73 «jaune» à plaques de couche en cuivre ! Une vraie «Billy Boy» ! Une antiquité qui se vendrait une fortune sur ebay. Le mec a dû se gourer de siècle. Un dinosaure ressuscité, à croire qu'il vient de surgir d'une faille temporelle, comme dans ces films de science-fiction à la con.

Floyd retient son souffle. Le sachem d'outre-tombe se dirige vers la mine d'argent. Il examine les traces de pneus dans la poussière. La lune inonde le désert d'une lumière blême qui décolore les choses.

L'Apache semble s'étonner du départ des Latinos. Il ramasse un mégot de cigare, le glisse entre ses lèvres et l'allume. Il tète cet étron goulûment, tandis qu'une expression d'intense plaisir plisse son visage déjà plus ridé qu'un anus d'éléphant.

Un peu plus tard, il met un coyote en joue, mais la bestiole disparaît derrière un rocher. L'Indien hausse les épaules et renonce. Voûté par la fatigue, il revient sur ses pas. Il va rentrer dans sa cachette.

Floyd ne peut laisser passer l'occasion. Saisissant sa carabine, il dévale la pente aussi silencieusement que possible. Il doit à tout prix découvrir ce qui se mijote dans le ventre de la montagne. Avec un scoop pareil, on peut passer à la télé, devenir une vedette du jour au lendemain et – qui sait ? – se faire élire shérif ?

Il imagine des choses confuses. Des idoles en or massif, des doublons abandonnés par les conquistadores… Des coffres de dollars en argent destinés à financer l'indépendance du Texas…

Le vieil Apache est peut-être le gardien de ces trésors oubliés.

Le souffle court, il s'immobilise derrière un rocher. De nouveau s'élève le raclement de la pierre frottant la pierre. Il comprend ce dont il s'agit. Un truc très simple en réalité. Un pan de roche monté sur pivot et bien équilibré. À première vue, c'est inébranlable, mais si l'on sait où appuyer, le bazar s'ouvre comme une porte ordinaire. Les Égyptiens utilisaient ce genre d'astuce dans les tombeaux des pharaons. Il l'a lu dans une bande dessinée.

Émergeant de sa cachette, il se précipite dans le sillage du fantôme. Il se heurte à une muraille de hautes roches infranchissables et rébarbatives, si lisses qu'il est impossible de les escalader. Mais il n'est pas dupe. La porte est là, il suffit de tâter. Abandonnant la carabine, il entreprend de palper les pierres, leur décochant des coups de poing qui lui meurtrissent les paumes. De temps en temps, il crache des injonctions stupides comme « Tu vas t'ouvrir, salope ! ».

La dalle s'entrebâille enfin sur un boyau. Un quinquet éclaire chichement le passage. C'est comme une galerie de mine en plus étroit. L'étayage ne date pas d'hier. Floyd tâte le bois minéralisé par les siècles. Une chance qu'il n'y ait pas de termites dans le coin.

Il ose à peine respirer car la taupinière semble jouir d'une acoustique extraordinaire. Genre, tu pètes, ça résonne un kilomètre plus loin.

Il grimace, à tous les coups l'Indien a dû entendre la dalle pivoter. Ou alors c'est qu'il est sourd.

Floyd avance lentement, la carabine épaulée, et fait décrire au canon un mouvement de balayage gauche-droite, comme il l'a appris à l'entraînement. Toujours couvrir la totalité du champ d'action. La galerie paraît vide, mais elle cache peut-être des niches latérales d'où «Cochise» pourrait surgir.

Floyd, agacé, découvre qu'il a peur. Une espèce de pressentiment à la con lui souffle qu'il va y laisser sa peau. Il n'aurait jamais dû pénétrer dans la taupinière. Tout ça dans l'espoir d'épater cette petite peste de Sue.

Une seconde, il est tenté de faire demi-tour, mais il perçoit un mouvement furtif au bout du couloir. S'il commet l'erreur de tourner les talons, son adversaire le flinguera entre les omoplates, il en est certain.

Désormais il est engagé dans un duel à mort, au dernier qui restera debout comme on dit dans les westerns : *Last man standing...*

Pas à pas, il arrive au bout du tunnel d'accès. Il se trouve maintenant dans un couloir aux parois couvertes de peintures. Pas des gribouillis indiens, non, des... des bondieuseries pas possibles. Des christs, des saints, des anges en veux-tu en voilà. C'est quoi ce foutoir? La montagne cacherait une église clandestine? Pas rassuré, il explore les fresques du coin de l'œil pour s'assurer que n'y figure pas l'image du diable. Il détesterait être tombé sur un culte satanique. Mais non, rien de semblable, le truc paraît 100 % chrétien.

Il continue à avancer, le dos au mur. La flamme d'un rat-de-cave palpite au loin. Et soudain une voix s'élève :

«C'est vous, doyen Shackerlow? Vous avez mis du temps à me retrouver... Je suppose que votre secrétaire, l'infâme Donald Sirpoint, vous accompagne ? Vous croyez que j'ignore qu'il a écrit une thèse que vous avez signée de votre nom ? C'est cela que vous ne m'avez jamais pardonné, n'est-ce pas ? D'avoir découvert que vous n'êtes qu'un charlatan, un universitaire de pacotille ayant usurpé sa fonction ! »

Floyd en a le souffle coupé. Il s'attendait à être apostrophé en dialecte apache par un guerrier sur le sentier de la guerre, et voilà qu'une *femme* s'adresse à lui d'un ton affreusement snob, comme dans ces séries télé british qui racontent la vie d'aristocrates buveurs de thé.

Pour couronner le tout, il ne comprend rien à ce qu'elle raconte.

« Je ne me laisserai pas dépouiller, reprend l'inconnue. Vous n'aurez pas mon manuscrit. La vérité éclatera au grand jour, et toutes vos manigances n'y pourront rien.

— Eh ! m'dame, lance Floyd, je ne suis pas là pour vous voler quoi que ce soit. Je suis membre assermenté de la milice de Maxon Bull City, et cela me donne le droit de procéder à une arrestation citoyenne sur simple présomption. Je vous préviens que je suis armé. Veuillez lâcher votre fusil et avancer dans la lumière, les mains levées ! Je dois vérifier votre identité. »

Putain ! Le pied ! Il avait toujours rêvé de dire ça. Maintenant que c'est fait, il se sent un autre homme.

« Inutile de déguiser votre voix, Doyen, s'exclame la femme. C'est puéril, en outre vous êtes dénué du moindre talent d'imitateur. Ce timbre de puceau est ridicule.»

Au mot «puceau», Floyd est parcouru par une décharge électrique et la colère l'enflamme. La bonne femme exagère, elle ne s'en tirera pas comme ça!

Sans plus réfléchir, il bondit au milieu du couloir, le doigt sur la détente.

«Ça suffit, madame! hurle-t-il. Veuillez vous rendre sans faire d'histoire et m'accompagner au bureau du shérif! Si vous détenez des documents intéressant la Défense nationale, ils seront saisis et remis à qui de droit en vertu du Patriot Act.

— Jamais! hurle l'inconnue. Jamais vous n'étoufferez la voix de la vérité.»

La détonation prend Floyd par surprise. Quelque chose le frappe en pleine poitrine; il presse la détente de la carabine par réflexe. Une fois, deux fois... Il lui semble entendre crier, mais il n'est sûr de rien. Ses jambes ne le portent plus. Il s'écroule. Sa stupeur est telle qu'elle le prive de toute ultime pensée.

Lorsqu'il touche le sol, il est déjà mort.

L'écho des détonations a sorti Markh du sommeil artificiel où l'avaient plongé les soporifiques administrés par Alienor. Il se dresse sur sa paillasse, le cœur en vrac, persuadé d'avoir fait un cauchemar. Ses appels n'obtenant pas de réponse, il se lève et s'empresse d'allumer une lanterne, même s'il sait qu'il enfreint là le suprême tabou édicté par la maîtresse des lieux.

Il s'avance sur le seuil de sa cellule, hésitant à aller plus loin. Il se méfie des crises de somnambulisme d'Alienor; en outre, il n'aime pas affronter seul le labyrinthe des galeries.

L'oreille tendue, il ausculte le silence. Il appelle, encore une fois. Un gémissement lui répond. Il s'avoue incapable d'en localiser la provenance car l'acoustique des tunnels est telle que les sons les plus lointains peuvent paraître étrangement proches.

« C'est vous Alienor? lance-t-il. Vous avez un problème? »

L'angoisse le saisit. Depuis le début il redoute ce moment. Qu'Alienor succombe à une crise cardiaque sans lui avoir révélé où se cache la sortie, et il se retrouvera prisonnier du monastère, condamné à bouffer du poisson albinos des années durant!

S'est-elle blessée en manipulant sa foutue carabine? Cette antiquité lui a-t-elle explosé à la figure?

La lampe levée, il s'engage en boitillant dans la galerie.

« C'est moi! Ne tirez pas! » répète-t-il tous les dix mètres. Les effets du soporifique lui brouillent les idées, et il enrage de n'être pas capable d'estimer la situation avec plus de lucidité.

À l'aide du morceau de charbon de bois dont il ne se sépare jamais, il trace des repères sur les murs; pauvre astuce dépourvue d'utilité si la lumière vient à s'éteindre.

Il parcourt rapidement la coursive principale. Il cogne du poing sur les battants des pièces qu'Alienor verrouille scrupuleusement, car y sont entreposées ses chères archives. Si, blessée, elle est retranchée derrière l'une de ces portes, Markh ne pourra jamais lui venir en aide. Ses blessures le ralentissent et le font souffrir. Les tendons mal en point semblent prêts à se déchirer. Il grimace.

Un nouveau gémissement s'élève. Cette fois il provient d'en bas, d'une galerie que Markh n'a jamais explorée.

« N'entrez pas là-dedans, lui a conseillé la vieille femme, le boisage est pourri, ça peut s'écrouler à tout moment. »

Lui aurait-elle menti ?

Au seuil de la galerie, il hésite un court instant, puis s'y engage. La pente est vive, manifestement elle conduit au « rez-de-chaussée » de la montagne creuse, c'est-à-dire au niveau de la plaine.

De petits quinquets l'éclairent chichement de loin en loin, et c'est à peine si l'on voit où poser le pied.

Les gémissements ont cessé. Une odeur de poudre flotte dans l'air. C'est donc bien ici qu'a eu lieu la fusillade.

Markh transpire d'abondance. Ses jambes lui font mal.

Dans le halo jaunâtre d'un rat-de-cave, une forme se dessine, couchée. Alienor. Elle est tombée sur le dos, la bouche grande ouverte. Sa chemise indienne est trempée de sang. S'agenouillant avec difficulté, Markh lui prend le pouls. Il ne bat plus. La main droite de sa geôlière est encore crispée sur la Winchester à crosse fendillée dont elle ne se séparait jamais.

Un peu plus loin, un autre corps gît dans la poussière, celui d'un jeune homme revêtu d'un uniforme paramilitaire. Il est mort, touché en pleine poitrine. Ce n'est qu'un gosse déguisé en soldat. Pas un vrai flic ni un shérif adjoint, plutôt un milicien. Pourquoi s'est-il attaqué à Alienor?

Markh tressaille, soudain ébloui par une évidence : si ce garçon a pu prendre Alienor en filature c'est que la porte secrète permettant d'accéder au monastère est restée ouverte! Elle se situe donc quelque par en aval des cadavres...

Il se redresse, titube au long d'une nouvelle galerie. Tout au bout, un pan de roche monté sur pivot est demeuré entrebâillé. Dehors c'est le désert.

Il pousse un soupir de soulagement et bat en retraite. L'excitation a chassé les brumes de la drogue, il est désormais capable de réfléchir.

Une chose est sûre, le gamin n'est pas venu à pied! cela implique qu'il a laissé, quelque part à l'extérieur, un moyen de locomotion en état de marche : voiture ou moto.

«Tu ferais bien de t'en servir avant qu'on ne s'inquiète de la disparition de ce môme, songe-t-il. La chance te tend une perche, saisis-la. Rassemble tout ce qui pourra t'être utile et fiche le camp.»

De retour dans le tunnel, il vide les poches des deux morts. La nervosité fait trembler ses mains.

Il n'a plus qu'une idée, fuir le monastère au plus vite.

Sur le corps d'Alienor, il prélève le sacro-saint trousseau de clefs qui lui permettait de verrouiller les pièces où elle entassait ses archives.

Pendant deux heures, il perquisitionne dans les placards, les armoires. C'est ainsi qu'il découvre le fameux détonateur d'où rayonnent, à la façon d'une toile d'araignée, les fils reliés aux charges qu'Alienor a disséminées dans la montagne. Il est tenté de le débrancher puis, craignant une fausse manœuvre, y renonce.

La fouille lui permet de rassembler mille dollars en billets froissés, six boîtes de balles, un solide couteau de chasse dans le style «Bowie» et un antique Colt Peacemaker malheureusement rongé par la rouille. Le bureau d'Alienor, avec son invraisemblable entassement de paperasse, lui a coupé le souffle. C'est à peine s'il a réussi à s'y faufiler. Partout des piles de parchemins, de volumes poussiéreux. Des lettres aussi, des dizaines de paquets de lettres manuscrites. Sur la table de travail, un cadre en argent a retenu son attention. Il contenait la photographie jaunie d'une fillette souriante. Qui?

Le plus intéressant reste peut-être le classeur métallique où Alienor a rassemblé des documents personnels : diplômes, titres de propriété, contrats, avis d'imposition, actes notariés, ainsi qu'un grand nombre de relevés bancaires et la correspondance qu'elle a entretenue ces dernières années avec le fondé de pouvoir qui gère ses biens. Il semble que ces lettres lui ont été acheminées *via* une boîte postale louée dans la ville voisine.

De toute évidence, Alienor était à l'aise. Elle possédait un appartement à New York, sur Central Park, ainsi que d'autres biens immobiliers reçus en héritage ; tout ce patrimoine a été mis en location. Le cabinet de gestion vire 10 % des loyers sur un compte bancaire, le reste étant réparti sur divers placements. Les relevés montrent que la vieille femme retirait chaque mois une somme dérisoire qui lui permettait de faire provision de café, de sel, de sucre, de lait en boîte... ou autres denrées introuvables dans l'enceinte du monastère. Pour ce faire, elle utilisait un distributeur automatique de billets à Maxon Bull City. La carte plastifiée est là, au fond du classeur. Alienor, de peur de l'oublier, a inscrit le code dessus, au marqueur indélébile. À son âge, les trous de mémoire sont fréquents.

Markh hausse les sourcils, ébahi. Il se demande par quel moyen Alienor se rendait à Maxon. Traversait-elle le désert à pied, par petites étapes ? Bon sang ! c'est qu'elle en était bien capable. Après tout, la montagne creuse n'est qu'à quinze kilomètres de la ville. Avant de rejoindre la civilisation elle troquait probablement son déguisement apache contre un accoutrement plus discret. Sans doute tenait-elle enterré, quelque part, un ballot de frusques qui lui permettait de se déguiser en ouvrier agricole.

Peu importe, ce qui compte c'est la carte plastifiée qui permettra à Markh de vider le compte en toute impunité. Il consulte le dernier relevé et siffle entre ses dents. Vingt mille dollars !

Ce n'est pas le Pérou mais ça lui permettra de tenir un moment car il est probable que le cabinet de gestion ne s'inquiétera pas tout de suite du silence d'Alienor.

La caisse de métal recèle également des papiers d'identité qui ne lui seront d'aucune utilité.

Il vide ensuite le portefeuille du gamin. Comme il s'y attendait, il trouve une carte de la milice où le dénommé Floyd émargeait en tant qu'*assistant de maintenance*. Allez donc savoir ce que ça signifie ! S'y ajoute une carte de vidéoclub. Mais ce qui émeut Markh, c'est la mauvaise photo d'une adolescente aux cheveux jaune paille, au museau couvert de taches de rousseur, et au dos de laquelle figure la mention SUE, suivi d'un numéro de téléphone. Probablement la petite amie du gars. Son amoureuse, qui va s'interroger des mois durant sur la disparition de son bien-aimé.

Fixant le cliché, Markh se rend compte qu'il a déjà vu quelque part cette frimousse de fouine insolente. Mais oui ! ça lui revient, c'est la gosse qui joue les guides au pied du monument commémoratif. Ils ont échangé trois mots polis lors de la visite à la rampe, en compagnie de Jeffie.

Le portefeuille contient également vingt-trois dollars dont il s'empare car il ne peut se payer le luxe de faire la fine bouche.

Dans les poches de Floyd, il a récupéré un trousseau de vieilles clefs, cela lui donne une idée. Où logeait donc ce gosse ? Vivait-il seul ou avec cette fille, Sue ? Non, c'est stupide, on ne note pas le numéro de téléphone d'une nana avec qui on cohabite. Il examine l'adresse sur le permis de conduire et la carte de la milice. C'est la même. La mention *Route de Shakona, borne miliaire 104*, suggère un bungalow isolé, comme il y en a tant par ici. Une baraque de *redneck*, à n'en pas douter. Centenaire et délabrée en diable. Floyd y vivait-il seul ou en compagnie de sa vieille mère ? Pas moyen de le savoir. Le mieux c'est d'y aller voir. Un coup de poker qui peut payer… ou pas.

Markh se dit qu'il doit faire un saut là-bas pour récupérer des vêtements propres, une paire de bottes, un chapeau, car il ne peut se pavaner en ville dans l'accoutrement dont l'a affublé Alienor, on le prendrait pour un vagabond, et Dieu sait que les shérifs des petites villes détestent les hobos. En outre, les clochards ne retirent pas d'argent aux distributeurs automatiques des banques sans éveiller les soupçons des badauds.

Oui, l'absence d'une tenue décente lui pose un sérieux problème car, en dépit de ses efforts, il n'a trouvé au fond des malles que des soutanes verdies et mangées aux mites, datant du XIXe siècle !

Markh estime qu'il doit réagir vite, avant qu'on ne s'étonne de l'absence de Floyd. En outre, il ne peut se permettre de circuler trop longtemps dans une jeep de la milice, il lui faudra donc dénicher un autre véhicule. Il a conscience de se déplacer en terrain mouvant, mais n'a guère le choix. C'est cela ou accepter de passer le restant de ses jours à l'intérieur de la montagne creuse. Il en est incapable.

«Au bout d'un mois ou tu deviendras cinglé ou tu te feras sauter le caisson», songe-t-il.

Le coffret métallique sous le bras, il gagne le réfectoire où il s'assied pour attendre l'aube. Pas question de traverser le désert au beau milieu de la nuit, c'est un coup à finir au fond d'un ravin, surtout quand on ne connaît pas le terrain.

Il s'interroge longuement pour savoir s'il emporte ou non la Winchester. Comme elle a servi à abattre le milicien, il décide que non. Le même raisonnement s'applique à la carabine du dénommé Floyd. Surtout éviter de se faire arrêter en possession d'une arme impliquée dans un meurtre. Il se rabat donc sur l'antique Peacemaker rouillé, qu'il entreprend de frotter avec la graisse de coyote qu'Alienor conservait dans un pot. À défaut de tirer, la pétoire peut être utilisée pour son effet dissuasif. Une fois le barillet garni, il glisse le revolver dans sa ceinture. C'est lourd et malcommode. Il n'y a qu'au cinéma que les mecs se promènent ainsi harnachés sans que ça les gêne. Il se dit qu'au premier faux mouvement il va s'exploser le scrotum. Finalement, il range l'arme dans le classeur métallique.

Quand, à travers les fissures des parois, commence à filtrer la lumière du soleil, il ramasse son paquetage et gagne la sortie.

Une fois dehors, il pèse de tout son poids sur la dalle pivotante pour refermer le passage secret. Tournant le dos à la montagne creuse, il cherche le véhicule du milicien. Au bout de cinq minutes, il trouve une vieille jeep Willis garée derrière un gros rocher. Il s'installe au volant et fouille dans les divers compartiments. Il ne tarde pas à mettre la main sur une carte détaillée de la région. Quand il a enfin localisé l'adresse de Floyd, il démarre.

Tandis qu'il roule dans la lumière rose du petit matin, il pense à la photo de la fille, Sue, avec le numéro de téléphone gribouillé au dos. Il se dit qu'il devrait la prévenir que Floyd ne reviendra pas.

WICHITA

En débarquant à El Paso, Wittie a eu l'illusion d'être passée de l'autre côté du miroir, telle Alice au pays des merveilles.

Par un coup de baguette magique, les vingt dernières années se sont effacées, et elle s'est brusquement retrouvée dans la peau de la jeune danseuse pleine de promesses qu'elle était à cette époque.

Une absurdité certes, mais ô combien agréable !

Tout l'a éblouie : les gens sur les trottoirs, les vitrines des magasins, la cohue des automobiles coulant, fleuve multicolore, entre les buildings. Les coups de Klaxon, les jurons des chauffeurs de taxi. Cette vie trépidante lui a coupé le souffle, et elle a eu l'impression – pour reprendre une comparaison chère à Julius ! – de tomber d'un avion sans parachute.

Le vertige la gagnant, elle a dû s'asseoir à la terrasse d'un café. Pourtant elle n'est pas naïve, elle sait que – comme partout ailleurs – les villas futuristes des collines surplombent les taudis de la périphérie, et que les top-models au volant de leur Ferrari côtoient les vendeuses à la sauvette en haillons remorquant des carrioles d'*empeñadas*.

Elle a essayé de se raisonner : « Cesse de te comporter comme une collégienne en fugue, en comparaison de New York, El Paso n'est qu'un bled de province. Pas de quoi tomber en pâmoison. Tu te crois dans un roman de Jane Austen ? »

Mais rien n'y a fait.

Tout s'est compliqué quand elle a senti les regards des hommes couler sur elle. Des types en costume J.-C. Penney, conseillers en patrimoine, analystes financiers ou des trucs de ce genre, pas des bouseux comme à Maxon Bull. Elle a eu honte d'en éprouver du bien-être, voire de l'excitation. Ainsi elle était encore assez jolie pour que des hommes civilisés s'intéressent à elle ? Vingt années à côtoyer les taureaux ne l'avaient point trop abîmée ?

« Arrête de faire ta pute ! » s'est-elle ordonné.

Mais elle n'a pas réussi à se lever. Le soleil l'engourdissait, et aussi le flot d'endorphines qui lui anesthésiait le cerveau.

Elle a presque eu envie que l'un de ces inconnus l'aborde. Si c'était arrivé, elle ne sait pas ce qu'elle aurait fait.

« Je ne suis plus moi-même… » s'est-elle répété en quittant le café d'un pas mal assuré.

Pour se remettre de ses émotions, elle a cherché un bon hôtel. Elle a rougi quand le type de la réception a jeté sur sa robe un coup d'œil méprisant. «Je fais paysanne», a-t-elle songé.

Une fois dans la chambre, elle a transféré les liasses de billets dans des enveloppes en papier kraft. Il était temps, la gaine-ceinture la mettait à la torture.

Ensuite, elle s'est rendue dans une banque pour louer l'un des petits coffres mis à la disposition des gens de passage peu désireux de conserver sur eux des objets de valeur. Elle y a enfermé dix mille dollars.

Il ne lui sera pas facile de régler ses achats en liquide; dans les grandes villes cela ne se fait guère. Tant qu'elle ne disposera pas d'une carte de crédit, mieux vaudra éviter les boutiques élégantes et se rabattre sur des commerces de moindre standing où, toutefois, elle pourra «casser» ses billets de cent sans trop éveiller la méfiance.

«Au pire on me prendra pour une call-girl, se dit-elle, voilà tout.»

Un peu tendue, elle fait les boutiques. Heureusement, les choses se déroulent sans anicroche. Les caissières acceptent ses billets sans haussement de sourcils. Toute l'astuce consiste, bien sûr, à ne pas franchir la frontière au-delà de laquelle l'habitude veut qu'on cesse de régler en «money» pour passer au «plastic».

Elle regagne l'hôtel les bras chargés de sacs. Cela fait vingt ans qu'elle ne s'est plus livrée au plaisir coupable du shopping. Ici, la population est aux deux tiers d'origine hispanique, elle passe donc inaperçue avec ses yeux bridés et ses pommettes saillantes de Navajo. De l'autre côté du Rio Grande, juste en face, c'est Ciudad Juarez, autrement dit le Mexique.

Une fois convenablement vêtue, elle se sent moins vulnérable, plus crédible. Elle tourne devant le miroir, s'examinant sous toutes les coutures.

Des pensées coupables la traversent. Elle se dit...

Elle se dit qu'elle pourrait rester ici, ne jamais rentrer à Maxon Bull, refaire sa vie...

Pourquoi pas ? Sue la déteste, Timmy ne sait plus vraiment qui elle est, Julius la méprise.

« Je pourrais leur laisser la moitié de l'argent et filer avec l'autre, songe-t-elle. On efface tout et on recommence chacun de son côté. Pourquoi se forcer à continuer ensemble quand rien ne va plus ? »

Elle repousse cette chimère qui, l'espace d'une minute, lui a mis le feu aux joues.

Elle sait parfaitement ce qui est en train de lui arriver : le fric a réveillé sa part noire. C'était inévitable et elle pensait s'y être préparée, mais la puissance avec laquelle la tentation l'a submergée la laisse anéantie.

« Ce ne sera pas facile..., murmure-t-elle en se dévisageant dans le miroir. Tu entends, petite garce ? Ce ne sera pas facile mais je ne me laisserai pas avoir. »

Elle est troublée, car l'image qu'elle contemple lui semble bizarrement étrangère. C'est l'image d'une mutante, de quelqu'un qui n'est déjà plus ELLE.

Wittie s'en détourne avec trop de hâte.

Elle occupe le reste de la journée à visiter la ville et à étudier les vitrines des agences immobilières. Parfois elle en franchit le seuil pour demander des renseignements, s'enquérir des « bons quartiers ». À chaque fois, elle débite la même fable : voyageuse de commerce, elle passe beaucoup de temps sur les routes mais désirerait un point d'ancrage pour sa famille. Ces prises de contact lui permettent de dresser la liste des documents qu'elle devra fournir – et falsifier ! – si elle veut obtenir une location.

Elle comprend que le plus simple sera de fonder une petite société dont elle sera à la fois le PDG et l'unique employée. Elle pourra ainsi se décerner toutes les recommandations nécessaires et se fabriquer les bulletins de paie adéquats. Il suffira de quelques dons au Parti républicain pour se voir décerner une carte de membre bienfaiteur qui aura valeur de caution morale. On est au Texas, pas vrai m'dame ?

Peu à peu, les choses s'organisent, et cela la rassure. L'horrible bouffée de tentation dont elle a été victime à l'hôtel ne sera bientôt plus qu'un mauvais souvenir.

Le soir, elle s'offre un verre dans un bar chic. Un inconnu l'aborde. La belle quarantaine. Il est dentiste, affirme-t-il, et participe à une convention.

Elle le suit à l'hôtel. Elle prend soudain conscience qu'elle n'a pas partagé le lit d'un homme depuis presque deux ans. Ils font l'amour. Elle est si décontenancée qu'elle n'en retire aucun plaisir. Elle profite que le type est sous la douche pour se rhabiller et prendre la fuite. Lamentable.

Dans le taxi, elle recouvre son sang froid. Elle a perdu l'habitude, voilà tout. Pas de quoi en faire un drame. Une nouvelle vie réclame de l'entraînement. On ne peut pas devenir quelqu'un d'autre en un claquement de doigts.

Le lendemain, elle se rend au registre du commerce pour se procurer les formulaires nécessaires à la création de sa société. Une fois cette formalité expédiée, elle ouvrira un compte au nom de cette officine fictive de VPC, et commencera à y déposer une partie de l'argent liquide dont elle dispose, cela lui permettra d'obtenir le chéquier et la carte de crédit qui lui font si cruellement défaut.

À la suite de quoi, devenue une citoyenne respectable, elle pourra louer un appartement.

Il est, toutefois, une chose qu'elle peut acheter en liquide sans rencontrer de problème : une voiture d'occasion. Il y a si longtemps qu'elle en rêve. Cette fois, elle choisira un modèle haut de gamme.

Dans quelque temps, elle prétendra qu'il s'agit d'un véhicule de fonction prêté par son employeur. De cette manière, Julius et Sue n'y verront que du feu.

Wittie, une boule dans la gorge, se demande si elle sera capable de ne pas perdre le nord, quand il lui faudra naviguer au milieu de tous ces mensonges.

JULIUS

Billy Boy Fatty est obèse. Sous son poids, la charpente de son canapé a fini par s'incurver jusqu'à toucher le parquet. Comme à l'accoutumée il est vêtu d'un authentique bermuda de la Navy britannique tissé au XIXe siècle et d'une chemise hawaïenne vintage dessinée par Alfred Shaheen lui-même pour Orson Welles, et dans laquelle il est un tantinet boudiné.

Autour de lui s'entasse un invraisemblable fouillis de carnets de notes et cassettes VHS. La télé à écran plat géant diffuse, son coupé, une série policière qui lui arrache de temps à autre un ricanement de mépris. Il s'empare alors d'un cahier pour y noter une nouvelle invraisemblance des scénaristes hollywoodiens.

Billy Boy Fatty a été flic, jadis, il ne perd pas une occasion de s'en vanter… oubliant toutefois de préciser qu'il faisait partie de la brigade des ripoux et qu'il a dû prendre une retraite anticipée pour cause de scandale.

Une *goatee* grise tente vainement de faire oublier l'aspect lunaire de son visage à la peau distendue.

Julius, calé dans le fauteuil qui lui fait face, se demande comment il est possible de se laisser aller à ce point.

« Encore une belle connerie, glousse Billy en faisant allusion à la série qu'il couve d'un œil. Un coroner n'accompagne jamais un flic dans une enquête. D'abord il s'en fout, ensuite son boulot consiste à enchaîner autopsie sur autopsie, pas à interroger d'éventuels suspects. »

Julius s'en balance et, à la vérité, l'obsession de Fatty à relever les erreurs des scénaristes lui tape sur les nerfs, mais voilà, l'ex-flic est le seul mec de son âge avec qui il peut évoquer le bon temps du maccarthysme.

« J'ai une super-idée de scénario, lance tout à coup Billy Boy en adoptant un air finaud qui n'annonce rien de bon. C'est l'histoire d'un vieux mec qui se met dans l'idée de pirater un go-fast avec les moyens du bord. Alors il va voir un fournisseur pour lui acheter une herse, des grenades… A priori ça semble délirant, mais il réussit son coup. Il met la main sur le fric. Seulement voilà, le gars n'est pas du genre partageur, alors il dort sur son magot en oubliant les gens qui lui ont rendu service, comme le mec qui lui a fourni la herse, les grenades, par exemple… C'est un bon argument, je pense que je pourrais le vendre à un agent… ou à n'importe qui que ça pourrait intéresser, tu ne crois pas ? »

Julius n'est pas réellement surpris. Il s'y attendait depuis un moment. Il reste silencieux mais son regard s'est chargé de venin.

« Moi j'ai une autre idée à te suggérer, siffle-t-il. C'est l'histoire d'un gros mec un peu con qui se croit scénariste et tente de faire chanter un ancien agent de terrain de l'OSS[1], il finit étouffé sous un oreiller, pendant son sommeil. Comme les flics de son bled ne l'aimaient pas, ils concluent à une crise cardiaque et ne cherchent pas plus loin. L'assassin s'en tire les doigts dans le nez. Fin du film. Qu'est-ce que t'en penses ? »

Billy Boy a blêmi. Il sait qu'il est allé trop loin. Il n'aurait pas dû mais il n'a pas pu s'en empêcher. C'est l'histoire de sa vie, la tentation du fric.

« Hé, mec ! gargouille-t-il, c'était pour déconner. On est entre nous, on rigole.

— J'ai pas envie de rigoler, grogne Julius. L'opération a foiré. Le fric m'est passé sous le nez, ma conne de belle-fille n'a pas été à la hauteur.

— Hum..., fait Billy Boy. C'est dommage. En tout cas, ça s'agite du côté du cartel. Il y a un mec, Chavarria, qui fouine partout pour retrouver le voleur.

— Quel voleur ? Le fric est parti en fumée quand la bagnole a explosé.

— C'est pas ce que pense Chavarria. D'après ce qu'on m'a raconté, il a dans l'idée que le conducteur

1. Ancêtre de la CIA.

s'est tiré avec le pactole et qu'une nana l'a aidé. La nana, ce serait pas ta belle-fille, par hasard ? »

Julius accuse le coup. Sans doute parce que Billy vient d'appuyer là où ça fait mal, là où s'est formé un abcès de soupçon qui, au fil des jours, n'a cessé de suppurer.

« Connerie, souffle-t-il pour se donner une contenance. Le conducteur, elle ne le connaissait pas.

— Qu'elle prétend ! ricane Fatty. Une belle fille ça n'a jamais de mal à nouer connaissance. Et elle est sacrément bien foutue, ta bru. Une chouette garce dans le genre moricaude. La squaw sexy par excellence. Il suffit de peu de chose, une rencontre dans un bar, un tour au pieu dans un motel, et l'affaire est conclue. »

Julius reste silencieux. Des pensées confuses et déplaisantes s'entrechoquent dans sa tête. Il songe à ce travail miraculeusement tombé du ciel que Wittie a dégotté à El Paso. La grosse paye. Le labo de sérum antivenimeux. La coïncidence est étrange... Tout bien considéré, elle flirterait même avec l'invraisemblable.

Il n'a pu s'empêcher de tiquer quand il a vu Wittie revenir d'El Paso au volant d'une Ford Mustang presque neuve. Voiture de fonction, a-t-elle prétendu. Mon cul ! Les VRP utilisent des breaks comme la Ford Country Squire ou la Buick Estate, pas des bagnoles de frimeurs.

Et puis les fringues... la coiffure, la manucure. La garce s'était fait remettre à neuf. « Pour le boulot, a-t-elle encore avancé. La présentation ça compte. »

Tu parles ! On ne va pas récolter le venin en tailleur et stilettos. Et aussi la liasse de billets qu'elle a posée sur la table. Un acompte. Mille trois cents dollars. En coupures de cent, bien entendu.

Elle avait l'air mal à l'aise, pressée de ficher le camp. Quand Sue a commencé à lui poser des questions, Wittie s'est montrée plutôt évasive.

« Je dois suivre un stage de formation, a-t-elle expliqué de cette voix essoufflée qu'elle adopte lorsqu'elle profère un mensonge. Après, j'accompagnerai un collègue expérimenté dans sa tournée. Il m'apprendra le boulot. »

Julius n'en a pas cru un mot. Sa première pensée a été : « Okay, ça y est ! Elle a sauté le pas, elle fait la pute. J'ai toujours su que ça finirait ainsi. Au moins elle a eu la décence d'aller vendre son cul à El Paso, comme ça les gosses n'auront pas à en souffrir. »

Au vrai, il s'en foutait un peu. L'échec du braquage l'a profondément déprimé. Finir ses jours dans un camp de caravaning quand on a fréquenté un hôtel de luxe comme le Château Marmont, à L.A., ça vous fait mal aux seins.

À l'époque où la CIA l'a foutu à la retraite, il disposait d'un joli pactole, mais voilà, il a voulu boursicoter, jouer les éleveurs, et il a tout perdu. Depuis, la dégringolade n'a pas cessé. Dieu sait où elle le conduira, dans un carton sous un pont d'autoroute probablement. Un soir, des tarés défoncés au crack l'aspergeront d'essence à barbecue et le transformeront en torche vivante. Cela s'est vu.

Il s'ébroue, s'efforçant de renouer le fil de ses pensées.

Wittie aurait-elle menti ? Aurait-elle fait main basse sur le magot avec la complicité du conducteur ?

Possible. Ils ont pu transporter le fric à El Paso, le répartir dans plusieurs banques. En tout cas c'est ce qu'il aurait fait, lui. Fractionner le butin, ne conserver à portée de main qu'une somme aisément transportable, une poire pour la soif en cas de malheur.

« Je vois que tu réfléchis, ricane Fatty. Je t'ai donné du grain à moudre, pas vrai ? »

Julius émet un grognement.

« Écoute, insiste l'obèse, faut y penser. Il existe sûrement un moyen de récupérer le trésor, même si ta garce de belle-fille l'a confisqué. À ton âge, avec ton passé, tu ne vas tout de même pas te laisser dépouiller ! Toi et moi on est vieux, c'est justement pour ça qu'on en a besoin plus que les autres. Le temps nous fait défaut. »

Julius hoche la tête. Il y a du vrai dans ce que raconte l'ex-flic. Peut-être, effectivement, devraient-ils envisager de récupérer ce qui leur est dû ?

Pour se donner le temps de cogiter, il s'arrache au fauteuil, marche jusqu'à la baie vitrée et regarde Timmy qui, sur l'esplanade bétonnée, décrit des arabesques en équilibre sur son skate.

« J'ai l'habitude des scénarios, reprend Fatty dans son dos. Je peux te proposer un truc assez classique et pas bien méchant mais qui pourrait fonctionner.

— Quoi ? gronde Julius.

— Le faux kidnapping, murmure Billy Boy. Ton petit-fils, celui qui a un haricot sauteur mexicain en guise de cervelle, on fait croire que les mecs du cartel l'ont enlevé et qu'ils le rendront contre restitution intégrale du magot.

— Et comment tu t'y prends ?

— Facile. D'après ce que tu m'as dit, le gosse a une mémoire de poisson rouge. On s'arrange pour lui filer un soda additionné de roofies. Il s'endort, on le planque dans un petit ranch que j'ai dans les collines. Je le maintiens sous sédation tout le temps de l'opération. Pendant ce temps on contacte ta belle-fille en se faisant passer pour des *cuchilleros*. On exige qu'elle dépose les sacs dans un endroit isolé. On les récupère et le tour est joué.

— Et Timmy ?

— Timmy, on le transporte toujours endormi dans un jardin public, et on le laisse s'y réveiller. Il n'aura rien vu, et de toute manière, étant donné son QI, il oubliera aussitôt ce qui lui est arrivé. Qu'en penses-tu ?

— Présenté de cette manière, ça semble facile.

— Crois-moi, ça fonctionnera. La Wichita, elle paniquera grave quand elle recevra la demande de rançon. Tu seras là pour en rajouter une couche sur les horreurs que les truands feront subir au gosse si on ne leur rend pas le fric. Dis-lui qu'il sera vendu comme giton dans un bordel, ou ce genre de truc. »

Julius hésite. Jadis, il y a bien longtemps, lorsqu'il travaillait encore comme agent noir pour la CIA, il a monté des opérations de ce genre. Cela marchait souvent, mais parfois, également, ça dérapait sévère. Il en conserve de mauvais souvenirs. Aujourd'hui, il est vieux, le temps presse, s'il veut vivre les dernières années de son existence dans de bonnes conditions, il n'a pas le choix.

« D'accord, soupire-t-il, on le fait.

— Ma contribution logistique ne sera pas gratuite, ricane Fatty.

— Je m'en doute. Combien ?

— Disons 35% du magot, ça me semble raisonnable.

— Okay... » capitule Julius qui se sent soudain affreusement fatigué.

MARKH

Markh arrête la jeep devant la borne miliaire 104. La maison de Floyd se dresse devant lui. Un bungalow délabré, au toit enduit d'un revêtement réfractaire à la chaleur, comme beaucoup d'habitations ici. Pas de lumière aux fenêtres. Markh n'a croisé personne et il n'y a aucun voisin à moins d'un kilomètre. Il lui faut se décider. Il serait ennuyeux qu'un automobiliste le surprenne, dans son accoutrement de vagabond, en train de pénétrer chez un honnête particulier.

Les clefs à la main, il descend du véhicule et se hisse sur la véranda dont les planches protestent. Il ne sonne pas, écarte l'écran antimoustiques et déverrouille la porte. La clef ferraille dans la serrure, produisant un vacarme qui fait s'envoler un corbeau perché sur le toit du garage.

Le souffle court, Markh franchit le seuil. Il se garde d'actionner l'interrupteur. La pièce du rez-de-chaussée est vaste, en désordre, emplie d'un fouillis typiquement masculin. Cela le confirme dans l'idée que Floyd vivait seul. La poubelle déborde, l'arrivée d'un humain provoque la fuite d'une escouade de cafards qui courent s'engloutir dans les fissures du parquet.

Markh visite rapidement les autres pièces. Personne. L'une d'elles a été convertie en atelier de mécanique. Un peu partout, punaisées au long des cloisons, des photos de filles nues découpées dans des magazines de charme. Çà et là, en piles instables, de vieux numéros de *Guns and Ammo.* Les CD sont classés dans d'anciennes caisses de munitions estampillées 200 Crtg 7,62 mm NATO.

Pauvre gosse, va.

Dans la chambre, une armoire. Markh décroche les vêtements, les jette sur le lit. S'étant dépouillé de ses haillons, il sélectionne quelques chemises, trois pantalons. Floyd avait la même corpulence mais était plus petit, par conséquent les fringues sont un peu courtes. Pas grave, Markh retroussera les manches des chemises, pour le reste, une paire de bottes fera illusion.

Des bottes, Floyd en possédait une tripotée, mais toutes en mauvais état. Après de nombreux essais infructueux, Markh se décide pour une paire de santiags éculées. Il espère ne pas avoir à courir, car elles sont trop courtes d'une demi pointure.

Son choix fait, il se déshabille de nouveau et, nu, passe dans la salle de bains. Là, avisant une tondeuse sur une étagère, il entreprend de se raser la tête, puis il égalise la barbe qui lui est poussée durant son séjour au monastère. Il s'observe dans le miroir sans parvenir à déterminer si le résultat l'a rendu méconnaissable… ou totalement grotesque. Il hausse les épaules et grimpe dans la baignoire pour se doucher.

Sa toilette achevée, il se rhabille puis procède à la fouille des tiroirs et placards dans l'espoir de dénicher quelque chose d'utilisable. En vain.

Déçu, il ouvre le réfrigérateur et en sort un saladier de chili qu'il réchauffe au micro-ondes. Il faut qu'il bouffe s'il ne veut pas tourner de l'œil. Maladroitement, il se prépare un pot de café.

La nourriture avalée, il va inspecter le garage qui jouxte le bungalow. Une voiture d'occasion y dort, les clefs sur le contact. Il s'agit d'une Chevy Vega 4 cylindres, arbre à cames en tête datant des années 1970. Sans doute la voiture personnelle de Floyd, celle qu'il utilisait le dimanche. Elle a l'air mal en point, capot bouffé par la rouille, pneus lisses.

Dans l'ensemble, tout cela n'est guère brillant.

Markh regagne le bungalow, se laisse tomber dans le fauteuil placé devant la télé… et s'endort, foudroyé par la fatigue.

La sonnerie du téléphone le réveille en sursaut. Le cœur battant, il écoute la voix du mort sortant de l'antique répondeur qui vient de se déclencher : *Salut ! vous êtes chez Floyd, soit je dors, je cuve ou je baise… donc je ne peux pas décrocher, alors laissez votre message et allez au diable !*

« Floyd, gronde un inconnu à l'autre bout du fil. Qu'est-ce que tu fous connard ? T'es encore malade ? Le chef est en pétard parce que tu t'es tiré avec la jeep de service. T'as laissé ta moto ici. Où t'es passé, merde ? Passe un coup de fil pour régulariser ta situation, sinon ça va chauffer pour tes *cojones* ! »

Markh consulte la pendule murale. Elle affiche 10 heures. Il est hébété. Ses blessures lui font mal. Il lui faut de l'aspirine.

Il n'a aucune idée de ce qu'il doit faire. La sagesse lui commande de retourner se cacher au monastère mais il s'en sait incapable. Surtout maintenant qu'il lui faudrait cohabiter avec deux cadavres.

« Je ne pourrais même pas les ensevelir, songe-t-il. Il n'y a pas de terre, uniquement de la roche. Au mieux, il me faudrait les enfermer dans l'une des chambres, en espérant que l'odeur de la décomposition n'envahisse pas les galeries. »

Non, il ne s'imagine pas vivant dans ces conditions.

Quant à creuser des tombes dans le désert, il n'en aura pas la force car le sol desséché est, à cet endroit, impénétrable. De toute manière, les coyotes et les vautours auraient tôt fait d'exhumer les corps, ce qui ne manquerait pas d'attirer l'attention des patrouilles. Il se trouverait bien alors un petit malin pour découvrir l'entrée cachée du monastère.

De toute manière, il est trop épuisé pour s'arracher à l'étreinte du fauteuil télé.

Il avale quatre comprimés d'Anacin avec le reste du café et attend que ses douleurs s'apaisent.

Pendant qu'il dormait, tout à l'heure, il a rêvé de la fille de la photo, Sue, la petite amie de Floyd. Une espèce de remords lui vient. Il faudrait la prévenir, qu'elle ne passe pas le reste de sa vie à attendre le retour de son mec en s'imaginant des trucs invraisemblables.

Markh sait ce que cela signifie, d'être hanté par quelqu'un. Jana vit toujours dans sa tête, et cela n'a rien d'agréable.

Sans plus réfléchir, il décroche le combiné et forme le numéro inscrit au dos du cliché.

La sonnerie s'éternise. Alors qu'il va renoncer, une voix de fille essoufflée lance :

« Oui ! Vous êtes au monument commémoratif de la réconciliation Texas-Mexique, que puis-je pour vous ?

— Sue ? bredouille Markh. Vous êtes Sue ?

— Oui, fait l'adolescente interloquée. C'est qui ?

— Floyd ne rentrera pas. Il est mort.

— Quoi ? Qu'est-ce que vous racontez ?

— Je suis désolé, je n'y suis pour rien. Je voulais vous prévenir, c'est tout.

— Attendez ! Vous m'appelez de chez lui, je vois son numéro qui s'affiche sur l'écran. C'est quoi cette histoire ? »

Markh hésite, décontenancé par l'absence de chagrin de son interlocutrice. Il ne s'attendait pas à ça.

« Bon, lance Sue. Ne bougez pas, j'arrive. Il faut que je tire ça au clair. Vous m'attendez, hein ?

— Oui, capitule Markh. D'accord. »

Il raccroche.

« Tu viens de faire une belle connerie ! » ricane la voix de Jana au fond de sa tête.

Elle a sûrement raison, mais il est trop épuisé pour bondir dans la Chevy et ficher le camp sans demander son reste.

Une demi-heure plus tard, une grosse moto très abîmée s'arrête devant le bungalow. Ébahi, Markh identifie une Norton type militaire 16H, un monstre de légende. D'un pas décidé, la fille traverse le jardin, saute sur la véranda et ouvre la porte.

Immobile sur le seuil, elle contemple Markh d'un œil scrutateur.

« Je vous reconnais, lance-t-elle, vous êtes venu inspecter le monument quelques jours avant l'accident. Vous étiez avec une espèce de tarlouze décolorée platine. Bon sang ! Qu'est-ce que vous avez fait à vos cheveux ? C'est débile, vous ressemblez aux connards de la milice ! »

Elle s'exprime à une cadence de mitrailleuse et chacun de ses mots plante une banderille de souffrance dans le cerveau de Markh.

« C'est vrai, admet-il.

— Merde ! s'exclame Sue, vous êtes un tueur du cartel. Vous avez flingué Floyd, c'est ça ? Il n'y était pour rien ce pauvre crétin.

— Non, non, proteste Markh. Je suis le pilote... je conduisais la voiture... Je ne suis pas un assassin.

— Le pilote? s'étonne la fille. Je croyais que la bagnole avait explosé.

— C'est compliqué, vous ne voulez pas vous asseoir? Je vais essayer de vous raconter comment c'est arrivé.»

Sue s'avance et referme la porte derrière elle. Elle contemple le beau mec avachi entre les bras du fauteuil élimé. Il n'a pas l'air en forme, c'est vrai. La coupe débile ne parvient pas à l'enlaidir. À côté d'un type comme ça, Brad Pitt ferait figure de Quasimodo. Elle s'en veut d'être sous le charme. D'ordinaire elle se détourne instinctivement des bellâtres.

Comme elle se sent idiote, ainsi plantée devant lui, elle attire une chaise et s'y laisse tomber.

«Bon, allez-y, grogne-t-elle, débitez-moi votre conte de fées!»

Elle force sur la vulgarité pour dissimuler qu'elle est intimidée.

Alors il se met à monologuer, d'une voix lasse. Il raconte tout, la combine, le saut. Tout ce qu'elle sait déjà. Quand il en arrive aux circonstances de l'accident, elle dresse l'oreille car une note discordante vient de gâcher la symphonie des aveux.

«Attendez! coupe-t-elle. Vous avez vu une femme, sur la route? Une femme qui s'est approchée de la voiture?

— Oui, souffle Markh. Mais c'était peut-être une hallucination... il m'a semblé qu'elle tenait un pied-de-biche à la main et qu'elle forçait le coffre. J'ai appelé au secours, mais elle ne m'a pas entendu… Je l'ai vue s'éloigner en traînant un sac derrière elle. Je te le répète, j'étais choqué, à moitié dans les vapes. Je savais que la voiture allait exploser, je n'avais qu'une idée, me tirer de là au plus vite.»

Sue n'écoute plus. Le sang s'est figé dans ses veines. La version de Markh vient radicalement contredire celle de M'man. Wittie n'a-t-elle pas affirmé à dix reprises que la bagnole avait explosé *avant* qu'elle ne s'en approche?

Merde, merde, merde… elle n'aime pas du tout ça. M'man essayerait-elle de les arnaquer?

«Cette femme, poursuit Markh, qui n'a pas remarqué le trouble de son interlocutrice, j'ai cru une seconde que c'était une ancienne amie… une femme qui est morte quand j'étais jeune… Elle s'appelait Jana. J'ai pensé qu'elle venait me chercher… Je délirais…»

Sue ne dit rien, elle voit en lui un bonhomme au bout du rouleau, prêt à craquer. Elle s'aperçoit soudain qu'il vient de s'embarquer dans une invraisemblable histoire de montagne creuse, de monastère secret. Là, il délire, c'est sûr. Elle a envie de lui crier «Arrête! on n'est pas dans un épisode de *Twilight*. Va falloir te faire examiner la tête, mon petit pote.»

Mais elle se sent bizarrement émue par ce grand gosse à moitié cassé, sans doute parce qu'il lui rappelle Timmy. Elle finit par comprendre que ce crétin de Floyd et la vieille cinglée qui cachait Markh se sont mutuellement flingués et que leurs corps reposent dans une espèce de caverne, dans le désert.

«Voilà, c'est tout, conclut-il, je ne suis pas vraiment un trafiquant, je n'ai fait que conduire la voiture, c'est tout ce que je sais faire dans la vie… la plupart du temps je suis cascadeur.»

C'est pas vrai ! pense Sue. Encore un ! On a dû lui jeter une malédiction quand elle était bébé.

« Il faut que je parte, déclare Markh en amorçant un mouvement pour se lever. Les types du cartel croient que j'ai simulé un accident pour voler cet argent, s'ils me trouvent…

— Non, vous ne devez pas essayer de fuir, tranche Sue. Les routes ne sont pas sûres.

— Comment le sais-tu ?

— Mon grand-père m'a dit qu'un type nommé Chavarria bat la campagne pour vous retrouver. Ses hommes patrouillent au long des routes, il y en a même qui zonent en ville autour de la gare routière et des stations d'essence. Si vous mettez le nez dehors, ils vous tomberont dessus.

— Je sais où trouver de l'argent, soupire Markh, mais il faudrait que tu le retires à ma place.

— C'est quoi cette embrouille ?» grogne Sue, méfiante.

Markh extirpe la carte de crédit d'Alienor de sa poche, la pose sur la table.

« Le code est inscrit dessus, murmure-t-il. Tu vois, je m'en remets complètement à toi. Rien ne t'empêche de vider le compte et de ne jamais revenir ici.

— C'est pas mon genre ! siffle l'adolescente.

— D'accord, capitule Markh que cette discussion a épuisé. Dans ce cas, tire le maximum autorisé, gardes-en la moitié à titre de salaire, et ramène-moi le reste. C'est honnête, non ?

— Ouais, ça le fait. Mais j'espère que vous ne comptez pas vous cacher ici ? Les types de la milice ne vont pas tarder à s'étonner de l'absence de Floyd. Ils enverront quelqu'un récupérer la jeep.

— Je sais, je pourrais peut-être rouler toute la nuit, jusqu'à la frontière de l'État…

— C'est idiot, les *cuchilleros* du cartel attendent que vous fassiez un truc dans ce genre. Je vous l'ai dit, ils patrouillent sur les routes. Ils sont sacrément nombreux. Ils surveillent les motels, et puis ils ont des espions partout. Cela fait des années qu'ils graissent la patte à tout le monde, aux patrons de restaurants, aux pompistes. Vous pouvez être sûr qu'ils ont déjà distribué votre photo, c'est exactement comme si votre tête était officiellement mise à prix. Je pense même que certains adjoints du shérif bossent pour eux. Si vous sortez de votre trou, votre espérance de vie en prendra un sacré coup.

— Qu'est-ce que je dois faire, alors ? »

Sue fronce les sourcils, plisse le nez. Elle aime bien l'idée de forcer ce grand type à lui manger dans la main. Elle trouve jouissif d'avoir le contrôle, ce n'est pas souvent que ça lui arrive.

« Écoutez, dit-elle, il y a peut-être une solution. Au camp de caravanes où j'habite, il y a plusieurs mobile homes tellement pourris qu'on n'arrive plus à les louer. Personne n'en veut, alors ils restent là à se déglinguer. Vous pourriez vous installer dans l'un d'eux, en attendant que ça se tasse. Je vous ravitaillerai en douce. Pendant ce temps, je continuerai à retirer du fric au distributeur, comme ça vous disposerez d'un petit magot pour reprendre la route quand le moment sera venu. Qu'est-ce que vous en dites ? »

Elle espère qu'il acceptera. Elle est assez excitée à l'idée de tenir ce beau mec prisonnier. « Je serai sa geôlière », se dit-elle avec un plaisir sournois.

« Écoutez, lance-t-elle, je viendrai vous chercher cette nuit avec ma moto. On prendra des raccourcis, des chemins étroits où une bagnole resterait coincée. Je connais cet itinéraire par cœur, je peux m'y déplacer phare éteint. Avec un peu de chance on passera entre les mailles du filet, d'accord ?

— D'accord, fait-il sans trop avoir l'air d'y croire. Je t'attendrai. D'ici là, essaye de retirer le maximum de fric avec la carte.

— Ouais, on fait comme ça. Mais si vous entendez un bruit de moteur cet après-midi, courez vous planquer, ce seront les collègues de Floyd qui viendront récupérer la jeep. »

Sue sort du bungalow sans se retourner, histoire de se donner le genre « nana qui ne s'en laisse pas conter ».

Une fois qu'elle a enfourché la Norton, elle est de nouveau assaillie par le doute. *M'man a-t-elle essayé de les arnaquer ou Markh est-il complètement pété ?*

Elle a bien du mal à faire un choix.

CHAVARRIA

Chavarria souffre terriblement en dépit des analgésiques dont il se bourre et qui lui remplissent la cervelle de coton.

L'affaire de la mine d'argent s'est mal terminée. Un serpent venimeux s'est introduit une nuit dans le Humvee et a mordu trois gars pendant leur sommeil. L'un d'eux, allergique à la crotoxine, est mort étouffé au bout d'une heure. Les deux autres, en proie à la panique, n'ont pas tardé à se montrer menaçants. Chavarria a compris que la situation lui échappait et qu'il risquait de se retrouver embarqué dans une mutinerie. Il a dû se résoudre à lever le camp pour gagner l'hôpital le plus proche. Bien évidemment, ce salopard de Markh en a probablement profité pour prendre la poudre d'escampette. Quelle guigne !

Sommé de faire son rapport, Chavarria a été obligé d'avouer son fiasco. L'entrevue avec l'Abuela ne s'est pas bien déroulée car la vieille dame n'a guère apprécié qu'il n'ait pas encore récupéré l'argent volé. Pour le punir, elle lui a ordonné de faire le sacrifice de son auriculaire, qu'il a dû lui-même trancher avec une cisaille, et cela sans anesthésie.

À la suite de quoi, on a cautérisé la blessure à l'ancienne, en trempant le moignon dans une friteuse remplie d'huile bouillante. Chavarria, à sa grande honte, s'est évanoui tandis que les *cuchilleros* témoins du rituel ricanaient dans l'ombre.

Il a perdu la face, il le sait, et sa haine pour Markh s'en trouve décuplée.

L'Abuela ignore la pitié. Quand il s'est coupé le doigt, elle l'a prié de reculer afin qu'aucune goutte de sang n'éclabousse son tailleur Chanel. Et elle a continué à siroter son maté comme si de rien n'était.

Vieille garce.

Alors qu'il se pliait de douleur, elle a ajouté :

«Tu nous fais perdre du temps et de l'argent. En mobilisant nos hommes, tu attires l'attention sur nous. Désormais tu devras te débrouiller seul, ou presque. Je te laisse Ernesto. Il te secondera et te surveillera. Chaque lundi, si tu n'as pas progressé dans ton enquête, il te coupera un autre doigt, et cela jusqu'à ce que tu sois en mesure de déposer les dix millions de dollars à mes pieds. C'est compris ? Cela te paraît juste ?»

Oui, oui, a balbutié Chavarria à peine sorti de sa syncope. Les ricanements ont redoublé dans son dos. Des injures ont fusé, mettant en cause sa virilité : *Ojete ! Culeado ! Marica !*

L'Abuela, qui déteste la vulgarité, a fait taire les brutes d'un claquement de langue.

Ernesto, toujours empressé et bienveillant, a soutenu son chef jusqu'à la sortie.

« Vous en faites pas, a-t-il murmuré à l'oreille de Chavarria. Si on doit en arriver là, je vous anesthésierai avant. C'est de la triche, mais qui le saura, hein ? »

Chavarria n'a pas fermé l'œil depuis trois jours. Il a montré sa blessure au toubib qui soigne les gars du gang.

« C'est pas très beau, a conclu le médecin. Va falloir prendre des antibiotiques. Ce serait moche que la gangrène s'y mette. Et puis c'est mal situé, les mains, ça ramasse un max de saloperies. Soyez prudent quand vous vous torcherez le cul. »

Voilà où il en est. Il commence à désespérer. Si Markh se cachait dans la vieille mine d'argent, il a bien évidemment levé le camp à l'heure qu'il est.

Une visite systématique des motels n'a rien donné. Les pompistes n'ont rien vu, les serveuses de restoroutes pas davantage. À croire que ce salopard de pilote s'est évaporé. Ou qu'il a disposé de complicités foutrement bien organisées.

Quelqu'un aurait-il pu mettre à sa disposition un hélicoptère, par exemple ?

« Où peut-on se procurer un hélico, par ici ? a-t-il demandé à Ernesto.

— Les gars de la milice en ont plusieurs, a répondu l'homme de main. Ils s'en servent pour survoler le Rio Grande.»

Chavarria a froncé les sourcils. Se pourrait-il qu'un milicien soit dans le coup ?

La nuit de «l'accident», il lui a suffi de se poser sur la route, d'embarquer les sacs et de redécoller aussi sec en emmenant Markh. C'est un scénario qui se tient. Chavarria ne se fait aucune illusion sur les miliciens, ce sont pour la plupart de jeunes crapules recrutées parmi les gangs locaux. Leurs hélicos peuvent se déplacer librement sans éveiller l'attention des autorités. Il leur suffit pour cela de prétendre être à la poursuite d'une bande de dos-mouillés. Facile.

«Il faut chercher du côté de la milice, ordonne-t-il à Ernesto, vois ce qu'on a là-dessus !»

Il est un peu nerveux. Lundi, c'est dans trois jours.

Abandonnant Chavarria à sa souffrance, Ernesto reste absent toute la journée. Obsédé par la gangrène, l'ex-ingénieur retrousse sa manche toutes les heures afin de s'assurer que ses veines ne deviennent pas noires.

Il a glissé un Colt Subnosed dans la poche de sa veste car il n'est pas certain de supporter une nouvelle amputation avec stoïcisme. C'est un Centennial 642, chambré en .357 Magnum, sans chien apparent, en titane donc très léger. On prétendait, à une époque, qu'il constituait l'équipement de base des agents de la CIA. L'idéal en matière d'arme dissimulée. Son seul défaut : une masse métallique trop faible pour absorber le recul, ce qui a tendance à rendre le tir imprécis. Celui de Chavarria possède des flancs de crosse en ivoire. Une femme aimée le lui a offert, jadis, mais il a oublié son nom.

Il rumine le projet d'abattre Ernesto la prochaine fois que celui-ci osera s'avancer, la cisaille brandie. Il estime que le *cuchillero* ne se méfiant pas, la surprise jouera en sa faveur. Pour faire mouche au premier coup, il lui suffira de caler son bras sur l'accoudoir du fauteuil. Ainsi le rembourrage du siège amortira le soubresaut du Centennial.

Et ensuite ? Que fera-t-il, hein ? Il n'est pas assez riche pour échapper au cartel. D'ailleurs, même pété de thunes, on retombe toujours entre ses griffes. Les changements d'identité, la chirurgie esthétique, rien n'y fait. Tôt ou tard, le fuyard est repéré et puni. Chavarria a entendu trop d'histoires de familles suspendues à des crocs de boucher avant d'être écorchées vives – parents et enfants – pour se lancer dans une cavale sans espoir. C'est ce qui arrive quand l'Abuela donne le signal de la grande *cuchillería*.

Pour se soutenir, il ingurgite coup sur coup trois petits verres d'aguardiente qui, s'ajoutant aux analgésiques, ne tardent pas à le plonger dans une hébétude proche de l'hallucination.

Le retour d'Ernesto lui arrache un sursaut de terreur. Il manque de se pisser dessus.

« *Guía* ! triomphe l'homme de main. On a quelque chose ! À tout hasard on avait mis le téléphone du monument commémoratif sur écoute. Toutes les conversations étaient enregistrées. J'ai trouvé ça ! Écoutez un peu… »

Il pose sur la table un lecteur dont il enfonce une touche. Des voix s'élèvent du haut-parleur :

« *Oui ! Vous êtes au monument commémoratif de la réconciliation Texas-Mexique, que puis-je pour vous ?*

— *Sue ? Vous êtes Sue ?*

— *Oui . C'est qui ?*

— *Floyd ne rentrera pas. Il est mort.*

— *Quoi ? Qu'est-ce que vous racontez ?*

— *Je suis désolé, je n'y suis pour rien. Je voulais vous prévenir, c'est tout.*

— *Attendez ! vous m'appelez de chez lui, je vois son numéro qui s'affiche sur l'écran. C'est quoi cette histoire ? Bon, ne bougez pas, j'arrive. Il faut que je tire ça au clair. Vous m'attendez, hein ?*

— *Oui. D'accord.* »

Chavarria retient son souffle. L'homme, c'est Markh ! Il a tout de suite identifié sa voix. Se tournant vers Ernesto, il lance :

« La fille, c'est qui ? Et ce Floyd ?

— Sue, c'est la gamine qui accueille les touristes au monument, répond le *cuchillero*. Une gosse. Une paumée. Sa famille vit dans une caravane. Floyd, d'après ce qu'on m'a dit, c'était son petit copain. Un milicien.

— Un milicien ! Un type qui avait accès aux hélicoptères de patrouille ! C'est de ce côté qu'il faut chercher.

— Il serait mort, à ce que prétend Markh. Mais il y a quelque chose que je ne pige pas : s'il l'a liquidé pour ne pas partager le fric, pourquoi prévenir la fille ? »

Chavarria fait la moue.

« Aucune idée, grogne-t-il. Peut-être voulait-il attirer la môme chez Floyd pour la liquider elle aussi ? S'il a mis la main sur un hélico de la milice, il est en mesure de se déplacer rapidement sans avoir à se soucier des contrôles. Je crois qu'il est en train de faire le ménage derrière lui. Il faut aller chez ce Floyd, je pense qu'on y trouvera son cadavre et celui de la gosse.

— Et sinon ?

— Sinon il faudra s'intéresser à cette gamine. Floyd l'avait peut-être mise au parfum. Elle n'a pas l'air de connaître Markh. Tu dis qu'elle vit dans une caravane ?

— Ouais, en bordure du désert. Rien que des paumés. Ce sera facile. »

SUE

Sue est allée récupérer Markh à la nuit tombée. Pendant qu'elle roulait en direction du bungalow, elle a éprouvé une brève inquiétude à l'idée qu'il ne l'avait peut-être pas attendue. Elle en a été stupéfaite. C'est bien la première fois qu'elle se soucie d'un garçon… ou plutôt d'un homme. Est-ce qu'elle ne serait pas en train de tomber amoureuse ? Oh ! Merde ! non, par pitié ! Pas ça ! Elle ne veut à aucun prix se changer en femelle bêlante et larmoyante. Elle en a trop côtoyé au collège. Et puis Markh est vieux, ce serait plutôt un type pour Wittie. Un beau-père enfin présentable qui riverait son clou à Julius. Bon, Timmy serait sûrement jaloux. Comme tous les mômes, il a tendance à estimer que sa maman n'appartient qu'à lui.

Elle s'est inquiétée pour rien, Markh l'attendait, assis dans le noir. Il avait occupé l'après-midi à la confection d'une espèce de baluchon de survie : sac de couchage, gourde, gamelles… l'équipement de chasse de Floyd, quoi.

Sans échanger un mot, ils ont tout chargé sur la moto avant de gagner le camp de trailing par des chemins détournés.

Tous les paumés étant rivés à leur télé, ils ont pu investir les lieux sans se faire repérer. Sue a guidé Markh vers les mobile homes déglingués qui pourrissent en bordure du désert. Au fur et à mesure qu'elle s'en rapprochait, elle a pris conscience de ce que son idée avait de farfelu.

Où était-elle allée chercher un truc aussi débile ? La nuit, Markh allait geler ; le jour il rôtirait comme un poulet à la broche.

« Je suis désolée, a-t-elle bredouillé. C'est assez sale. Et les toilettes ne fonctionnent plus depuis longtemps.

— Pas grave, a soupiré Markh. Ce sera juste pour une nuit ou deux, le temps que j'imagine une autre solution.

— Je vous apporterai à manger, a ajouté Sue d'une voix mal assurée qui lui a fait horreur. Et de l'eau. Des livres aussi, et des magazines pour passer le temps… Ne faites pas de bruit. Généralement personne ne pointe son nez ici, même pas les gosses car on leur a raconté que les roulottes abritaient les fantômes de tous les paumés qui sont morts d'overdose au camp. Vous devriez être tranquille. »

Markh a déroulé le sac de couchage. À portée de main, il a posé un vieux colt marbré de rouille.

« Merci, a-t-il murmuré. C'est parfait. Je vais réfléchir à tout ça. »

Sue ne l'a pas cru. Il lui a fait l'effet d'un type qui n'en a plus rien à foutre. Un gars qui a déjà un pied dans la tombe, qui le sait… et s'en fiche.

Bizarre. Elle lui a maladroitement souhaité bonne nuit avant de sortir de la caravane.

Les choses vont trop vite pour elle. Elle aimerait bien mettre son existence sur « pause » le temps d'assimiler tout ça.

La mort de Floyd, Markh et ses histoires de monastère clandestin… et surtout M'man, qui les a tous roulés dans la farine en empochant le fric à leur insu.

ERNESTO

Ernesto est très ennuyé. On est lundi, il est treize heures ; ce matin, obéissant scrupuleusement aux ordres de l'Abuela, il a dû amputer Chavarria de l'annulaire gauche. Il ne l'a pas fait de gaîté de cœur car il aime bien le *guía*. Mais personne n'oserait désobéir à la vieille dame en tailleur Chanel qui boit du maté dans une minuscule tasse de Royal Doulton. Ceux qui l'ont fait ne sont plus là pour s'en vanter, et ils ont connu une fin digne d'un film d'épouvante.

Ernesto s'active au-dessus du lavabo où il a entrepris de nettoyer son fidèle sécateur. Surtout éviter que les lames rouillent, car le sang artériel, fortement chargé en oxygène, favorise la corrosion des métaux. On ne fait pas ce métier sans acquérir, au fil du temps, des notions de physiologie.

Avant de sectionner le doigt de Chavarria, il a soigneusement désinfecté l'outil car il ne veut pas que son patron attrape une quelconque saloperie.

Ernesto n'aime pas ce qu'on le force à faire, toutefois il admet le bien-fondé d'un tel système. Si le cartel n'était pas mené d'une poigne de fer, tout ne tarderait pas à se barrer en couille.

Ce matin, les choses ont pris une tournure déplaisante. Ernesto, sous ses allures de catcheur mexicain abruti par les coups, n'est pas un imbécile. La veille, il avait repéré le petit revolver que Chavarria conservait, caché sous sa veste. Il a pigé que le *guía* allait lui donner du fil à retordre et, comme il ne voulait pas être obligé de le maltraiter, il a drogué son café. Une bonne dose de kétamine qui l'a expédié direct au pays des songes. Ensuite, une fois Chavarria endormi, il a procédé à une anesthésie locale avant de sectionner l'annulaire.

Le moignon a beaucoup saigné en dépit des hémostatiques. C'est embêtant, déjà que l'auriculaire cicatrise mal...

Ernesto essuie le sécateur avec minutie avant d'enduire chaque lame d'une huile minérale de coutellerie. Il n'arrive pas à refouler l'angoisse qui s'est installée en lui. Il craint que Chavarria ne se réveille de mauvaise humeur et lui tienne rigueur de l'opération.

Une fois la cisaille remisée dans son étui stérile, le *cuchillero* s'approche du lit sur lequel gît l'ex-ingénieur devenu chef de gang. Le visage de l'homme est très rouge et luisant de sueur. Il a la fièvre. Son bras gauche est enflé jusqu'au coude.

Inquiet, Ernesto prépare une seringue d'antibiotique. Il ne sait quel parti prendre. Peut-être devrait-il demander conseil au médecin appointé par le cartel ?

L'injection faite, il s'accorde une gorgée de tequila pour se donner du cœur au ventre. Les choses lui paraissaient plus simples quand il était catcheur, avant qu'un accident ne l'éloigne à jamais des cordes du ring. À l'époque il était l'idole de la province de Chihuahua. Les femmes se battaient pour entrer dans son lit. C'est loin tout ça. Aujourd'hui la graisse a recouvert ses muscles, et plus personne ne se souvient de son nom d'artiste : *La Vibora del leviatán de las tinieblas.*

Il pousse un soupir et rassemble ses affaires. Le coutelas de boucher, le Colt Desert Eagle que Chavarria lui a offert pour ses quarante ans, les jumelles militaires. Le *jefe* étant H.S., il va falloir qu'il prenne des initiatives, ce qu'il déteste par-dessus tout. Il a donc décidé d'espionner la gamine, cette Sue qui couchait avec le milicien. Il espère qu'elle le mènera quelque part. Le problème, c'est qu'il ignore si elle est encore en vie. Ce salopard de Markh l'a peut-être liquidée pour effacer ses traces.

Comment savoir ? Dans cette affaire on avance dans le brouillard. Chavarria, un temps, a cru qu'il pourrait faire pression sur Markh en enlevant ses parents… manque de bol, les deux vieux reposaient au cimetière depuis longtemps ! Torturer les morts, ce n'est jamais productif, ou alors il faut avoir affaire à des gens portés sur la religion, et que la profanation des cadavres rend hystériques. Ce n'est manifestement pas le cas de ce foutu cascadeur. Ernesto a toujours vu en lui un zombie, un type qui vit en mode pilotage automatique.

Après une dernière et rapide auscultation de Chavarria, il jette la besace sur son épaule et quitte le bungalow. Il n'y a rien à craindre, le motel appartient au cartel, personne ne s'avisera de mettre le nez dans leurs affaires.

Il a décidé d'aller jeter un coup d'œil au camp de caravaning. Il s'embusquera sur une colline pour observer la famille de la gosse. Il pourrait, bien sûr, poser des micros sur la carcasse de la caravane, mais pour cela il lui faudrait pénétrer dans le camp et, en raison de sa corpulence, il serait vite repéré. Par ailleurs il n'a jamais été doué pour la manipulation de ces minuscules bazars électroniques qui se jouent de ses gros doigts.

Hier, tard dans la nuit, il est allé perquisitionner au domicile du dénommé Floyd. En vain. Il a même examiné la terre du jardin pour s'assurer qu'on n'y avait pas récemment enseveli un corps ; mais non, le sol lui a paru plus dur que la carapace d'une tortue.

À présent que l'Abuela a rappelé tous les *cuchilleros* mobilisés sur l'affaire, et que Chavarria est dans les vapes, il se retrouve tout seul pour mener l'enquête, et il déteste ça.

Le Desert Eagle alourdit considérablement la besace, mais c'est la seule arme que l'énorme main d'Ernesto parvient à manipuler sans peine. « Un flingue géant pour un géant ! » a gouaillé Chavarria lorsqu'il le lui a offert. L'ancien catcheur en a eu les larmes aux yeux et a failli se comporter en vrai *marica*. C'est un calibre. 50 Action-Express qui fonctionne par emprunt de gaz, le système en usage sur les mitrailleuses de l'armée. Une arme terrible, mais qui ne passe pas inaperçue.

Ernesto est dans ses petits souliers.

S'il échoue, les choses ne tarderont pas à barder pour son matricule. Au cartel, on ne manque jamais d'exécuteurs pour punir les exécuteurs défaillants…

Tandis qu'il met le contact du Humvee, les pensées d'Ernesto se tournent vers Chavarria. Il espère qu'à son réveil le *guía* ne lui en voudra pas trop. Il en serait désolé.

WICHITA

À aucun moment, lorsqu'elle était à El Paso, Wittie n'a soupçonné à quel point réintégrer le camp de caravaning lui serait insupportable. Aujourd'hui, elle découvre avec horreur qu'elle n'est plus capable de supporter la misère. La semaine passée au contact de la «civilisation» l'a transformée. Elle en est la première étonnée, mais c'est ainsi. Des aspirations qu'elle croyait oubliées se sont réveillées en elle, des besoins, un certain goût du confort. Des choses qu'elle avait refoulées en intégrant le monde du rodéo.

Aujourd'hui elle étouffe dans le mobile home. Elle doit se mordre la langue pour résister à la tentation d'inventer un prétexte qui lui permettrait de sauter dans sa voiture et de s'enfuir.

Bien sûr, elle se sent coupable, mais elle a constaté que les gosses et Julius s'étaient vite habitués à son absence. Timmy surtout, qui semble avoir à peine remarqué qu'elle était partie. Quant à Sue, elle en a profité pour prendre les rênes et jouer à la maîtresse de maison. Comme on dit, « qui va à la chasse perd sa place ».

Les cadeaux ramenés d'El Paso n'ont guère détendu l'atmosphère, et Wittie, depuis son arrivée, a l'impression désagréable d'être observée avec suspicion. Se doutent-ils de quelque chose ?

Elle se dit qu'elle a poussé le bouchon trop loin. La Mustang était une erreur, elle aurait dû acheter une voiture plus fonctionnelle... mais voilà, elle n'a pu résister. Un coup de folie. Sur le moment, grisée, elle a pensé que ce serait sans importance. Quelle bêtise !

En fait, elle a voulu les séduire, les appâter, pour éveiller en eux le désir de déménager. Car elle n'est pas convaincue qu'ils y aspirent réellement. Ils en parlent, certes, mais à la façon des bagnards qui radotent sur ce qu'ils feront le jour où ils recouvreront la liberté. Toutefois, quand l'heure de la libération sonne, le monde extérieur les terrifie tellement qu'ils donneraient n'importe quoi pour écoper d'une prolongation de peine.

Wittie croit qu'il en va de même pour Sue et Julius. Timmy ne compte pas, puisqu'il vit dans sa tête depuis son accident.

Elle doute aujourd'hui qu'ils soient capables de s'acclimater à un environnement plus civilisé ; il y a trop longtemps qu'ils végètent, prisonniers de ces zones de pauvreté qui pullulent à la périphérie des petites villes. Ils ont pris l'habitude du désert, des espaces infinis et désolés ; encerclés par les tours d'une cité, ballottés par la foule dévalant les rues, ils seraient pris d'étouffement. Elle n'est pas comme eux. Elle est née citadine et, dans sa jeunesse, s'est abandonnée avec délice à la fièvre des nuits new-yorkaises. Elle s'est grisée des trépidations de la Grosse Pomme, la ville qui ne dort jamais. Ensuite, elle n'a connu qu'une succession de purgatoires... Elle a décidé que Maxon Bull serait le dernier d'entre eux.

Depuis qu'elle est rentrée, Julius évite son regard. Quand elle lui a offert la boîte de cigares, il l'a remercié d'un ton hargneux, comme si elle lui faisait présent d'un tee-shirt orné d'un slogan grotesque. Elle a tiqué. Il a adopté à son égard un comportement fuyant. Elle se demande s'il ne la soupçonne pas de se prostituer.

L'hypothèse n'a rien d'invraisemblable. Après tout, les vêtements neufs, la voiture, les soins de beauté pourraient avoir été payés par un réseau de call-girls. Quelque part, Wittie préfère cela... Un instant elle a craint que Julius ne l'ait percée à jour. Passer pour une putain ne la gêne pas, du moins tant qu'il ne lui propose pas de louer ses services ! Il en serait bien capable, ce vieux porc.

Quoi qu'il en soit, une atmosphère faisandée plane sur le mobile home. Les conversations sont trouées de longs silences, bizarrement artificielles. Wittie trouve suspect que personne ne cherche à en apprendre davantage sur son nouveau job. C'est comme si – sachant par avance qu'elle va mentir – ils voulaient s'épargner l'audition de ces fadaises.

Elle avait pourtant préparé un récit pittoresque émaillé de détails amusants sur son entretien d'embauche et ses futurs collègues. Elle avait même poussé le souci du réalisme jusqu'à répéter son discours devant le miroir de sa chambre d'hôtel. Finalement, elle s'est donné beaucoup de mal pour rien.

Aujourd'hui, Sue et Julius lui ont paru encore plus nerveux que d'ordinaire et, ne supportant plus l'oppression de la caravane, elle est allée faire des courses au Wal-Mart. Elle guette le moment propice où elle pourra enfin mettre le cap sur le désert, car elle doit profiter de sa visite pour effectuer un nouveau prélèvement dans la fosse aux serpents. Elle a prévu, cette fois, d'emporter la moitié du butin, soit seize kilos de billets. Elle veut en terminer au plus vite. Le calvaire a assez duré. À El Paso, elle s'est réveillée plusieurs nuits de suite, au terme de cauchemars où les crotales jouaient un rôle des plus déplaisants. Son courage s'effrite au fil du temps, si elle attend, elle finira victime d'une phobie qui la rendra incapable de renouveler cet exploit.

Sur le parking du supermarché, elle a longuement inspecté la combinaison de protection prêtée par Jean-Pierre, traquant une éventuelle déchirure. Elle frissonne de terreur à l'idée qu'un serpent pourrait se glisser dans l'entrebâillement d'un accroc et ramper le long de sa cuisse…

Jusqu'à présent elle a eu de la chance, mais il ne faut pas trop tirer sur la ficelle.

Les sacs de nourriture entassés sur la banquette arrière, elle reprend le chemin du camp. Les hommes se retournent au passage de la Mustang. Décidément, cette voiture était une erreur.

Sue et Julius l'attendent devant le mobile home, très pâles tous les deux. Ils se précipitent à sa rencontre. Sue, les yeux écarquillés, la bouche tremblante, a l'air d'une folle. Julius cahote à sa suite, cramponné à ses béquilles.

«*Ils ont enlevé Timmy!* balbutie l'adolescente. C'est de ta faute! Tu entends? C'est à cause de toi… Ils l'ont pris, ils vont lui faire du mal.

— Qu'est-ce que tu racontes? bredouille Wittie qui pressent un malheur de grande envergure.

— Salope! hoquète sa fille. Le fric… tu as tout gardé pour toi. Menteuse! Menteuse!»

Julius s'interpose et lui ordonne de parler moins fort.

«Inutile de perdre du temps en mensonges, tranche-t-il. L'heure est grave. Il y va de la vie de Timmy.

— Quoi? gémit Wittie.

— Grimpe dans la caravane, ordonne le vieux. Ce n'est pas le moment de se donner en spectacle. Quelqu'un a déposé une enveloppe dans la boîte aux lettres, cet après-midi. Elle contenait une demande de rançon et un téléphone portable. Elle explique également que tu as volé le magot, le soir du go-fast. Tu nous as roulés dans la farine comme une vraie garce ! »

Le cerveau paralysé, Wittie se laisse empoigner par le coude et pousser vers le mobile home. Le sang bourdonne à ses tempes comme si elle allait s'évanouir.

Là-haut, dans « l'espace repas », une feuille de papier et un portable prépayé gisent sur la table.

« Les types du cartel, répète Julius d'une voix essoufflée, ils savent que tu as piqué les sacs de billets, contrairement à ce que tu nous as raconté. Ils exigent que tu les restitues si tu veux revoir Timmy vivant. C'est aussi simple que ça. Le moment est trop grave pour que je t'accable de reproches, mais tu nous as foutus dans une merde noire. »

Comme Sue se répand en injures et malédictions diverses, il la fait taire d'un aboiement et lève la main, menaçant de la gifler. L'adolescente fond en larmes.

Wittie se laisse tomber sur une chaise, incapable de reprendre sa respiration. Elle regarde la lettre sans parvenir à la déchiffrer.

« On a patrouillé dans toute la ville, reprend Julius d'un ton plus calme. Dans les coins que Timmy a l'habitude de fréquenter. On n'a trouvé que son skate, abandonné sur un trottoir. Comme si des types en camionnette l'avaient embarqué au vol. Il est si confiant que ça n'a pas dû être trop dur. Ce n'est pas le genre à se débattre. »

Wittie tente de s'expliquer, de se défendre : *Ce n'est pas pour elle qu'elle a volé l'argent. Elle voulait juste protéger la famille, éviter les tentations dangereuses…*

« On s'en fout, coupe Julius, ça n'a plus d'importance. Où sont les sacs ? Il faut se dépêcher de les rendre si on veut récupérer Timmy intact. Tu sais de quoi ces types sont capables.

— Il… il n'y a qu'un sac, murmure la jeune femme. Les autres ont brûlé dans l'explosion.

— Quoi ? hoquète le vieux. *Un seul…*

— Oui. Mais il est presque plein, jusqu'à maintenant je n'ai prélevé que quinze mille dollars.

— *Un seul…*, bégaye Julius, le visage gris. Tu n'essayerais pas encore de nous raconter des histoires ?

— Salaud ! siffle Wittie, il s'agit de mon fils !

— Ça va, ça va… et où l'as-tu planqué ? »

Elle doit alors tout expliquer : la fosse aux serpents, les crotales, El Paso, les projets de déménagement…

« La peste soit des bonnes femmes ! s'emporte Julius. Tu avais déjà prévu de nous embourgeoiser ! Il faut aller récupérer le sac, ils s'en contenteront peut-être.

— Non ! lance Sue, les yeux brillants de fureur. Tu sais bien que non ! Ils exigeront les trois. Ils s'imagineront que nous voulons les doubler et ils tortureront Timmy. Des ordures de ce genre n'acceptent jamais de compromis.

— Mais non, mais non…, temporise curieusement Julius en se dandinant. Je suis sûr qu'on peut arriver à un accord.

— Sue a raison, intervient Wittie. C'est perdu d'avance. On n'est pas de taille.

— Il y a peut-être un moyen, fait l'adolescente en baissant les yeux. Quelqu'un qui pourrait nous aider.

— Qui ? aboie Julius. Tu déconnes ! On ne connaît personne.

— Moi si, martèle Sue, le visage enfiévré. Le conducteur de la voiture. Il n'est pas mort. Il est ici.

— Quoi ? Quoi ?» gémit le vieux en reculant comme s'il allait tomber foudroyé.

Il respire mal, son visage a pris une vilaine teinte cyanosée. D'une main maladroite il se saisit d'une chaise et s'y laisse tomber tandis que Sue leur parle de Markh, caché dans l'une des roulottes vétustes qui pourrissent à la périphérie du camp.

« Merde ! se lamente Julius, tu nous as ramené ce salopard ! J'en crois pas mes oreilles. Un assassin, chez nous...

— Ce n'est pas un assassin, proteste l'adolescente avec une véhémence suspecte. Il n'est pas comme eux. C'est un cascadeur, il ne faisait que conduire la voiture. »

Le silence s'installe. Ils se dévisagent, hébétés.

« Je vais le chercher, décrète Sue. Il saura quoi faire. Il a l'habitude de ces gens-là. Il connaît leurs méthodes. »

Wittie se mord la lèvre jusqu'au sang. À l'idée de retrouver en face de l'homme dont elle a failli causer la mort, elle se sent submergée de honte.

« Quel bordel..., trépigne Julius, le visage défait. Quel bordel, ça ne devait pas se passer comme ça... ça paraissait si simple... »

Wittie, ne comprenant pas à quoi il fait allusion, le soupçonne de perdre les pédales.

La porte de la caravane s'ouvre. Sue entre, suivie d'un grand type au crâne rasé, la gueule striée de cicatrices violettes.

Il s'assied sans rien dire. Il se dégage de sa personne une impression d'extrême lassitude.

— Si j'ai bien compris ce que m'a dit votre fille, dit-il enfin, vous ne disposez que d'un tiers du butin, tout le reste a brûlé ?

— Oui. Je suis désolée de ne pas vous avoir porté secours, là-bas, sur la route... Je ne savais pas qui vous étiez. J'ai eu peur. »

Markh l'interrompt d'un geste, signifiant que cela n'a plus guère d'importance.

« S'il s'agit vraiment des gens du cartel, soupire-t-il, ils n'accepteront jamais de transiger au tiers de la somme. Ils penseront que vous tentez de les truander. Pour vous punir, ils commenceront à débiter votre fils en morceaux. Les doigts, les oreilles... Vous trouverez ça dans votre boîte aux lettres. »

Wittie étouffe un cri et se mord la main.

« Qu'est-ce qu'on peut faire alors ? » murmure Sue d'une voix suppliante.

« Rien, c'est foutu d'avance... », est tenté de répondre Markh.

Il laisse courir son regard sur les visages qui l'entourent. La mère est si belle que la terreur ne parvient pas à l'enlaidir. Le vieux semble au bord de l'infarctus, la gamine cultive sa colère pour ne pas craquer. De pauvres gens, lassés de vivre dans la misère, et qui se sont crus plus malins que le cartel. On croit rêver. La machine va les broyer mais ils se raccrochent encore au vague espoir de récupérer le gosse, ce Timmy, que Chavarria et ses sbires ont probablement déjà étouffé avec un sac en plastique parce que ses gémissements les agaçaient.

Il ne se sent pas le courage de les détromper. Il est trop fatigué.

« Si tu étais un vrai salaud, lui chuchote la voix spectrale de Jana, tu attendrais qu'ils aient récupéré le fric pour les flinguer. Après tout, tu es armé, non ? Un vieillard et deux filles, ce n'est pas trop difficile à abattre. Ensuite, tu t'emparerais du butin et tu ficherais le camp…

— Et j'irais où ?

— Tu retournerais au monastère, le temps que les choses se tassent. Et puis, dans six mois, tu émergerais de ton trou avec le fric, et tu tenterais ta chance dans un autre État. Trois millions de dollars, ça ouvre des possibilités.

— Oui, mais voilà : ai-je l'étoffe d'un vrai salaud ?

— Je ne sais pas, je ne sais plus. Il y a si longtemps que je suis morte. Et quoi que tu penses, je ne passe pas mon temps à t'espionner… »

« C'est ça la demande de rançon ? s'enquiert Markh en s'emparant de la feuille posée sur la table.

— Oui. Qu'en pensez-vous ? demande Wittie.

— Je ne sais pas, avoue Markh. C'est bizarre. Pas vraiment leur style.

— Comment cela ?

— Je veux dire que c'est trop... doux. Je les aurais plutôt vus débarquer en force, tuer le grand-père, violer la gosse sous vos yeux, tout cela pour vous mettre en condition, avant de commencer à vous taillader les tétons au rasoir. Je les connais, ils ne font pas dans la dentelle. Cette... diplomatie, c'est vraiment inhabituel. »

Wittie lutte contre une brusque nausée. Elle serre les cuisses pour se retenir d'uriner.

« Je ne dis pas ça pour frimer, reprend Markh, ce sont des monstres. Des sociopathes qui ne reculent devant rien.

— Peut-être veulent-ils éviter de faire des vagues ? suggère Sue.

— J'en doute », souffle Markh en se tournant vers Wittie.

Des pensées floues voltigent dans son esprit. Des tentations troubles qu'il s'efforce de repousser. Il voudrait éviter que la peur ne le pousse, lui aussi, sur la mauvaise pente, celle qui vous amène à faire n'importe quoi. Hélas, quand on est acculé au fond de l'impasse, les grands principes s'effritent aussi facilement qu'une craie dans le vinaigre.

Pour se donner une contenance, il reporte son attention sur la demande de rançon. Une banale feuille sortie d'une imprimante où les mots s'étirent en police Arial black 20. Beaucoup de points d'exclamation, aucune faute d'orthographe. Le libellé de la menace sort d'une série télé. Rien que de très banal. Le kidnappeur ordonne d'utiliser le téléphone joint à l'envoi pour le contacter et prendre rendez-vous. Il précise que son numéro est en mémoire, et que l'offre expirera à minuit. Après quoi, si l'argent n'a pas été restitué, Timmy sera soumis à « un traitement très désagréable ».

Le style, trop policé, gêne Markh et le conforte dans l'idée qu'il y a anguille sous roche. Le cartel n'a pas pour habitude de se montrer si conciliant… ni si patient. Afin de hâter la transaction, Chavarria aurait joint à l'envoi une oreille ou un doigt du gosse. Non, plus il y réfléchit plus cela sent l'enlèvement « privé », si l'on peut dire. La combine mise au point par un petit truand… voire un amateur.

Markh soupçonne Sue d'en avoir trop dit à Floyd. Confidences sur l'oreiller, classique. Le gamin a peut-être décidé de tirer son épingle du jeu, et en a lui-même parlé à un copain… et ainsi de suite, on peut remonter loin comme ça.

Doit-il faire part à la famille de ses soupçons ? Non, ce serait jeter de l'huile sur le feu. S'il s'agit d'un kidnapping d'amateur, les possibilités de retrouver Timmy entier sont plus élevées…

« Écoutez, lance-t-il, ça vaut ce que ça vaut, mais je ne pense pas que les gens du cartel aient enlevé votre gosse. Ce truc empeste l'amateurisme. Ce qui nous laisse peut-être une chance de le récupérer en vie. Avec le cartel, ce ne serait même pas envisageable... Toutefois avec un kidnappeur ordinaire, la marge de manœuvre est plus large.

— Qu'est-ce que vous entendez par là ? nasille le grand-père d'un ton curieusement agressif.

— Je veux dire qu'on peut essayer de l'arnaquer.

— Comment cela ?

— Voilà comment je vois les choses. Tout d'abord il faut sortir l'argent de sa cachette. Ensuite on bourre trois sacs avec des vieux journaux et on dispose sur le dessus les billets que vous aurez récupérés. Même si on les partage en trois tas, il y aura assez de liasses pour créer l'illusion. Si nous avons, comme je crois, affaire à un amateur, il ne s'attendra pas à un coup tordu. Avec un peu de chance, trop content d'avoir réussi, il ne vérifiera pas en profondeur. Je sais que c'est risqué, mais je n'ai rien de mieux à proposer. »

Wittie hoche la tête, les yeux agrandis par l'angoisse. Sue se tord les mains comme si elle voulait s'arracher les doigts. Seul le vieux reste plus figé qu'une statue, déconnecté du réel, les yeux dans le vide.

« Une fois les sacs faits, reprend Markh, vous appellerez le ravisseur pour prendre rendez-vous. Il exigera que l'argent lui soit livré par une femme. La mère de préférence. Je vous suivrai, avec la moto. En arrière-garde. On ne sait jamais ce qui peut se produire. Ne vous faites pas d'illusion, il n'amènera pas Timmy. Ce serait trop risqué. Dans le meilleur des cas, une fois l'argent en sa possession, il vous révèlera où le gosse est détenu et se dépêchera de filer...

— Comment saurons-nous s'il dit la vérité? balbutie Wittie.

— On ne pourra pas. C'est pourquoi il faudra le prendre en filature. Je m'en chargerai. Je pense qu'il rentrera chez lui pour compter le fric, et procéder au partage s'il a des complices. Mais il est hautement probable qu'il agit en solitaire. Sue m'a dit que Timmy avait tendance à suivre n'importe qui, son enlèvement n'a pas dû présenter de grosses difficultés. Un type seul pouvait gérer la chose en douceur.»

Markh se garde d'ajouter que le handicap mental du gosse a grandement facilité le travail du ravisseur qui a fort bien pu aborder sa victime le visage dissimulé sous un masque de carnaval. C'est ainsi qu'il aurait lui-même procédé s'il s'était trouvé dans cette situation.

«Et que ferez-vous une fois qu'il sera arrivé chez lui? murmure Wittie.

— Je serai armé. Je le prendrai par surprise. Je libérerai votre fils et je récupérerai l'argent. On en aura besoin pour financer notre cavale.»

En énonçant ce plan, Markh a conscience de faire preuve d'un optimisme exagéré. Il n'est pas certain d'être à la hauteur du problème. Sortie du pilotage acrobatique, il n'est pas bon à grand-chose, alors pourquoi jouer les Bérets verts? Pour les beaux yeux de cette Wichita? Non, il ne le pense pas. C'est plus complexe, plus insidieux.

Il a envie d'en finir avec la longue errance qu'a été sa vie depuis la mort de Jana. Il veut servir à quelque chose, à quelqu'un. Mettre un point final à son inutilité existentielle. Il se dit qu'il serait élégant de tirer sa révérence sur une bonne action. Après tout, il se sent responsable du merdier dans lequel s'est fourrée cette famille d'irrécupérables naïfs. Ou peut-être – plus simplement – espère-t-il trouver là une manière de se suicider par kidnappeur interposé. Il ne sait pas. Tout est possible.

Il songe au vieux flingue récupéré dans le foutoir d'Alienor. Cette antiquité est bien capable de lui exploser au nez s'il commet l'erreur d'en presser la détente. Ou de lui arracher la main.

« Bon, je ne veux pas vous mentir, conclut-il avec lassitude. On avance dans le noir. Comme tous les coups de bluff, ça peut fonctionner ou foirer. Mais, à moins de prévenir les flics, je ne vois pas ce qu'on peut faire d'autre. Et je suppose que vous n'avez aucune envie d'aller expliquer au shérif comment vous êtes entrés en possession de trois millions de dollars d'argent sale ? »

Personne n'ouvre la bouche.

« Okay, fait-il. Le temps presse, allons chercher le sac. À partir de maintenant, nous resterons groupés. Inutile de risquer un autre enlèvement. J'ai vu que vous aviez deux voitures, nous les prendrons, c'est plus prudent. La cache est loin d'ici ?

— Une dizaine de kilomètres, répond Wittie. Personne ne va là-bas, à cause des serpents. Mais je n'ai qu'une combinaison de protection, je ne pourrai pas vous équiper... Vous devrez faire attention. Quand on les dérange, les crotales deviennent très agressifs.

— C'est du bricolage débilos, votre truc..., fait observer Sue avec mépris.

— Je sais, admet Markh en ravalant son irritation, mais je n'ai rien de plus génial en magasin. Je suis pilote de course, pas réparateur de coup foireux. Qu'est-ce qui vous a pris de vous lancer dans une histoire pareille ? Vous étiez défoncés à la ganja ce soir-là ? Non, ne me dites rien, je ne veux pas savoir. »

Durant l'échange, Julius est demeuré pétrifié, les lèvres bleues. Son expression égarée fait peine à voir.

« On y va ? » s'impatiente Wittie.

Ils quittent le camping-car en file indienne.

Julius et Sue grimpent dans la Pinto, Markh et Wittie roulent en tête, dans la Mustang.

Markh jette de fréquents coups d'œil dans le rétroviseur pour s'assurer qu'on ne les a pas pris en filature, mais le jour baisse et il est difficile d'y voir quelque chose. Il s'attend au pire. Si le ravisseur est un amateur, il peut s'affoler, se mettre à tirer sur tout ce qui bouge.

À ses côtés, Wittie garde le silence. Les mains crispées sur le volant, elle conduit mal. En bon professionnel, Markh ne peut s'empêcher de noter les erreurs de la jeune femme. Il estime qu'elle n'a pas le niveau pour piloter une Mustang. Elle devrait prendre des leçons. Elle fatigue le moteur et laisse beaucoup trop de gomme sur la piste.

Puis il prend conscience du caractère stupide de ses réflexions. Quelle importance? À minuit ils seront probablement tous morts.

«Je suis désolée, radote Wittie d'une voix hésitante. Je n'aurais jamais dû vous abandonner sur la route… c'était criminel.

— Laissez tomber, soupire Markh. De toute façon je n'aurais pas dû mettre les pieds dans cette combine pourrie. Fréquenter ces types-là était une erreur.»

Parler le fatigue et il n'a aucune envie de s'épancher.

La jeune femme engage la Mustang au travers d'un dédale de rochers. Une crevasse apparaît enfin, fendant le sol craquelé sur une cinquantaine de mètres.

«C'est là, annonce-t-elle, ça s'élargit par en dessous pour former une caverne. On n'y voit pas grand-chose. Vous allez m'aider à m'équiper. Quand vous ouvrirez la portière, regardez où vous mettez les pieds, et refermez vite derrière vous. La chaleur des moteurs attire les serpents, si l'on ne fait pas attention, ils se glissent sous les sièges. Beaucoup de touristes se font avoir comme ça.»

Elle freine. Une sueur d'angoisse mouille son front et ses tempes. Elle a peur. Markh se sent forcé de proposer :

«Je peux descendre dans la fosse à votre place…

— Non, grogne Wittie. Vous ne savez pas où se trouve le sac, vous perdriez du temps à tâtonner.

On n'y voit pas des masses là-dessous. Et puis il faut zigzaguer au milieu des éboulements. Si vous tombez, vous risquez de déchirer la combinaison. Moi, je connais l'itinéraire à suivre.»

Ils contournent la voiture dont la jeune femme ouvre le coffre. Elle en sort un vêtement de toile épaisse qu'elle enfile maladroitement. Markh fait son possible pour l'aider.

«Bon sang! souffle Wittie en bouclant ses leggings, que je déteste ça! J'ai horreur de ces bestioles.»

Une fois le casque à visière assujetti sous son menton, elle passe les gants à crispin, puis empoigne la lampe et la pince à long manche.

«Pour les écarter, explique-t-elle. Mieux vaut éviter de les toucher. Si, une fois en bas je n'y vois pas assez, vous allumerez les phares de la Mustang, Okay?»

Sans attendre de réponse, elle s'avance bravement vers la crevasse. Markh serre les dents quand il la voit s'enfoncer dans l'ouverture déchiquetée.

Au même moment la Pinto surgit dans son dos. C'est Sue qui conduit. Julius, le vieux, est assis à côté d'elle, ratatiné sur son siège.

Markh songe qu'ainsi disposés les deux véhicules masquent la crevasse, c'est parfait. De cette façon, si quelqu'un les espionne il lui sera impossible de voir qu'on ne récupère qu'un seul sac au lieu des trois réclamés.

Des bruits de caillasse malmenée s'élèvent de la lézarde.

«Tu fais confiance à cette petite pouffiasse ? siffle la voix de Jana, dans la tête de Markh. Tu crois vraiment qu'elle n'a embarqué qu'un sac ? Moi je pense qu'elle a caché les trois au fond de cette foutue caverne. Elle n'en remontera qu'un et gardera les deux autres pour son usage personnel ! Pourquoi crois-tu qu'elle a tellement insisté sur les crotales ? En te flanquant la trouille, elle évitait que tu sois tenté de l'accompagner. Maligne la garce !

— Tu déconnes, objecte Markh. Il s'agit de son fils.

— Et tu crois que c'est une raison suffisante ? ricane Jana. Que tu es naïf ! »

Markh secoue la tête, comme pour chasser un moustique opiniâtre. Il s'arrête quand il constate que Sue le dévisage bizarrement. Bon sang ! il doit avoir l'air d'un vrai cinglé.

Tout à coup, Wittie émerge du trou en gesticulant. Elle semble au comble de l'affolement et, l'espace d'une seconde, Markh pense qu'elle a été mordue par un crotale.

Il se précipite pour l'aider à sortir de la crevasse. Elle tombe sur les genoux, haletante, les yeux écarquillés par la stupeur.

«Le... *le sac a disparu...*, balbutie-t-elle. Il n'y a plus rien en bas... pas le moindre billet.

— Quoi ? hurle Julius d'une voix où se mêlent souffrance, horreur et colère. Qu'est-ce que tu essayes encore de nous faire croire ? »

Il lève sa canne pour en frapper sa belle-fille, Markh s'interpose. Pendant ce temps, Sue a empoigné sa mère aux épaules et la secoue comme un paquet de chiffons.

«Tu mens ! vocifère-t-elle. Tu veux garder le fric pour toi, c'est ça ? Tu t'en fiches bien de Timmy ! Salope ! Salope ! »

Wittie la repousse tant bien que mal, elle sanglote. Markh empoigne l'adolescente par un bras et la tire en arrière, violemment. Ses réserves de patience sont épuisées et il n'a aucune envie de se laisser embarquer dans un psychodrame familial.

«Taisez-vous ! gronde t-il. On doit vous entendre à des kilomètres ! »

Il aide Wittie à se redresser. Elle tient à peine sur ses jambes, sa bouche tremble et elle claque des dents. Il la fait asseoir sur le capot de la Mustang.

«Calme-toi, lance-t-il. Tu es certaine de ce que tu avances ?

— Oui, oui..., bredouille la jeune femme. J'ai exploré toute la faille. Il n'y a plus rien... quelqu'un est venu récupérer le sac.

— Elle ment ! J'en suis sûre ! explose Sue. Elle n'a jamais aimé Timmy. Elle s'en fout qu'il soit tué. Je veux aller vérifier moi-même ! Qu'elle me donne la combinaison ! Vite ! »

Comprenant que la situation restera bloquée tant que le caprice de l'adolescente n'aura pas été satisfait, il entreprend de déshabiller Wittie qui, molle, se laisse faire sans protester. Furieux, il jette le costume dans les bras de Sue.

« Voilà ! grogne-t-il. Démerde-toi ! Si tu te fais mordre, ne compte pas sur moi pour aspirer le venin ! »

La jeune fille hausse les épaules avec dédain et enfile le « scaphandre ». Markh ne l'aide pas, il est d'ores et déjà certain que Wittie dit la vérité. Ces abrutis se sont fait dépouiller par un voisin ou un chasseur de coyotes à qui leur manège a paru suspect. C'est probablement aussi bête que cela.

Un quart d'heure s'écoule avant que Sue ne réapparaisse, déconfite.

« Il n'y a rien, annonce-t-elle, penaude. C'est vrai... Mais il y a des traces là où le sac a été traîné... Quelqu'un l'a remonté.

— C'est pas possible... gémit Julius qu'on avait fini par oublier. C'est pas possible... »

Brusquement, il se raidit, hoquète et porte la main à sa poitrine.

« Merde ! songe Markh, il est en train de nous faire un infarctus. Ne manquait plus que ça. »

Le vieillard s'affaisse. En heurtant la portière de la Pinto il s'ouvre l'arcade sourcilière. Son visage se couvre de sang.

Markh se précipite mais le bonhomme est déjà inconscient. Sa respiration sifflante n'annonce rien de bon.

« Aidez-moi à l'allonger sur la banquette arrière, ordonne-t-il aux deux femmes en ouvrant la portière de la Pinto. Sue, tu vas le conduire à l'hôpital. Pendant ce temps-là, ta mère et moi on s'occupera de la rançon. Pigé ? »

Décidément, il était écrit que tout irait de travers. Quelle idée stupide d'avoir emmené ce vieillard manifestement mal en point ! Déjà, dans la caravane, il était évident que l'annonce du kidnapping l'avait secoué au-delà de sa capacité de résistance.

L'adolescente, qui s'est débarrassée de son casque, se glisse au volant et démarre sans un mot.

Markh se demande si le vieux sera toujours en vie lorsqu'elle arrivera à l'hôpital. Il ne parierait pas là-dessus.

Il se retourne vers Wittie qui grelotte sous l'effet du choc nerveux. Avisant un plaid roulé en boule sur la banquette, il l'en enveloppe.

« Je sais qui a pris l'argent... murmure soudain la jeune femme.

— Qui ? s'impatiente Markh.

— Jean-Pierre, le Français... tu ne le connais pas. Il tient une ferme à reptiles sur la route 91. C'est lui qui m'a prêté la combinaison et tout le matériel. Je travaillais pour lui. Quelle conne ! Je comprends maintenant pourquoi il se montrait si gentil... Il a dû trouver bizarre que je me porte volontaire pour ce job, ce n'est pas un truc de femme. Il m'a suivie, espionnée...

— Possible, admet Markh. Si tu as raison il est déjà loin à l'heure qu'il est. De toute manière, même si par miracle il était encore là, nous n'aurions pas le temps de l'interroger. Le temps file.

— Qu'est-ce que tu proposes alors ?

— On bourre trois sacs de vieux papiers et on va au rendez-vous. On choppe le gars qui se pointe et on le fait parler. C'est ça ou prévenir les flics. Mais je doute que ton histoire de *car-jacking* soit bien accueillie. Il y a, dans leurs rangs, plusieurs types qui travaillent pour le cartel.

— Mais c'est le cartel qui a enlevé Timmy !

— Non, je ne pense pas. Le ravisseur est quelqu'un de votre entourage. Sans doute un copain de Floyd, le petit ami de Sue. Ou alors un type à qui Timmy a pu – sans se rendre compte de ce qu'il faisait –, raconter toute l'affaire. Ce peut être n'importe qui, un ado, le vendeur de la boutique de skates ou de BD, une serveuse de fast-food qui en a parlé à son amant… »

Wittie se passe la main sur le visage, se barbouillant avec la poussière délayée par ses larmes.

« Je n'y avais pas pensé, avoue-t-elle. Mais c'est vrai que la fuite a pu provenir de Timmy lui-même. Il est si… naïf. Nous aurions dû mieux le surveiller, mais il était impossible de le tenir enfermé toute la journée. On lui a pourtant fait la leçon des dizaines de fois. Il ne devait parler de ça à personne. Julius, mon beau-père, estimait que, de toute manière, il n'y avait guère de risque qu'on prenne ses propos au sérieux. Ici, à Maxon, tout le monde considère mon fils comme débile.

— Le mal est fait, coupe Markh. Manifestement, quelqu'un n'a pas été de cet avis. Il faut maintenant parer au plus pressé. Préparons les sacs et prenons rendez-vous avec le kidnappeur. Ne traînons pas, la nuit risque d'être longue.»

Ils grimpent dans la Mustang et, cette fois, Markh prend le volant. Effondrée sur son siège, Wittie maudit sa bêtise. Comment a-t-elle pu se laisser aussi facilement berner par le Français ? Il l'a suivie, elle en est certaine. Il l'a vue récupérer les billets et il a tout de suite fait le lien avec la prétendue explosion du camion-citerne sur la nouvelle route menant au monument. Il a pensé «go-fast», il a pensé «*car-jacking*», et en a tiré la conclusion qui s'imposait. Sitôt le sac récupéré, il a mis les voiles, abandonnant la ferme aux serpents. Il doit être loin aujourd'hui. En Louisiane, au Canada... peut-être même en France !

Elle éprouve soudain un soupçon de culpabilité à l'idée que Julius est peut-être mort. C'est vrai qu'elle ne l'a jamais beaucoup aimé, mais bon...

Elle hausse les épaules. En réalité elle s'en fiche. Toutes ses angoisses sont focalisées sur Timmy, l'amenant à s'adresser mille reproches : *on n'aurait jamais dû le laisser gambader sans surveillance à travers la ville, on aurait...*

C'est idiot, bien sûr, il est impossible de garder sous clef un ado de cet âge qui a besoin de se dépenser. Bien sûr, Julius aurait dû l'avoir à l'œil, mais Julius se fait vieux, et il a tendance à s'assoupir... sans compter qu'il a parfois des absences durant lesquelles son activité cérébrale est plus plate que celle d'une boîte en carton.

Peut-on vraiment lui en vouloir ?

Un coup de frein la ramène à la réalité. Markh vient d'immobiliser la Mustang devant le mobile home. La nuit est maintenant tombée.

« On ne dispose pas de beaucoup de temps, déclare-t-il. Il faut trouver trois sacs et les bourrer de n'importe quoi pour leur donner du volume et du poids. De toute manière, l'astuce fera long feu puisque le premier geste du ravisseur sera de les ouvrir pour vérifier que la rançon s'y trouve. Dès qu'il verra qu'on l'a berné, il regagnera sa tanière… probablement avec l'intention de s'en prendre à Timmy. C'est là que j'interviendrai. »

Markh voit Wittie se ratatiner sur le siège. La tension nerveuse lui a tracé des cernes violets sous les yeux. Il résiste à l'envie de lui crier de se secouer. Tout ce qui arrive est de sa faute. Quel besoin avaient donc ces péquenauds de se lancer dans une telle opération ? Lui-même ne s'y serait pas risqué.

« Allez ! répète-t-il, l'heure tourne. »

La jeune femme se décide enfin à le suivre.

Une fois dans le mobile home, ils s'attaquent à la fouille des placards pour dénicher trois sacs de sport susceptibles d'accueillir le volume représenté par dix millions de dollars en coupures de cent. Wittie finit par mettre la main sur d'anciens paquetages militaires appartenant à Julius. Markh s'applique aussitôt à les remplir de cailloux, de chiffons et de vieilles revues prélevés dans la décharge du camp. L'obscurité lui vient en aide car, à ce moment de la journée, les habitants des roulottes sont agglutinés devant leurs télés et n'accordent plus le moindre intérêt à ce qui se trame au dehors.

Sa besogne terminée, Markh charge le faux butin dans le coffre de la Mustang. Il sait que le ravisseur, embusqué, observera les faits et gestes de Wittie à la jumelle, c'est pourquoi il est important que la jeune femme peine à soulever les sacs censés chacun contenir trente-trois kilos de liasses. Si elle s'acquittait de cette tâche trop facilement, l'homme en concevrait de la méfiance.

Sale et empestant les détritus, il regagne le mobile home où il s'engouffre dans le minuscule cabinet de toilette pour se débarbouiller.

Wittie, assise à la table familiale, contemple fixement le téléphone qui doit lui permettre de contacter le kidnappeur.

« Aucune nouvelle de ton beau-père ? s'enquiert Markh.

— Non, souffle la jeune femme. Sue n'a pas appelé. Je vais peut-être te paraître monstrueuse, mais j'avoue que je m'en fiche. Pour l'instant, Julius est le cadet de mes soucis. »

Markh désigne le portable prépayé qui s'obstine à les narguer.

«Va falloir contacter le ravisseur, lâche-t-il. Savoir où il va te fixer rendez-vous. Je ne connais pas la région. Tu as une carte du coin ?

— Oui. Il n'aura que l'embarras du choix, c'est le désert ici. Les témoins éventuels ne courent pas les rues, surtout à cette heure.»

Wittie se lève pour extraire d'un tiroir un plan fatigué qu'elle étale sur la table. Markh pousse le téléphone vers elle.

«Appelle-le, soupire-t-il. Qu'on en finisse.»

La jeune femme hoche la tête et, le souffle court, compose le numéro mémorisé. À la troisième sonnerie, une voix métallique, inhumaine, dit simplement : «Dans deux heures, au croisement de Costanza Ridge et d'Alamo Lane. La mère du gosse. Toute seule. Elle déposera les sacs dans le vieil abri de la voirie et repartira aussitôt. Quand le fric aura été récupéré et compté, le gosse sera relâché. S'il y a une embrouille vous ne le reverrez jamais. Dans deux heures. Qu'elle soit à l'heure. Sinon le gosse payera les pénalités.»

La communication est coupée. Wittie, livide, pose le téléphone avec dégoût.

«C'était une voix truquée..., murmure-t-elle.

— Je m'en doute, fait Markh en se penchant sur la carte. Montre-moi l'emplacement du rendez-vous. C'est loin d'ici ?

— Non, vingt minutes de route. Un carrefour entre les collines, au sud, en bordure du désert. Il y a pas mal de cactus candélabres, c'est facile à repérer.

— Je vais te suivre à moto, reprend Markh. Quand tu auras fait demi-tour, j'attendrai que le gars se montre pour le prendre en filature. Il sera de très mauvaise humeur.

— Et s'il lui prend l'idée de me poursuivre ?

— J'interviendrai. De toute façon je serai derrière lui. On le fera parler. »

ERNESTO

L'ancien catcheur est perplexe. Deux heures plus tôt, il s'est embusqué à la périphérie du camp de *trailing* pour espionner la caravane où vit la dénommée Sue. Il était à peine installé à son poste d'observation qu'il a failli avaler son cigarillo. En effet, alors qu'il suivait les allées et venues de la gosse dans le champ des jumelles militaires, il a vu surgir cet enfoiré de Markh ! Le crâne rasé et couturé de cicatrices, certes, mais tout à fait identifiable. La môme l'a conduit dans le mobile home familial dont ils sont tous sortis une demi-heure plus tard pour embarquer à bord de deux voitures qui ont mis le cap sur le désert.

Ernesto les a pris en filature, sans leur coller au train. Tant et si bien qu'il a failli les perdre. Quand il a pu enfin les localiser, ils s'activaient autour d'un trou. Faute de pouvoir s'approcher, Ernesto a dû se contenter d'un angle d'observation médiocre, néanmoins il lui a semblé qu'un individu vêtu d'une combinaison jaune faisait la navette entre les voitures et la crevasse. À un moment, Markh et les deux filles ont même hissé un lourd paquet à l'arrière de la Pinto. Ernesto est persuadé qu'il s'agit des sacs contenant les billets.

Puis les deux voitures ont repris le chemin de la ville. Ernesto a décidé de suivre la Mustang puisque Markh la conduisait, ce qui, de toute évidence, prouve qu'il est le cerveau de l'affaire.

Ernesto est très embêté. Chavarria n'a pas repris connaissance, et il est hors de question de court-circuiter la voie hiérarchique pour demander directement des instructions à l'Abuela.

À son avis, la famille se prépare à mettre les voiles avec le butin. Ce sera pour cette nuit à n'en pas douter. Ernesto n'entrevoit qu'une solution : les suivre, puis les doubler pour les coincer sur une route déserte, où il pourra les abattre sans témoin. Il a dénombré deux hommes potentiellement dangereux : Markh et un octogénaire appuyé sur une canne. Les deux femmes ne comptent pas. Il abattra Markh en premier, puis le vieux. Les filles, tétanisées par la terreur, ne tenteront même pas de s'enfuir, il connaît ça. Il les tuera aussi, parce qu'elles auront vu son visage.

Sur la route du désert, personne ne les entendra hurler. Pour finir, il récupérera les trois sacs, passera au motel prendre Chavarria, puis quittera Maxon Bull sans perdre une minute.

Il est satisfait de son plan. Il estime qu'ainsi le *jefe* rentrera en grâce auprès de l'Abuela et que lui-même, Ernesto, bénéficiera d'une promotion. Ce ne sera pas trop tôt. Il en a assez de découper des doigts et des orteils. Ce boulot a fini par le dégoûter des pieds de cochon panés dont il se régalait dans sa jeunesse.

Tout cela va changer. Ce soir, il a l'intuition qu'il va enfin tourner une page dans le grand livre de sa vie.

BILLY BOY FATTY

Billy Boy transpire d'abondance et consulte sa montre toutes les trois minutes. Il ne tient plus en place. Wichita l'a appelé tout à l'heure pour savoir où livrer la rançon. Il lui a répondu au moyen d'un *voice-coder*, un gadget électronique qui permet de déformer la voix en lui attribuant un timbre fantaisiste dont l'algorithme de brouillage change toutes les cinq secondes. Il a récupéré celui-là dans la salle des saisies de son ancien commissariat, il y a plusieurs années. Un maniaque sexuel l'utilisait pour harceler ses futures victimes au téléphone.

Billy Boy n'en revient toujours pas que la combine ait fini par fonctionner. Certes, il aurait aimé que Julius lui passe un coup de fil en douce, pour lui confirmer que tout allait bien, mais ce vieux chacal n'est probablement pas en mesure de s'isoler pour parler librement. Tant pis. Il fera avec.

Billy Boy se frictionne le visage et le torse avec une serviette éponge. Il dégouline comme une motte de beurre au soleil. Il a renoncé à changer de chemise et fait les cent pas, torse nu, dans la pièce principale du petit ranch qu'il possède sur la colline d'Amarilla, au sud de Maxon Bull.

C'est là qu'il retient Timmy prisonnier... en admettant toutefois qu'on puisse envisager la chose sous cet angle, ce qui est un poil exagéré.

« Kidnapper » ce pauvre débile a été un jeu d'enfant ; il a suffi pour cela que Julius lui donne une canette de soda additionné de roofies, et l'envoie faire du skate dans un coin isolé pour que le môme s'endorme au bout d'un quart d'heure. Billy Boy n'a eu qu'à le hisser à l'arrière d'une camionnette banalisée et à sortir de la ville. Pour ce faire, il a équipé le véhicule de fausses plaques et dissimulé son visage sous un masque de dératiseur. On désinsectise pas mal dans ce coin infesté par les termites, ce qui fait que le populo a l'habitude de voir se promener des bonshommes déguisés en martien.

De toute manière il n'est pas inquiet. Le terrain vague était désert, et il y a belle lurette que les gens ne prêtent plus attention à Timmy. Au fil du temps, on a choisi de l'ignorer, en grande partie parce qu'il est le petit-fils d'un héros de guerre surmédaillé. Cela inspire le respect... et puis Julius, en dépit de son âge avancé, demeure quelqu'un d'inquiétant. C'est pourquoi Fatty ne se risquera pas à le doubler. On ne sait jamais, avec ces vieux briscards de la CIA.

Par acquit de conscience, Billy Boy entrouvre la porte de la chambre où repose «sa victime». Timmy dort, jambes et bras à la dérive. Il ronfle. Le soporifique est si puissant que l'envie d'uriner ne l'a même pas réveillé; il a pissé dans son jean, le dégueulasse.

Bon, une fois la rançon récupérée, Fatty le chargera dans la camionnette et s'en ira le déposer dans un coin tranquille, à l'abri du froid, où il se réveillera d'ici une dizaine d'heures.

Le gosse est tellement diminué de la cervelle qu'il ne s'étonnera même pas de se retrouver là. Dans le meilleur des cas il rentrera chez lui par ses propres moyens, sinon il fera du stop sur la route. Une bonne âme le récupérera pour le ramener en ville. Cool. Aucune violence. Le crime parfait. Ce n'est pas ces connards de scénaristes de la télé qui seraient capables d'inventer un truc pareil! Eux, il leur faut toujours du sang, de la tripe, des nanas coupées en morceaux.

«Moi, je suis un criminel propre...» songe Fatty en se rengorgeant.

Il meurt de soif, mais il faut qu'il arrête de boire, sinon sa prostate va lui infliger le martyre.

Il consulte encore sa montre. D'ici deux heures tout sera dit. Il compte sur Julius pour tenir ses troupes en main et empêcher les deux nanas de piquer leur crise. La tuile, ce serait qu'elles perdent les pédales et courent chez le shérif. Julius a assuré qu'il les en dissuaderait. Wichita se laissera faire, mais le danger peut venir de cette petite peste de Sue, toujours au bord de l'hystérie. Une chatte en colère qui vous arracherait les yeux pour un rien. Les bonnes femmes, quelle plaie ! Par bonheur, l'âge l'a délivré du besoin qu'il avait d'elles. Il s'étonne, aujourd'hui, d'avoir été, jadis, à ce point torturé par l'envie de baiser. Qu'est-ce qu'on peut être con quand on est jeune !

Bon, il est l'heure de se mettre en route. Normalement il ne devrait pas y avoir d'embrouille, Julius est là pour y veiller.

Billy Boy enfile une nouvelle chemise et un blouson de toile noire récupérés dans les surplus du SWAT. Il hésite à coiffer la cagoule qui complète la panoplie, par peur d'étouffer.

Il s'arrête devant la commode où repose un bon vieux Colt .45 Military Model patiné par l'usage. Son joujou fétiche ; davantage un porte-bonheur qu'une arme de défense. L'ancien automatique réglementaire du corps des Marines. Le bon temps, quand il était encore aussi maigre que Frank Sinatra dans *From here to eternity.*

Fatty estime qu'il n'en aura pas besoin, mais on ne sait jamais. Wichita est probablement morte de trouille, toutefois elle pourrait se laisser aller à un sursaut de femelle défendant ses petits. Dans ce cas, mieux vaut disposer de quoi lui imposer le respect.

«T'inquiète pas, se répète-t-il, Julius va tenir ses donzelles en laisse. Tout se déroulera au petit poil.»

Ayant assujetti l'étui à sa ceinture, il sort et ferme la porte à double tour. Le souffle un peu court, il grimpe dans la camionnette et démarre. Il a placé des filtres réducteurs sur ses phares. Sa visibilité s'en trouve réduite mais il est moins facile à repérer.

Il essaye de tenir la bride courte à ses pensées. Ce n'est pas le moment de divaguer et de s'embarquer dans des projets insensés, mais il a du mal à rester froid. Avec sa part du butin, il s'empressera de quitter Maxon Bull et de s'installer à Hollywood, la patrie du cinéma. Là, il s'offrira un chouette penthouse. Une villa blanche, sur pilotis, dans les collines, et, tout en peaufinant ses scénarios, il sirotera des margaritas en regardant le soleil se coucher sur Laurel Canyon. Riche, il n'aura pas à cachetonner, il sera en mesure de poser ses conditions, de choisir ses réalisateurs. Pas question d'écrire pour des minables. Non, ce qu'il souhaite, c'est tourner le dos à ces séries invraisemblables qui mettent en scène de pseudo-experts dignes d'un film de science-fiction. Comme si, dans la vraie vie, on avait assez de fric pour le dépenser en analyses dispendieuses et utiliser des techniques qui semblent avoir été mises au point par des extraterrestres ! Tout se fait à l'économie, dans la misère, la paperasserie et la routine, en ingurgitant beaucoup de café, de pizza froide et en inhalant des centaines de mètres cubes de fumée de nicotine. Il faudrait que le public se mette en tête que la police n'a pas de budget, qu'elle est débordée, que les flics sont sous-payés, fatigués et dégoûtés par un système qui prend davantage le parti des assassins que celui des victimes. Voilà ce que Fatty voudrait exprimer. Il a déjà un titre en tête : *Le Badge de la déprime*[1], *ou Comment je suis devenu obèse parce que j'en avais ras-le-bol !*

« Obèse et ripou... » lui chuchote la voix de sa conscience, mais il s'empresse de la faire taire.

Bon, pas la peine de s'énerver. Pour commencer, il faudra planquer le fric aux îles Cayman, effectuer des placements sûrs parce que l'économie américaine, hein, c'est plus ce que c'était !

Enfin, avec tous ces millions, il sera à l'aise pour le restant de ses jours, surtout à son âge et avec son taux de cholestérol.

Il ralentit car il a atteint le lieu du rendez-vous. Il se gare derrière un bouquet de cactus géants et éteint ses phares. Il ne tient pas à ce que Wichita le repère. Son obésité pourrait le trahir. Il ira récupérer les sacs une fois qu'elle aura fait demi-tour. Des mecs de sa corpulence, il n'y en a pas des masses à Maxon Bull, et la petite garce pourrait se rappeler que le meilleur pote de son beau-père est justement un poil éléphantesque. De là à subodorer une arnaque familiale...

Non, il ne doit surtout pas se montrer.

1. Allusion au « badge de l'honneur », surnom habituel du macaron officiel arboré par les enquêteurs.

Il s'aperçoit qu'il crève de faim. C'est l'effet du stress. Une envie terrible de chocolat au lait. Ou de pastrami. Une pulsion quasi sexuelle qui pourrait l'amener à faire une connerie. « Un viol alimentaire ! » songe-t-il en ricanant.

Il consulte son chronomètre, ça ne devrait plus tarder à présent.

Les yeux plissés, il scrute l'obscurité, guettant les phares de la Mustang de Wichita.

ERNESTO

Ernesto roule feux éteints, dans le sillage de Wichita. Il a posé le Desert Eagle sur le siège passager, il sait que le dénouement est imminent.

Grâce au mode «vision nocturne» de ses jumelles, il a surpris Markh et l'Indienne occupés à charger subrepticement trois sacs bourrés à craquer dans le coffre de la Mustang. Il sait qu'il s'agit du butin. La fille a pris la route toute seule, abandonnant Markh au pied du mobile home. Ernesto ne parvient pas à déterminer clairement leurs intentions. Au vrai, il s'en fiche. Il a décidé d'attendre le moment propice pour doubler la Mustang, lui barrer la route et récupérer le fric. Dès qu'il aura posé le pied sur le sol, il abattra la femme pour lui ôter toute envie de s'échapper, puis il transbordera les sacs dans le Humvee et tout sera dit. Il a hâte de mettre un terme à cette histoire lamentable qui les a quelque peu déshonorés, le *jefe* et lui. Même s'il récupère le butin, ils auront du mal à remonter la pente, c'est évident, car l'Abuela est rancunière et accorde rarement son pardon à ceux qui l'ont déçue.

Ernesto en conçoit une haine sourde à l'égard de Wichita et de sa famille. S'il avait le temps, il prendrait un réel plaisir à les enfermer dans leur foutu mobile home, avant d'arroser ce dernier d'essence et d'y flanquer le feu. Il en est le premier surpris car il est d'ordinaire d'un caractère placide et n'éprouve aucune excitation à faire souffrir ses victimes, contrairement à certains de ses collègues un tantinet désaxés, qui se laissent aller à de regrettables et inutiles excès.

Devant lui, la Mustang ralentit. Il se dépêche de l'imiter. On dirait que la fille a l'intention de se garer à la hauteur du carrefour. Oui, c'est ça.

Ernesto freine et s'empare des jumelles. Les lentilles lui restituent une image monochrome et verdâtre des alentours. Le rendu, aquatique, est néanmoins d'une parfaite netteté. Là-bas, Wichita ouvre le coffre du véhicule. Avec beaucoup de difficulté elle sort les sacs un à un, et les traîne en direction d'une cabane déglinguée au bord de la route. Une remise de la voirie, probablement. Ernesto ne comprend rien à ce qui se passe. Pourquoi dépose-t-elle l'argent dans un coin aussi exposé ?

L'ancien catcheur crache un juron. Il se sent dépassé et regrette amèrement l'absence de Chavarria. Le *jefe* aurait su quoi faire, lui...

Sa besogne effectuée, Wichita remonte dans la Mustang, met le contact et s'en va.

À l'idée que les dix millions de dollars attendent au bord de la route qu'on vienne les ramasser, Ernesto n'ose plus respirer. Il ne va pas se faire prier pour récupérer le pactole !

Alors qu'il se prépare à démarrer, une camionnette noire, jusqu'alors invisible, émerge d'un bosquet de cactus candélabres et roule à vitesse réduite vers le carrefour.

Ernesto comprend qu'une tierce personne s'apprête à récupérer les sacs. Un intermédiaire ? Un fourgue ? Il s'en fout. Pas question de se laisser doubler. Saisissant le Desert Eagle, il quitte le Humvee et s'élance dans la nuit.

Un gros type débarque de la camionnette, la tête recouverte d'une cagoule, tout vêtu de noir comme un putain de ninja. Ernesto n'en croit pas ses yeux. Le mec est énorme, un vrai sumotori ! D'une démarche éléphantesque, il s'approche de la cabane, ouvre la porte et se penche sur les sacs.

« Pas touche ! hurle Ernesto en levant son arme. On ne bouge pas ! »

Il est surpris par la vélocité avec laquelle l'obèse pivote sur un pied et fait feu à hauteur de hanche, en vrai cow-boy. Il tire lui aussi, par pur réflexe, alors même qu'un choc brutal lui délabre le sternum et saccage ses poumons.

Là-bas, l'énorme ninja s'effondre, foudroyé par le projectile à haute vélocité.

Ernesto fait trois pas dans sa direction, mais ses jambes ne le portent plus et il a du mal à respirer. Sa bouche et son nez sont pleins d'un liquide rouge qui dégouline sur sa poitrine.

Tout à coup il s'aperçoit qu'il est couché dans la poussière. Il croit, dans le lointain, entendre résonner la voix d'un arbitre qui égrène des chiffres :

«8... 9... 10. Out!»

C'est fini, *la Vibora del leviatán de las tinieblas* vient de perdre son dernier match.

MARKH

L'écho des coups de feu a fait tressaillir Markh, courbé sur le guidon de la vieille moto. L'espace d'une seconde, il a pensé que le ravisseur, ayant découvert la supercherie des sacs bourrés de vieux papiers, venait de se venger en abattant Wichita, et son estomac s'est serré.

Il a accéléré. Réaction inconsidérée car, dans l'obscurité, il a failli emboutir un Humvee garé sur le bas-côté, tous feux éteints. En arrivant au carrefour il a tout de suite perçu l'étendue du désastre : la camionnette noire arrêtée, les deux hommes gisant dans la poussière.

Il a freiné puis hissé la Norton sur sa béquille. À présent, il s'avance, la main serrée sur l'antique Colt Peacemaker récupéré dans le capharnaüm d'Alienor.

Il identifie tout de suite le Latino couché sur le dos, les yeux vitreux. C'est Ernesto, l'homme à tout faire de Chavarria. Il est mort, une balle creuse lui a fait exploser la poitrine. Là-bas, un autre corps s'agite faiblement, celui d'un gros homme déguisé en ninja. Markh s'agenouille près de lui. Le projectile tiré par le Desert Eagle l'a frappé au défaut de l'épaule gauche, lui arrachant à moitié le bras. Il saigne abondamment. Markh le débarrasse de la cagoule dont il est affublé, dévoilant un visage cireux, décoloré par l'agonie.

« Le… le gosse…, balbutie l'inconnu. Chez moi… le ranch.

— Timmy ? lance Markh. Vous parlez de Timmy ?

— Oui… le ranch… colline d'Amarilla…

— C'est là qu'il est retenu prisonnier ? Combien de gardes ? Parlez, si vous voulez que j'appelle une ambulance.

— Pas la peine… foutu… », gargouille l'homme en fermant les yeux.

Un crissement de pneus fait sursauter Markh. C'est la Mustang. En entendant les coups de feu, Wichita a aussitôt fait demi-tour.

« Mon Dieu ! souffle-t-elle en se penchant sur le cadavre, c'est Billy Boy Fatty, un copain de mon beau-père. Un ancien flic ripou.

— Comment a-t-il su ?

— C'est lui qui nous a fourni le matériel, pour le *car-jacking.* »

Foutus amateurs ! enrage Markh.

« Peu importe, soupire-t-il, il a eu le temps de dire que Timmy se trouvait retenu dans un ranch, sur la colline d'Amarilla, tu vois où ça se trouve ?

— Oui, à la limite du désert. Ce n'est pas très loin.

— Alors en route. Il faut récupérer le gosse avant que les flics se pointent. Si ce type était un ripou, ils opteront pour un règlement de comptes et n'iront pas chercher plus loin.

— Et les sacs ?

— On les emmène, notre ADN est dessus, pas la peine de laisser notre signature. »

Le faux butin entassé dans le coffre de la Mustang, Wittie repart tandis que Markh se coule dans son sillage à moto.

Tout en roulant, il essaye d'imaginer quel impact auront les événements de cette nuit sur le futur de cette famille… et sur lui-même.

Si l'ex-flic obèse était un ami du beau-père de Wichita, Chavarria s'empressera de soupçonner la mère et ses enfants qui, dès lors, deviendront des cibles prioritaires.

Jean-Pierre, la porno-star française, ayant fait main basse sur l'unique sac caché dans la fosse aux serpents, il est désormais impossible de financer la moindre cavale ou de se procurer de faux papiers d'identité. La nasse est en train de se refermer sur eux.

Au bout d'une vingtaine de minutes, Wichita engage la Mustang sur le chemin sinueux d'une colline. Un ranch délabré en occupe le sommet. L'arme au poing, Markh s'avance vers la maison plongée dans l'obscurité. Il a la quasi-certitude que le ravisseur a agi seul. La porte étant verrouillée, il défonce la serrure vétuste d'un coup de botte. Wichita le bouscule pour se précipiter à l'intérieur en appelant son fils d'une voix vibrante d'angoisse.

Personne ne répond.

Le gosse se trouve dans une pièce fermée à clef, elle aussi, au fond de la baraque. Markh, qui s'attendait – on ne sait pourquoi ! – à voir un enfant en bas âge, découvre qu'il s'agit en réalité d'un adolescent monté en graine. Victime du sommeil artificiel des narcotiques, il a pissé dans son pantalon. La chambre empeste l'urine rance.

« Il est vivant, s'empresse de proclamer Markh, soucieux d'abréger les débordements affectifs de Wichita. On l'a drogué, c'est tout. Tu vas m'aider à le charger dans la voiture. Ne traînons pas ici. Au pire il se réveillera demain matin avec une sacrée gueule de bois. »

Le gamin une fois installé sur la banquette arrière, Markh et sa mère inspectent la maison pour s'assurer qu'ils ne laissent derrière eux rien de révélateur. Wichita est dans un état second. Abasourdie par la mort de Billy Boy Fatty. Elle se demande comment Julius réagira quand il apprendra que son grand copain a voulu les arnaquer. Il est bien fichu de faire une nouvelle crise cardiaque !

« Fichons le camp, ordonne Markh. On n'est pas encore sortis de l'auberge.

— Pourquoi ?

— Parce que le gros flic, le copain de ton beau-père, a abattu un tueur du cartel, et que son patron, un dénommé Chavarria, va vite remonter la filière pour aboutir à toi… à tes gosses. On dispose de très peu de temps pour s'évanouir dans la nature. Tu comprends ?

— J'ai caché quinze mille dollars dans un coffre, à El Paso, murmure Wittie en ouvrant la portière côté conducteur. On peut aller les chercher…

— C'est une éventualité, soupire Markh, mais je ne veux pas te mentir, ce ne sera pas assez pour financer une cavale. Le cartel a des yeux et des oreilles partout. Même avec de la chirurgie esthétique et des faux papiers de qualité, on ne serait pas certains de passer entre les mailles du filet. Chavarria va mettre un contrat sur nos têtes ; à partir de là, on ne sera plus en sécurité nulle part. On ne peut que s'en remettre à la chance, et espérer que le couperet tombera le plus tard possible. Nous allons vivre en sursis. »

Wittie hoche la tête et s'installe au volant.

« On se retrouve au mobile home, dit-elle en mettant le contact. Je dois rejoindre Sue pour savoir ce que devient Julius. »

Markh regarde la Mustang disparaître dans la nuit. Un instant, il est tenté d'enfourcher la moto et de filer en sens inverse, cassant net le lien qui est en train de se tisser entre lui et cette curieuse famille à la dérive. A-t-il besoin de ça ? Ne s'est-il pas déjà trop impliqué dans cette histoire sans queue ni tête ?

L'argent a disparu, on ne retrouvera jamais le Français qui a doublé Wittie. Le type est probablement déjà passé au Mexique où le pouvoir d'achat d'un seul dollar américain se trouve, comme par magie, mulitiplié par cinq. Trois millions de ce côté du Rio Grande en valent quinze sur l'autre rive. De quoi couler des jours heureux, à condition toutefois de ne pas faire d'envieux, car les gangs ont la machette facile.

Markh revient sur ses pas et se hisse sur la Norton. D'un coup de kick, il lance le moteur.

Connaissant mal la région, il manque se perdre à plusieurs reprises. Quand il arrive au camp de *trailing*, Sue est rentrée. Elle a les traits tirés, comme si elle avait pleuré. Elle boit sans conviction du café instantané. Timmy, étendu sur sa couchette, dort à poings fermés.

« Alors, quelles sont les nouvelles ? s'enquiert Markh pour rompre le silence.

— Julius est dans le coma, fait Wittie d'un ton las. En assistance respiratoire. Le cerveau en a pris un coup. Les médecins disent qu'il a peu de chance de reprendre conscience.

— C'est un légume, lâche l'adolescente avec hargne. Une foutue endive, oui. Il ne nous bassinera plus jamais avec ses conneries d'histoires de sauts en parachute ! »

Puis elle éclate en sanglots et laisse tomber le gobelet de café qui se répand sur le lino.

« C'est sans doute triste, hésite Markh. Mais l'aube va se lever, et Chavarria, le patron du type que Fatty a abattu, ne tardera pas à se mettre en chasse. Vous allez devoir prendre une décision. Si vous restez ici, vous êtes fichus. Il ne reculera devant rien pour vous faire dire où sont les sacs.

— Mais je n'en ai aucune idée, balbutie Wittie.

— Chavarria considèrera cela comme une mauvaise réponse... et vous fera très mal. À moins qu'il ne s'en prenne au gosse. »

La jeune femme se mord les lèvres. La fatigue et la peur ont agrandi les cernes bleus sous ses yeux.

« Qu'est-ce que tu proposes alors ? murmure-t-elle.

— La montagne creuse, fait Markh. C'est l'unique cachette dont nous disposons.

— La quoi ?

— La montagne creuse, le monastère secret... »

Il doit, encore une fois, expliquer de quoi il retourne et vaincre l'incrédulité de son interlocutrice. Il parle d'Alienor, des cryptes, du lac souterrain...

« On peut s'y cacher trois ou quatre mois, conclut-il. Le temps que les choses se tassent. Je n'affirme pas que ce sera une partie de plaisir, mais au moins cela nous évitera de courir les routes, sans un dollar en poche, en passant notre vie à regarder par-dessus notre épaule. Dans quatre mois, Chavarria aura été exécuté par le cartel, ou bien il sera passé à autre chose, et n'aura plus une minute à nous consacrer. Nous pourrons alors sortir de notre cachette. Je n'ai rien d'autre à vous proposer. Il faut se décider tout de suite. Si c'est oui, emballez vos affaires, sautons dans la Mustang et filons dans le désert.

— Que ferons-nous de la voiture ?

— Je la cacherai dans la vieille mine d'argent. Personne ne va là-bas.

— D'accord, capitule Wittie. On peut toujours essayer. Moi je suis d'accord, mais le problème c'est Timmy, je ne sais pas s'il supportera la claustration.

— Vous ne serez pas vraiment à l'étroit, le monastère est immense. On ne risquera pas de se marcher sur les pieds. »

Wittie pose la main sur l'épaule de Sue.

« Qu'en penses-tu ? s'enquiert-elle.

— Qu'est-ce que tu veux que je te réponde ? grogne l'adolescente. Si je dois choisir entre ça et me faire brûler le bout des nichons avec un briquet par un taré du cartel, c'est sûr que je préfère m'enfermer dans votre trou à rats.

— Bien, lance Markh. Alors bouclez vos valises, et n'emportez que le strict nécessaire. »

WICHITA

Wittie conserve un souvenir confus de leur fuite nocturne. Elle se rappelle les paquets improvisés en catastrophe, Timmy étendu sur la banquette arrière, sa tête reposant sur les cuisses de sa sœur.

Quand Markh a mis le contact et lancé la Mustang sur la route du désert, Wittie n'a pu résister au besoin de se retourner pour regarder une dernière fois le vieux camping-car qu'elle détestait pourtant plus que tout.

Elle a senti, d'instinct, qu'elle n'y reviendrait jamais. La page était tournée, définitivement.

« Timmy ne va pas être content, a soudain lancé Sue. On a oublié ses petites voitures. Et aussi sa collection de BD d'Aquaman. Il va piquer une sacrée crise quand il se réveillera. On ne peut pas retourner les chercher ?

— Non », a lâché Markh d'un ton qui n'admettait pas de réplique.

« C'est lui qui commande, maintenant, a songé Wittie avec un soupçon d'irritation. Il nous sauve la vie. Sans doute s'attend-il à ce que nous fassions preuve de reconnaissance à son égard ? »

Elle y a vu un mauvais présage.

« Serons-nous capables de nous supporter plusieurs mois durant ? s'est-elle demandé. Enfermés, dans l'obscurité... sans rien pour s'occuper ? Combien de temps avant que nous ne devenions tous fous à lier ? »

Markh avait-il dans l'idée de se comporter en seigneur et maître avec elles ? Envisageait-il de coucher avec la mère ou la fille ? *Voire les deux ?*

« Ne commence pas à dérailler, s'est-elle ordonné. De toute façon tu n'as pas le choix. Ne le noircis pas avant de le connaître. »

Elle tente de se rassurer, mais elle sait que l'oisiveté engendre les mauvaises idées... et fait s'épanouir les pulsions les plus basses. Certes, il a dit « quatre mois », mais ne pensait-il pas plutôt six ?

Et dans six mois, seront-ils plus avancés ?

Elle pense au quinze mille dollars qui dorment dans un coffre de banque, à El Paso. Dire qu'à l'époque elle a considéré ce dépôt comme dérisoire ! Aujourd'hui, cette cagnotte prend les proportions d'un trésor. Elle leur permettra de ne pas redémarrer à zéro lorsqu'ils pourront enfin émerger de leur terrier sans que les *cuchilleros* leur tranchent la gorge. Non, tout n'est pas perdu.

Au bout de la piste se dressait la montagne creuse. Markh a fait pivoter une pierre parmi tant d'autres pour leur permettre de pénétrer à l'intérieur du monastère clandestin. Pour remonter le couloir principal, il leur a fallu enjamber le cadavre d'un Indien et celui de Floyd. Sue a poussé un cri en reconnaissant son «petit ami». Heureusement, la fraîcheur de la crypte avait préservé les corps de la putréfaction, et le spectacle n'a pas été trop pénible.

«Je vais m'en occuper, a promis Markh. Je les ensevelirai dans le cimetière des moines.»

Il a fallu ensuite transporter Timmy, toujours endormi, mais qui commençait à grogner dans son sommeil et à proférer des bribes de phrases incohérentes.

Cryptes et tunnels ont révélé leur géographie impressionnante au fur et à mesure que Markh allumait les lampes à huile disséminées au long des parois.

«Le jour, c'est moins lugubre, s'est-il excusé. Les rayons du soleil filtrent par les fissures des parois. On y voit à peu près, et l'on est préservé de la chaleur. Je vous ferai visiter ça demain. Pour l'heure, je vais vous montrer où dormir. Les moines avaient un dortoir et des cellules individuelles. Je suis sûre que vous trouverez le moyen de rendre tout ça plus confortable.»

«Ben voyons ! a songé Wittie, quoi de plus normal puisque nous sommes génétiquement programmées pour être de bonnes ménagères !

Confiez-nous un taudis, nous en ferons un palace ! Foutu macho, va ! »

Comprenant qu'elle se montrait injuste, elle a fait un effort pour se ressaisir. L'agressivité qu'elle déployait à l'égard de leur sauveur l'a soudain alertée, et elle s'est rappelée que l'hostilité dans les rapports homme-femme est souvent l'indice d'une attraction sexuelle refoulée. Merde ! Était-elle attirée par Markh ? Ne manquait plus que ça !

Elle s'est aussitôt juré de se tenir la bride courte.

Elle a fini par se retrancher dans une chambrette blanchie à la chaux, dont tout l'ameublement se composait d'une paillasse posée sur un sommier de planches, d'un prie-dieu et d'un énorme crucifix de bois noirci suspendu à mi-mur.

« Je m'occupe de Timmy, a décrété Markh. Je l'installe dans la cellule voisine. À mon avis, il n'émergera pas avant demain. »

Wittie et Sue se sont allongées sur le matelas dur. Comme il s'agissait d'un lit d'une personne, elles ont dû se serrer l'une contre l'autre. Au bout d'un moment, Sue a murmuré d'une voix de petite fille :

« Qu'est-ce qu'on va devenir ?

— Ne t'en fais pas, a répondu Wittie, tout en ayant conscience de proférer un mensonge. Ça va aller. Ça s'arrangera. »

Le lendemain, elles ont été réveillées par la lumière du soleil qui, s'insinuant par une crevasse, tombait directement sur le lit. D'un seul coup, le lieu leur a paru moins sinistre.

«On dirait un repère de pirates! a gloussé Sue. Tu sais, ces espèces de falaises creuses où les naufragés finissent par trouver refuge lorsque leur navire s'échoue sur les récifs...»

Wittie a jugé plus prudent de jouer le jeu et de feindre l'enthousiasme car elle sait les adolescents prompts à passer de l'exaltation à la déprime en un clin d'œil.

Leur premier réflexe a été de rendre visite à Timmy, dans la chambre d'à-côté. Il se réveillait tout juste.

«Où on est? a-t-il grogné. C'est pas le camping-car...

— On est en vacances, a improvisé Sue. À... à Disneyland. Dans le repère des pirates. Tu vas voir, c'est génial! Il y a des tas de tunnels à explorer, c'est mystérieux. Et si on cherche bien, on finira par trouver le trésor.

— Cool! a lancé Timmy en ouvrant des yeux émerveillés. Trop cool!»

«Croisons les doigts pour que ce bel enthousiasme ne s'évanouisse pas au contact de la réalité», a songé Wittie en aidant son fils à se redresser.

Durant les deux heures qui ont suivi, Markh leur a fait visiter les lieux en les abreuvant de recommandations assommantes : «ne pas s'éloigner des parcours balisés, ne pas ceci, ne pas cela...»

Puis il les a conviés au réfectoire, où ils ont dû se satisfaire d'un repas de poisson séché, de galettes dures comme la pierre, et d'une espèce de tisane n'entretenant qu'un lointain cousinage avec le café.

« C'est dégueu comme cantine, a grogné Timmy. J'espère qu'il y a un McDo quelque part.

— Te plains pas, est intervenue Sue qui trouve toujours le moyen de sauver la situation. T'as vu la pente des tunnels ? Tu vas pouvoir faire de sacrées descentes avec ton skate. T'y as pensé ?

— Ah ! ouais, a soufflé le garçon. Trop cool ! »

Wittie s'est forcée à sourire, mais un nœud s'est formé dans son estomac. Elle pressent que les mois à venir vont être difficiles car Timmy, lorsqu'il commence à s'ennuyer, devient vite incontrôlable, pour ne pas dire violent.

« Ça ira, a fait Markh d'un ton apaisant, comme s'il lisait dans ses angoisses. Pas de panique. On trouvera de quoi s'occuper. »

L'ennui, c'est qu'il n'en avait pas vraiment l'air convaincu.

TIMMY

Timmy est super content. L'inclinaison des tunnels lui a permis de fignoler de nouvelles figures acrobatiques. Décidément, il adore la montagne creuse. Ici, sa mère et sa sœur ne lui répètent pas cent fois par jour qu'il doit faire attention aux voitures lorsqu'il traverse la route. Et surtout, lorsqu'il est tout seul, il peut enfin cesser de jouer les débiles. C'est appréciable. Il a beau prendre son pied à mystifier son entourage depuis des années, il y a des moments où ça devient pesant. Et puis il a peur, parfois, de se trahir.

L'idée de jouer les faibles d'esprit lui est venue à l'hôpital, quelques jours après son accident, lorsqu'il était encore gamin. Un éclair de génie, une illumination. Quand, étendu sur son lit, la tête enveloppée de pansements, il a vu toutes ces femmes aux petits soins pour lui, il s'est dit qu'il y avait là une idée à creuser… une occasion à saisir. C'était chouette de se faire câliner, d'être tout à coup l'objet de mille attentions. D'un seul coup, on lui pardonnait tout. Il aurait pu se peindre la bite en rouge et danser à poil dans le couloir avec une plume dans le cul qu'on aurait jugé ça charmant.

Son projet s'est précisé quand il a compris qu'il n'aurait plus à fréquenter l'école tant qu'il ne serait pas complètement remis. Comme il détestait l'école, il a donc décidé de ne pas guérir. Aussi simple que ça. Au début, il a cru que la supercherie ferait long feu au bout de deux ou trois semaines, mais contre toute attente l'illusion a perduré. M'man, Sue et Grand-Pop ont admis qu'il avait viré débilos.

Tromper le toubib ignare de Maxon Bull a été un jeu d'enfant. À partir de là, Timmy a joué sur du velours.

Il s'est laissé chouchouter par ses femmes. Plus d'école, encore moins de collège, et pas davantage d'apprentissage. Aucune obligation… Il en a sacrément profité pendant que les gosses de son âge suaient sang et eau à passer des diplômes inutiles ou à apprendre des métiers qui leur vaudront d'être foutus à la porte au premier dégraissage.

Il a été le roi ! Le farniente, la glande, il en a profité grave. Trop top.

L'ennui, c'est qu'il commence à changer physiquement, l'adolescence le rattrape, et, depuis peu, les gens se sont mis à le regarder de travers. Il n'a plus rien du beau petit garçon qui n'a pas eu de chance, du chouette gamin dont les malheurs attendrissent le populo. Non, il est en train de virer à la grande asperge et, dans peu de temps, on verra en lui un violeur potentiel travaillé par les glandes.

La récré est finie, *pendejo* ! Certes, ça devait arriver, mais ça n'a rien de drôle. Le signal d'alarme a retenti. D'ici un an, les mères de famille changeront de trottoir pour éviter de le croiser. Son règne s'achève.

Et puis… et puis autant avouer la vérité : l'ennui le gagne. Les voltiges en skate l'amusent déjà moins, et il sent venir le jour où elles ne le passionneront plus du tout. C'est sacrément angoissant parce qu'il n'a pas la moindre envie de travailler pour gagner sa vie. Il laisse ça aux gens pas assez malins pour trouver la combine qui permet de s'en passer.

Il n'a pas pigé grand-chose à son enlèvement. Au vrai, il ne se rappelle rien. Il se souvient très vaguement de s'être endormi sur l'ancienne aire de jeu délabrée de Maxon Bull, une esplanade bétonnée que les gosses ne fréquentent plus. Quand il a repris conscience, il était à l'intérieur du monastère. Entre les deux : le trou noir. C'est Sue qui lui a raconté comment les choses s'étaient passées. Il a cru, tout d'abord, qu'elle se payait sa tête, mais M'man et l'autre type, Markh, ont confirmé. Bof ! au demeurant, il s'en fout, il a bien d'autres choses en tête. Des projets méga-importants.

Tout a commencé avec l'histoire du *car-jacking*, quand il a surpris la conversation des types du cartel sur la rampe du monument. Tout de suite il a compris que la chance lui souriait et il a saisi la balle au bond, sachant que l'occasion ne se présenterait pas une deuxième fois. La suite a été affaire d'habileté. Il a manœuvré en vrai stratège, suggérant, plantant la graine, et attendant qu'elle éclose. Et ça a fonctionné. Julius le premier est tombé dans le panneau… les autres ont suivi. Au début, il avait prévu de voler une partie du butin et de s'évanouir dans la nature. Les événements en ont décidé autrement. M'man les a niqués grave en prétendant que le casse avait échoué. Comme Grand-Pop, Timmy l'a crue et s'est payé une déprime sévère.

Heureusement, il a fini par juger suspects les allers et retours de M'man dans le désert. La chasse aux crotales, ce n'était pas dans son style, ça ne collait pas. Il a donc décidé de la prendre en filature, c'est de cette façon qu'il l'a vue entrer dans la faille. Tout de suite après, ses soupçons ont été confirmés par la miraculeuse offre d'embauche du laboratoire de sérum antivenimeux. Trop énorme. Il n'y a pas cru une seconde. C'est là qu'il a décidé d'aller jeter un œil au fond de la crevasse. Il n'a pas peur des serpents. Il se sait plus leste et plus vif qu'eux. Par mesure de prudence, il s'est tout de même fabriqué des leggings avec des morceaux de pneus. Les gants, il les a volés au gars qui récure les fosses septiques. Facile. Dans le trou, il a trouvé le pactole. Un seul sac, certes, mais rempli de liasses à en faire péter la fermeture Éclair. Exactement ce dont il a besoin pour s'assurer un avenir agréable.

Il a sorti le fric de la crevasse et l'a planqué ailleurs, dans un endroit connu de lui seul et où personne n'aura l'idée d'aller le chercher.

Il n'est pas pressé de le récupérer. Pour l'instant il est encore trop jeune, mais dans quelque temps, quand les premiers poils de barbe lui viendront aux joues, il ira déterrer son trésor et s'envolera vers son destin. La famille, il en a marre. Sue le colle un peu trop. Elle est gentille, mais ça suffit, il a donné. Quant à M'man, elle ne va pas tarder à se mettre au lit avec le beau Markh, et Timmy n'a nulle envie de se coltiner un beau-père autoritaire. Julius en *pater familias* lui a amplement suffi.

Non, il va voler de ses propres ailes et profiter de la vie. Une chose est sûre : IL NE PARTAGERA PAS LE TRÉSOR AVEC LES AUTRES !

Comme il n'est pas méchant, il leur laissera quelques liasses en guise de cadeau d'adieu. Pas trop, inutile de les encourager à la paresse. Va bien falloir qu'ils se décident à gagner honnêtement leur vie, tous ces adultes abonnés aux leçons de morale, non ?

Bon, rien ne presse, il a encore le temps de peaufiner son plan d'évasion. Tant qu'on ne le gonflera pas trop, il continuera à jouer les gentils garçons un peu simplets. Mais ça n'aura qu'un temps. Il commence à fantasmer sévère sur les filles, et ce n'est pas à Maxon Bull qu'il s'en dénichera une puisqu'on le considère comme l'idiot du village. Non, s'il veut avoir une vie sexuelle normale, il lui faudra s'installer dans un endroit où on ne le connaît pas, où on le prendra pour un fils à papa plein aux as. Son bas de laine lui permettra de jouer ce nouveau rôle à la perfection. Les nanas adorent les mecs friqués.

L'oisillon va quitter le nid pour prendre son envol. Encore un an de bagne, deux au grand maximum…

À dix-sept ans, avec la barbe, il pourra se faire passer facile pour un mec de vingt berges, car il est grand. Oui, ça devrait le faire. Il y croit très fort.

Il attend ce moment avec impatience car il en a assez d'entendre sa mère et sa sœur se désoler en secret de ce qu'il a oublié jusqu'à la langue klingon. C'est même pas vrai d'abord !

Et, pour le prouver, levant les bras vers la voûte qui le surplombe, il hurle à pleins poumons : *Qapla'*[1] !

1. Victoire… en klingon !

L'ABUELA

L'Abuela serre sur sa maigre poitrine les pans de son manteau de vison à vingt mille dollars. On a beau être en plein été, il règne un froid hivernal dans les entrepôts frigorifiques que le cartel utilise parfois en guise de morgue improvisée.

Escortée par sa garde rapprochée, la vieille femme trottine jusqu'à la dernière salle. Là, mêlées aux carcasses bovines, elle aperçoit enfin les cadavres de Chavarria et d'Ernesto, nus, suspendus à des crocs de boucher. Le givre les a recouverts d'une pellicule cristalline. L'Abuela grimace, non que le spectacle des cadavres la dégoûte, mais elle juge la mise en scène outrancière. Elle suppose qu'en humiliant ainsi les dépouilles des défunts, ses hommes ont cru lui faire plaisir. Ce sont de grands enfants, aux réactions primaires. De jeunes fauves gonflés d'hormones, dont la violence est l'unique moyen d'expression.

L'Abuela étant de petite taille, les parties génitales des cadavres se balancent à la hauteur de son nez, en un va-et-vient équivoque résultant des courants d'air, ce qui ajoute à la gêne collective soudain éprouvée par ceux qui l'entourent.

«*Carajo!* jure Esteban, qui a eu cette idée dégueulasse? Décrochez-les!»

Les hommes se précipitent. Une mêlée s'ensuit.

L'Abuela observe Esteban du coin de l'oeil. Elle l'a choisi pour remplacer Chavarria. C'est un mince trentenaire au passé tumultueux. Ex-policier des groupes d'intervention, il a fait partie des escadrons de la mort, cela lui a valu d'être condamné à une lourde peine lors de l'arrivée des communistes au pouvoir. L'Abuela se félicite d'avoir financé son évasion. Une recrue de choix. Bel homme qui plus est, dans le genre hidalgo. Rompu aux techniques d'interrogatoire, et aussi insensible qu'un alligator sociopathe. Elle a décidé qu'il serait le bras armé de sa colère... jusqu'à qu'il trébuche à son tour, comme Chavarria. Ainsi tourne le manège.

Les deux corps gisent à présent sur le sol. Le cadavre d'Ernesto semble pathétiquement éléphantesque. *Pobre tío.* Celui de Chavarria est d'une horrible couleur goudronneuse, répugnante.

C'est l'odeur qui a alerté le gérant du motel et l'a poussé à téléphoner à un responsable du cartel.

Au début, il a cru qu'elle provenait d'un coyote crevé en train de pourrir sous le bungalow. Mais non, cela venait bel et bien de la chambre.

Comme le gros type, Ernesto, lui avait spécifié qu'un *jefe* de l'organisation s'y reposait, il n'a pas osé le déranger. Ces gars-là sont irascibles, mieux vaut ne pas trop s'approcher d'eux.

Hélas, l'odeur…

Il a bien fallu se résoudre à ouvrir la porte. C'est là qu'ils ont trouvé Chavarria étendu sur son lit, déjà noir, empoisonné par la gangrène. Chavarria, mort depuis deux jours. Des mouches plein les yeux, les narines et la bouche.

Avertie dans l'heure, l'Abuela a laissé échapper un soupir d'exaspération. Un peu plus tard, on lui annonçait que les adjoints du shérif de Maxon Bull City venaient de découvrir le corps d'Ernesto à un carrefour, une balle en pleine poitrine, à quelques mètres de celui d'un autre homme. Un certain Billy Boy Fatty, flic à la retraite. Manifestement, les deux obèses s'étaient fusillés l'un l'autre, à dix pas de distance, en vrais cow-boys. Ridicule !

Heureusement le shérif, qui tient à jouir longtemps des bienfaits du cartel, s'est montré complaisant et s'est débrouillé pour étouffer la chose.

L'Abuela, agacée, décoche un coup de pied dans la hanche de Chavarria, mais le froid a pétrifié le cadavre et elle se fait mal. En vérité, elle est beaucoup plus fragile qu'il n'y paraît.

« Où en est-on ? lance-t-elle à Esteban.

— On essaye de remonter la piste de Fatty, l'ancien flic, répond le jeune homme au profil de conquistador. Un ripou. De toute évidence, Ernesto estimait l'homme complice ou responsable du *car-jacking*.

— Et qu'est-ce que cela donne ?

— J'ai relevé une coïncidence troublante. Ce Billy Boy Fatty était très copain avec un autre vieillard. Un certain Julius, militaire retraité qui, en ce moment, repose à l'hôpital de Maxon Bull, en coma profond. Or, la famille de ce Julius, qui normalement devrait se presser à son chevet, a mystérieusement disparu la nuit où Ernesto a été abattu. La mère et les deux gosses sont introuvables.

— Quel âge, les enfants ?

— Le garçon quinze ans, la fille seize ou dix-sept. Mais c'est là que ça devient intéressant. Cette fille, Sue, occupait justement un emploi de guide au monument.

— Tiens, tiens.

— Comme vous dites, Señora. Elle s'est évaporée, avec sa mère et son frère, abandonnant tout derrière elle.

— Bien, tu as fait du bon travail, c'est dans cette direction qu'il faut chercher. »

L'Abuela hoche la tête, contrariée. L'affaire est mauvaise pour son image de marque.

Tout bien considéré, que représentent dix millions de dollars dans le volume des transactions journalières qu'elle doit gérer? Pas grand-chose. Elle a donc décidé de puiser dans sa cassette personnelle pour combler le trou ainsi occasionné dans les comptes du cartel. Elle est si riche qu'elle ne connaît pas le montant exact de sa fortune, alors dix millions de plus ou de moins, quelle importance? Non, le problème ne se pose pas en termes de manque à gagner, il s'agit surtout d'une affaire d'incompétence et de relâchement à ne pas prendre à la légère. En tant que femme, elle doit se montrer plus féroce, plus performante que ses concurrents masculins, et jusque-là elle y est parvenue. Il ne faudrait pas qu'en haut lieu on commence à murmurer qu'elle se fait vieille et qu'il serait peut-être temps de la remplacer. Dans son métier, elle sait ce que le terme «remplacer» signifie.

Chavarria et Ernesto étant morts, la rumeur ne tardera pas à proclamer qu'elle les a fait exécuter; elle se gardera de la démentir. Mais ce n'est là qu'un aspect secondaire du problème.

Tendant sa main gantée en direction des deux corps, elle ordonne :

«Fais-leur couper la tête et les couilles. Qu'elles soient ensuite plongées dans des bocaux de formol. Je veux que ces bocaux trônent en bonne place sur la table lors de la prochaine réunion des chefs de secteurs. À titre d'exemple.

— Il en sera fait selon vos désirs, murmure Esteban en s'inclinant.

— Il faudra également s'occuper de ce... Julius ? Ce type dans le coma. Qu'on le sorte de l'hôpital et qu'on le place dans l'une de nos cliniques privées où on lui prodiguera des soins intensifs. Ne lésine pas sur la dépense. Qu'il soit traité comme un baron de la drogue. S'il existe une chance, même infime, pour qu'il émerge du néant, je ne veux pas la laisser passer.

— Et s'il se réveille ?

— S'il se réveille, on lui apprendra que sa petite famille l'a laissé tomber pour filer avec le magot. On verra comment il réagit à cette trahison. Si on peut le retourner et l'amener à collaborer, tant mieux. Sinon, tu devras le convaincre de parler. Là aussi, ne lésine pas sur les moyens. Maintiens-le en vie jusqu'à ce qu'il n'ait plus rien à t'apprendre. Ensuite...

— Bien, Señora. »

L'Abuela gagne à petits pas la sortie des frigorifiques. Elle a trop froid. Ses os lui font mal. Des aiguilles de souffrance vrillent ses phalanges et elle doit accomplir un effort pour ne pas grimacer.

Entourée de jeunes loups, elle ne doit à aucun prix laisser transparaître ses faiblesses.

Elle est assez contente de l'idée des bocaux de formol. Une belle trouvaille propre à impressionner les *cuchilleros* machistes en diable, et qui aiment les symboles forts. Elle a hâte de voir leur expression lorsqu'ils découvriront, au centre de la table de réunion, les macabres récipients. La tête et la queue. Il y en aura plus d'un qui serrera les fesses, elle est prête à le parier.

L'un des gardes prétoriens se précipite pour ouvrir la portière de la limousine. L'Abuela s'installe sur la banquette arrière où l'attend son habituelle boisson chaude.

Saisissant l'adorable théière en Royal Doulton, elle se verse une tasse de maté, et se cale entre les accoudoirs pour la savourer.

À son âge, il faut savoir grappiller les petites douceurs de la vie.

DANS LA COLLECTION MASQUE POCHE

John Buchan, *Les Trente-neuf Marches* (n° 1)

Louis Forest, *On vole des enfants à Paris* (n° 2)

Philip Kerr, *Chambres froides* (n° 3)

Mrs Henry Wood, *Les Mystères d'East Lynne* (n° 4)

Boileau-Narcejac, *Le Secret d'Eunerville – Arsène Lupin* (n° 5)

Fred Vargas, *Les Jeux de l'amour et de la mort* (n° 6)

Taiping Shangdi, *Le Cheval parti en fumée* (n° 7)

Ruth Rendell, *Un démon sous mes yeux* (n° 8)

Alan Watt, *Carmen (Nevada)* (n° 9)

Frédéric Lenormand, *Meurtre dans le boudoir* (n° 10)

Boileau-Narcejac, *La Poudrière – Arsène Lupin* (n° 11)

John Connor, *Infiltrée* (n° 12)

Jeffrey Cohen, *Un témoin qui a du chien* (n° 13)

Barbara Abel, *L'Instinct maternel* (n° 14)

S.A. Steeman, *L'assassin habite au 21* (n° 15)

A. Bauer et R. Dachez, *Les Mystères de Channel Row* (n° 16)

Cyrille Legendre, *Quitte ou double* (n° 17)

Charles Exbrayat, *Vous souvenez-vous de Paco ?* (n° 18)

Émile Gaboriau, *L'Affaire Lerouge* (n° 19)

Danielle Thiéry, *Le Sang du bourreau* (n° 20)

Dorothy L. Sayers, *Lord Peter et l'inconnu* (n° 21)

Jean d'Aillon, *Le Captif au masque de fer* (n° 22)

Neal Shusterman, *Les Fragmentés* (n° 23)

Gilles Bornais, *Les Nuits rouges de Nerwood* (n° 24)

Rex Stout, *Fer-de-Lance* (n° 25)

C.M. Veaute, *Meurtres à la romaine* (n° 26)

Reggie Nadelson, *Londongrad* (n° 27)

Boileau-Narcejac, *Le Second Visage d'Arsène Lupin* (n° 28)

Jo Litroy, *Jusqu'à la mort* (n° 29)

Maud Tabachnik, *La honte leur appartient* (n° 30)

Olivier Gay, *Les talons hauts rapprochent les filles du ciel* (n° 31)

Philip Kerr, *Impact* (n° 32)

Françoise Guérin, *À la vue, à la mort* (n° 33)

Dorothy L. Sayers, *Trop de témoins pour Lord Peter* (n° 34)

John Dickson Carr, *La Chambre ardente* (n° 35)

Charles Exbrayat, *Les Blondes et papa* (n° 36)

Jean d'Aillon, *Les Ferrets de la reine* (n° 37)

Jean d'Aillon, *Le Mystère de la chambre bleue* (n° 38)

Frédéric Lenormand, *Le diable s'habille en Voltaire* (n° 39)

Patrick Cauvin, *Frangins* (n° 40)

Cloé Mehdi, *Monstres en cavale* (n° 41)

Jean d'Aillon, *La Conjuration des importants* (n° 42)

Denis Bretin, *Le Mort-Homme* (n° 43)

Margaret Millar, *Le Territoire des monstres* (n° 44)

Eoin McNamee, *Le Tango bleu* (n° 45)

Boileau-Narcejac, *La Justice d'Arsène Lupin* (n° 46)

Serge Brussolo, *Le Manoir des sortilèges* (n° 47)

Charles Haquet, *Les Fauves d'Odessa* (n° 48)

Jean d'Aillon, *La Conjecture de Fermat* (n° 49)

Olivier Gay, *Les mannequins ne sont pas des filles modèles* (n° 50)

Boileau-Narcejac, *Le Serment d'Arsène Lupin* (n° 51)

Serge Brussolo, *La Route de Santa Anna* (n° 52)

LE MASQUE
s'engage pour l'environnement
en réduisant l'empreinte carbone
de ses livres.
Celle de cet exemplaire est de :
408 g éq. CO_2
Rendez-vous sur
www.lemasque-durable.fr

PAPIER À BASE DE
FIBRES CERTIFIÉES

Composition réalisée par Datamatics

Achevé d'imprimer en septembre 2014, en France sur Presse Offset par
Maury Imprimeur - 45330 Malesherbes
N° d'imprimeur : 192227
Dépôt légal : octobre 2014 – Édition 01